百人一首で文法談義

小田勝

和泉書院

目次

凡例

一、百人一首本文は、北村季吟（きぎん）『百人一首拾穂抄（しゅうすいしょう）』により、漢字・送り仮名・濁点を整え、振り仮名を付すなど、歴史的仮名遣いによる現代通行の漢字仮名交じり文に改めました。助動詞の「ん」はすべて「む」に統一しました。また、特に、和歌の構造を明らかにするため、和歌に句読点を付し、引用句はカギ括弧で囲んで示しました。

二、出典の勅撰和歌集の表示の後に、丸括弧でその詞書を示しました。これは『百人一首古注抄』（和泉書院）巻末の「出典一覧」に掲示されているもの（底本は正保板本）により、表記を改めて引用しました。亀甲括弧を付したものは、掲出の歌の前にある詞書であることを示します。勅撰集に重出する歌の情報は、『合本八代集』（三弥井書店。底本は正保板本）で補いました。

三、引用した古注は、主として『百人一首古注抄』（和泉書院）によりました。主な古注は次のものです。

〔宗祇抄（そうぎ）〕宗祇が東常縁（とうのつねより）から受けた講釈の聞書。一四七八年奥書。

〔経厚抄（けいこう）〕鳥居小路（とりいこうじ）経厚が青蓮院尊鎮法親王（しょうれんいんそんちん）に講釈したもの。一五三〇年奥書。

〔幽斎抄（ゆうさい）〕百人一首抄。細川幽斎著。一五九六年成。一六三一年刊。

〔三奥抄（さんおう）〕百人一首三奥抄。下河辺（しもこうべ）長流（ちょうりゅう）著。未完成の草稿（著者の没年は一六八六年）。

〔雑談（ぞうだん）〕百人一首雑談。戸田茂睡（とだもすい）著。一六九二年成。

〔改観抄（かいかん）〕百人一首改観抄。契沖著。一六九二年成。

〔宇比麻奈備（ういまなび）〕賀茂真淵（かものまぶち）著。一七六五年成。

〔異見（いけん）〕百首異見。香川景樹（かがわかげき）著。一八一五年成。一八二三年刊。

四、用例の後の「(↓12)」のような表示は、「百人一首の12番歌」の意を、説明文中の「(↓12)」のような表示は、「百人一首の12番歌を参照」の意を表します。また説明文中でいう「掲出歌」とは、そこでの説明対象である百人一首歌を指します。

五、説明文中での和歌の引用は、『万葉集』および『後撰集』から『詞花集』は新日本古典文学大系、『古今集』『千載集』は岩波文庫、『新古今集』は角川ソフィア文庫、その他は基本的に新編国歌大観によりました（歌番号もテキスト表示のものです）。挙例の和歌には、参考のため詠者名を付したものもあります。散文作品の依拠テキストは、拙著『実例詳解古典文法総覧』（和泉書院）と同じです。特に、枕草子の段数は新日本古典文学大系のそれですから、ご注意ください。引用に当たっては、漢字を宛てるなど適宜読みやすくしました。用例の前の「＊」印は、その例が文法的に不適格であることを示します。また、用例中の「φ」は、そこに語彙項目が無いことを示します。

六、「■本歌取り歌」として、定家の歌を中心として、掲出の百人一首歌を本歌取りした歌、また厳密な意味で本歌取りとはいえないにせよ、影響が認められると思われる歌のいくつかをあげ、大意を付しました（歌意を伝えるべく、完全な逐語訳ではなく、少し説明調になっている所があります）。参考歌の解釈には、特に、和歌文学大系および久保田淳『訳注藤原定家全歌集』（河出書房新社）から多大な学恩を受けたことを記して、お礼申し上げます。

1　秋の田の仮庵（かりほ）の庵（いほ）の苫（とま）をあらみ、我（わ）が衣手（ころもで）は露に濡れつつ。

天智（てんぢ）天皇

後撰集・秋中（題知らず）

秋の田の仮小屋の苫（の編み目）が粗（あら）いので、私の袖は露に濡れ続けている。

この歌には、『経厚抄』に、「かりほと云に、苅穂と云一義、又は借庵と云義あり」とあるように、「かりほ」は「刈穂」か「仮庵」か、またはその両方が掛けられているのか、という問題があります。次例(1)aは「…を積む」とあるので「刈穂」、bは「山田守（も）る」ですから「仮庵」と解されます。また、「仮庵」を「かりいほ」とも言ったことは、cの音数から分かります。

(1)a　数知らず秋のかりほを積みてこそおほくら山の名にはおひけれ（長秋詠藻）

b　山田守る秋のかりほに置く露は稲負鳥（いなおほせどり）の涙なりけり（是貞親王家歌合、忠岑）

c　秋萩のうつろふ野辺の仮庵に誰寝（い）ねがての衣打つらん（続拾遺集・秋下・三四〇）

定家の『顕注密勘（けんちゅうみっかん）』には、「［(1)bノ歌ハ］山田もるといひては、まことに借廬うたがひなし。……後撰（＝後撰集ニ載ル、コノ百人一首1番歌）には、かりほのいほといふ歌は苅穂也」とあるので、定家は「刈穂」と考えていたようですが、今日の注では、ふつう、「仮庵」と考えています。「仮庵」だとすると、「仮庵の庵」と、同意の語を連接させる表現になります。このような表現を「**連接剰語**（れんせつじょうご）」（伝統的には「重ねことば」）といいます。『宗祇抄』に「かり庵のいほよろしかるべきにや。古の歌は同事を重よむ事常の儀也」とあるように、このような表現を、調べの良いものとして評価しようという考え方もあります。百人一首では、3番歌に「山鳥の尾のしだり尾」、13番歌に「筑波嶺の峰より落つる」という表現があります。連接剰語の例を少しあげておきましょう（fは散文の例です）。

(2) a　常なさの常なき世にはあはれてふことよりほかにことのなきかな（範永集）
b　神無月時雨の雨の降るたびに色々になる鈴鹿山かな（金葉集・冬・二六〇）
c　生きての世死にての後の後の世も羽を交はせる鳥となりなん（玉葉集・恋三・一五五五）
d　岩間漏る石間の水の音までも秋はあはれと聞きぞなさるる（中務内侍日記）
e　錦木は立てながらこそ朽ちにけれ狭布(けふ)の細布(ほそぬの)胸あはじとや（後拾遺集・恋一・六五一、能因）
f　のどかなる御暇(いとま)のひまなどにはふと這ひ渡りなどし給へど（源氏物語・薄雲）

「秋の田の仮庵の庵の苫」は連体格の助詞「の」が重ねられています。同じ連体格でも、「が」は、このように数多く重ねては用いられません。なお掲出歌のように、上句に助詞「の」の重出が置かれるのは『万葉集』以来普通に見られるのですが、次例のようにこれを下句に置く歌形は『千載集』から目立ち始め、『新古今集』で最大数となることが指摘されています（錦仁『中世和歌の研究』桜楓社）。

(3) a　ながむれば思ひやるべき方ぞなき　春の限りの夕暮れの空（千載集・春下・一二四、式子内親王）
b　見渡せば花も紅葉もなかりけり　浦の苫屋の秋の夕暮れ（新古今集・秋上・三六三、定家）
c　駒とめて袖うち払ふかげもなし　佐野のわたりの雪の夕暮れ（新古今集・冬・六七一、定家）

したがって(3)の歌形はいかにも新古今風ということができるのですが、この歌形は百人一首歌にはありません。それから、「の」が連続するときは、解釈上、連体格と主格の区別に留意する必要があります。例えば、

(4) a　風かよふ寝覚めの袖の花の香にかをる枕の春の夜の夢（新古今集・春下・一一二、俊成卿女）

b　ながめやる霞の末の白雲のたなびく山の曙の空（式子内親王集）

では、連体格の「の」に交じって、(4)aの「袖の」の「の」、bの「白雲の」の「の」が主格です。

「苫」は『和名抄』に「爾雅注云苫［士廉反和名度万(トマ)］編菅茅以覆屋也」とあります。「苫をあらみ」の「**…を…み**」は、「…が…なので」の意を表します（これを「**ミ語法**」といいます）。

(5)a　瀬を速み岩にせかるる滝川のわれても末に逢はむとぞ思ふ（↓77）

b　若(わか)の浦に潮満ち来れば潟を無み葦辺をさして鶴(たづ)鳴き渡る（万葉集・九一九）

次例の「…φ…み」のように、「を」が省かれることもあります。

(6)　山φ深み春とも知らぬ松の戸にたえだえかかる雪の玉水（新古今集・春上・三、式子内親王）

また、「…を」句と「…み」句との間に別語が挟まれることもあります。

(7)　桜色のひとへをなほもなつかしみ夏の衣にやがてするかな（拾玉集）

「を」は格助詞、「み」は形容詞の活用語尾と考えるのがよいでしょう。「…を…み」の「を」を間投助詞とする説もありますが、文中に間投助詞の「を」が現れるのは、次例(8)のように、命令・希求・願望・意志の文に限られるので、従いにくいように思います。

(8)　萩が花散るらむ小野の露霜に濡れてを行かむさ夜は更くとも（古今集・秋上・二二四）

掲出歌の「苫をあらみ」は、細かいことを言えば「仮庵の苫の隙(ひま)をあらみ」（新続古今集・秋下・五一二）ということになりましょう。

第三句、「苫をあらみ」は六文字あって「**字余り**」です。字余りについては、「句内に母音「あ」「い」「う」「お」があるとき、字余りが許容される」ということが本居宣長によって発見されていて（『字音仮名用格(じおんかなづかい)』『玉あられ』など）、上代・中古の字余りはこれがよく当たるようです（中世以降はこの原則は崩れます）。百人一首歌で字余りをもつ歌は三二首あるのですが（つまり32％ですね）、すべてこの原則に合致しています。次に示してみましょう（順に、歌番号、丸数字は字余りの箇所（例えば③は第三句の意）、平仮名は字余りが許容される単独母音を示します）。

1③あ、4①う②い、9①い、11③い、15②い、16③お、20⑤お、21④あ⑤い、22⑤い、23⑤あ、24②あ、25①お、26③あ、28⑤お、29①あ、31②あ、38⑤あ、48①い、49⑤お、55①お、57①あ、70②い、73⑤あ、74③お、75①お、76②い、77⑤お、79④い、80⑤お、85②お、92③い、99④お。

掲出歌の第三句「苦をあらみ」も「あ」を含んでいます。字余り句中の単独母音は前の音節と融合して一単位になるのでしょう。次例では、「いかに言（い）ふことそ」が「イカニフコトソ」と表記されていて、「言ふ」の「い」が「に」に吸収されたことを示しています。

(9) 韓国（からくに）を以柯儞輔居等所（いかにふことそ）（日本書紀歌謡・九九）

ほかに「舟丹佐里介留（フネニザリケル）（＜ざあり）」（新撰万葉集）や「不解麻留鉇（トケズマルカナ）（＜もある）」（同）、「うたたるさま」（遍昭集、古今集・一〇一九は「うたたあるさま」）のような表記例もあります。次例は、全句が字余りの歌です（二条院讃岐の歌）。

(10) ありそ海の 波間かき分けて かづく海女（あま）の 息もつきあへず ものをこそ思へ（八雲御抄）

なお、次例の傍線部は八文字ですが、「しや」は一音節の拗音/sja/を表記したものですから、これは字余りとはいわないでしょう。

(11) あな照りや（＝アア光ッテイルヨ）虫のしや尻に火のつきて小人玉（こひとだま）（＝小サナ人魂）とも見えわたるかな（宇治拾遺物語・一二—一四）

「衣手」は「袖（そで）」、「袂（たもと）」（「手＋本」の意）のことですが、もっぱら和歌に用いられるので、歌語というべきでしょう（中古では散文の使用例は見当たらないようです）。『日葡辞書（にっぽじしょ）』には、「Coromode 詩歌語。Sode（袖）に同じ、僧衣、または、着物」（邦訳による）とあります。百人一首では「衣手」が二例、「袖」が六例です。

(12)　夕されば衣手寒しみ吉野の吉野の山にみ雪降るらし（古今集・冬・三一七）
なお、「衣手」は「衣＋手」ですが、「袖」のソは上代特殊仮名遣いで甲類、「衣（そ）」は乙類なので、「袖」は「衣（そ）＋手」とは考えにくいようです（無理に甲類のソを求めれば、例えば「麻（そ）＋手」などが当てられましょうか。『岩波古語辞典［補訂版］』では、衣のソを甲類としています）。

「露に」の「に」は、原因を表す格助詞です。「露」には、涙の喩をみるか否かという問題もあります。
(13)　a　秋の野に置ける露とはひとり寝る我が涙とぞ思ほえぬべき（新撰万葉集）
　　b　山田守（も）る秋の仮庵に置く露は稲負鳥（いなおほせどり）の涙なりけり（＝(1)b）
歌末は反復・継続の接続助詞「…つつ」で終えていて、これを「**つつ止め**」といいます。「…つつあり（＝…続ケテイル）」の意を表しますが、形態的には言いさしになっています。そのことを形の上に表すなら、教室などでは、現代語としてはこなれませんが、「私の袖は露に濡れ濡れして……。」のように訳しても良いでしょう。

■本歌取り歌
・秋の田の庵に葺ける苫をあらみ漏りくるつゆの眠（い）やは寝らるる（続後撰集・秋中・三八七、和泉式部）
〔秋の田の庵（の屋根）に覆ってある苫が粗いので、漏れてくる露で少しも寝ることができない。〕＊故意に露骨な形で本歌取りをしたものでしょう。「つゆ」に「露」と「少しも」の意の副詞「つゆ」が掛けてあり、もちろん涙も含意しています。
・苫をあらみ露は袂（たもと）におきゐつつ仮庵の庵に月を見しかな（後鳥羽院御集）
〔苫が粗いので露は袂に置き、起きてじっとしていながら仮庵で月を見たことだ。〕
・露だにも置けばたまらぬ秋の田の仮庵の庵の時雨降るなり（壬二（みに）集）
〔露さえも降りるとたまらず漏れ出る秋の田の仮庵に時雨が降っている音がする。〕

・苦しさは払ひもはてず秋の田の仮庵の庵の苫の白露（承久元年七月内裏百番歌合）
〔苦しさは払いのけられない。秋の田の仮庵の苫の白露よ。〕＊「本歌をことの外に取り過ぐされたるよし沙汰侍りき」という判詞が出ています。

2　春過ぎて、夏来にけらし。白妙の衣干すてふ天の香具山。　　持統天皇

春が過ぎて、夏が来てしまったらしい。白い布で作った衣を干すという天の香具山。

新古今集・夏（題知らず）

原歌は『万葉集』（巻一・二八）の、

(1)　春過而夏来良之白妙能衣乾有天之香来山
（春過ぎて夏来たるらし白妙の衣干したり天の香具山）

です。「らし」は根拠に基づく推定を表す助動詞で、「らし」を用いた歌は、一般に、次例のように、「らし」で推定される事柄と、その根拠を示す事柄（波線部）との二文構成になります。

(2) a　沖辺より潮満ち来らし可良の浦にあさりする鶴鳴きて騒きぬ（万葉集・三六四二）
b　春日野に煙立つ見ゆ娘子らし春野のうはぎ摘みて煮らしも（万葉集・一八七九）

(1)の原歌は、この通則通り、「春過ぎて夏来たるらし」と推定する根拠が「白妙の衣干したり」と言語上表示されて

いますが、『新古今集』・百人一首では「衣干すてふ（＝衣ヲ干ストイウ）」という形になっていて、「…けらし」と推定する根拠の表示が弱くなっています。根拠とするには「（夏が来ると）白妙の衣を干すという天の香具山（に白妙の衣が干してある）」のように含意を読まなければなりません。ですから「らし」を用いた歌の形としては、やはり原歌の方が型通りです。

「けらし」は「ける＋らし」（「た＋らしい」の意）の約まったものと考えられます。「けり」を形容詞化したものとする説もありますが、そうすると次例のような「寒からし」の説明に困るでしょう（「寒し」はすでに形容詞なので形容詞化する必要はなく、これは「寒かる＋らし」の約と考えられます）。

(3)　秋の夜は露こそことに寒からし草むらごとに虫のわぶれば（古今集・秋上・一九九）

「春φ過ぎて」、「夏φ来にけらし」、「衣φ干すてふ」は、それぞれφのところに格助詞が表示されていません（このように助詞が表示されていない名詞を「**無助詞名詞**」といいます）。「春」「夏」は主格、「衣」は目的格と考えられますから、「春ガ過ぎて」、「夏ガ来にけらし」、「衣ヲ干すてふ」のように読みます。歌末の「香具山」も無助詞名詞で、これは「香具山［ニ］」か「香具山［ヨ！］」かが問題になります。

さて、この歌で問題となるのは、「白妙の衣」が何を指すかということです。古注には、次のような説がみえます。

A　「霞」のことである（「春は霞の衣におほはれたる山、其霞の衣をぬぎたる様なれば、白妙の衣とはいへり。霞の衣をいへる詞也」宗祇抄）。

B　「白雲」のことである（「此衣ほすとは何を山の衣がへといふと見るに、白雲を山の衣とせり」天理本聞書）。

C　「卯の花」の比喩である（「此の山卯の花多ければ、其を衣に譬てあそばしける」経厚抄）。

D　「天女の衣」である（「此山むかし天女下りてつねに衣をほす所也」米沢抄）。

E　「夏の衣」の実景である（「高市群藤原宮よりちかく見やらせたまへば、山片付て住家住家より、箱の中にたゝみおけりし夏衣を取出てほせるが、あまた白妙に見ゆるに付て、早春は過て夏こそきぬらしと時節を感じてあそばせるなり」改観抄）。

F　「白妙の」は「衣」に係る枕詞である（「春過ても、白妙も、枕詞ほどに成也」経厚抄）。

Aは宗祇の説ですけれども、持統天皇はともかく、『新古今集』の時代には、霞は浅緑色と捉えられていました。最近の『万葉集』の注では、「聖なる天の香具山を祭る巫女（みこ）たちの斎衣（さいい）であろう」（伊藤博『萬葉集釋注』集英社）という説があって、採るべきであろうと思います。「白妙」は、本来は「白栲（しろたへ）」で、「楮（こうぞ）の繊維で織った白い布」のことだったのでしょうが、

(4)　梅が枝（え）に鳴きて移ろふ鶯の羽（はね）白妙に沫雪（あわゆき）そ降る（万葉集・一八四〇）

のように、単に「白い」の意も表します（「白たへとは、たゞしろきを云」能因歌枕）。

なお、次例は定家による掲出歌の本歌取り歌ですが、(5)a・bは「卯の花」、cは「霞」、dは「白い波頭」として詠まれています。

(5)a　白妙の衣干すてふ夏の来て垣根もたわに咲ける卯の花（拾遺愚草）

b　夏の来て卯の花白く脱ぎ替ふる衣乾（ひ）るらし天の香具山（拾遺愚草員外之外）

c　花盛り霞の衣ほころびて峰白妙の天の香具山（拾遺愚草）

d　大井川変はらぬ井関おのれさへ夏来にけりと衣干すなり（拾遺愚草）

宗尊（むねたか）親王の次例では「白雲」ですね。

(6)　衣干す時は来ぬとや白雲のそれかとかかる天の香具山（竹風和歌抄）

「てふ」は「といふ」の転で伝聞の意を表します。

(7)a　待ててはば人知り見むや（古今和歌六帖）…未然形

b　昨日てひ今日日暮らして（和泉式部続集）…連用形
c　今日来る人は限りなしてふ（古今和歌六帖）…終止形
d　夢てふものは頼みそめてき（古今集・五五三）…連体形
e　いたづらに身はなるてへど（陽成院歌合）…已然形
f　門させりてへ（古今集・九七五）…命令形

このように活用形が揃います。終止形と連体形とが同形ですから、この歌の「てふ」を終止形とみることも不可能ではありませんが、ふつうは連体形として読まれています。「てふ」は現在「チョー」と読みますが、文字の上では、

(8)　はるすぎて[エ]　なつきにけらし[イ]　しろたへの[オ]　ころもほすてふ[ウ]　あまのかぐやま[ア]

のように、五つの句末に五母音が過不足なく現れます（このような例は、百人一首歌ではほかに12・92・96番歌にみられます）。

第五句「天の」は、上代は「アメノ」、中古以降は「アマノ」と読むのが一般的です。「香具山」はふつう「カグヤマ」と読みますが、「カクヤマ」「カゴヤマ」という読みかたもありました。

■本歌取り歌

・雲晴るる雪の光や白妙の衣干すてふ天の香具山（秋篠月清集）
〔雲が晴れて輝く雪の光か。白妙の衣を干すという天の香具山は。〕
・夏来ても衣は干さぬ涙かないづくなるらん天の香具山（竹風和歌抄）
〔夏が来ても衣を乾かすことがない（流れ続ける）涙よ。どこなのだろう、（衣を干すという）天の香具山は。〕
・佐保姫の衣干すらし春の日の光にかすむ天の香具山（続後拾遺集・春上・二六、宗尊親王）
＊訳は不要でしょう。佐保姫は春の女神です。

3 あしひきの山鳥の尾のしだり尾の長々し夜をひとりかも寝む。

柿本人麿

拾遺集・恋三（題知らず）

山鳥の尾で長く垂れさがった尾がとても長いように、とても長い夜をひとりで寝るのだろうかなあ。

「あしひきの」は「山」に係る枕詞なので訳しません。なお枕詞を品詞的に連体詞とみようとする説がありますが、このように「山鳥」の「山」の部分だけに、すなわち語の一部に係り得る点で、枕詞と連体詞とは基本的に異なるものです。「あしひきの」は、この歌の時代は清音「ひ」ですが、中世には「あしびきの」と濁音で読まれました。『日葡辞書』には、「Axibiqi　詩歌語。例 Axibiqino yama.」（邦訳による）とあります。

「山鳥のを」は、ふつう「山鳥の尾」と読むので、「山鳥の尾のしだり尾」は連接剰語（↓1）ということになります。ただし、「此山鳥の尾を冷泉家には雄（ヲトリ）とみるなり」（師説抄）、「この歌に山鳥のをとあるは尾にあらず、雄なり、をどりのしだりをのといふ也と申す義も侍り。さもありなむ」（奥義抄）のように「山鳥の雄のしだり尾」と読む説もあります。あるいは、「尾」と「雄」との掛詞ということもあり得るでしょうか。定家の次例は、「山鳥の雄」と読めます。

(1)　憂かりける山鳥のをのひとり寝よ秋ぞ契りし長き夜にとも（拾遺愚草）

山鳥は、夜、雌雄が峰を隔てて寝るという言い伝えがあり、「独り寝」の象徴です。

(2) a　昼は来て夜は別るる山鳥の影見る時ぞ音(ね)は泣かれける（新古今集・恋五・一三七二）

b　秋風の吹き寄るごとに山鳥のひとりし寝(ぬ)ればものぞかなしき（古今和歌六帖）

c ［落葉宮ハ塗籠ニ籠モッテシマイ、塗籠ノ外デ夕霧ハ］よろづに思ひ明かし給ふ。山鳥の心地ぞし給うける。からうじて明け方になりぬ。（源氏物語・夕霧）

「しだり尾」の「しだり」は、「垂れさがる。長く下に垂れる。」意の自動詞「し垂る」の連用形です。中古まで四段でしたが、後に下二段になりました。現代なら「しだれ柳」のように「しだれ尾」というでしょう（このように、四段から下二段に転じた動詞に、「埋(うづ)む・恐る・隠る・放(さ)く・触る・忘る」などがあります）。「あしひきの山鳥の尾のしだり尾」の「の」は同格の助詞で、上代には、「鶏(かけ)の垂り尾の乱れ尾の」（万葉集・一四一三）や、「北山にたなびく雲の青雲」（同・一六一）、「妹(いも)が家に咲きたる花の梅の花」（同・三九九）、「春さればまづ鳴く鳥の鶯」（同・一九三五）、「我が里に今咲く花のをみなへし」（同・二二七九）など、重複性の強い同格表現がよくみられます（野村剛史（1993）「上代語のノとガについて（上・下）」『国語国文』62―2・3）。

「しだり尾の」の「の」は序詞を導く格助詞です。もともと主格を表す助詞ですから、「しだり尾ノヨウニ」ではなく、「しだり尾ガ長々しいヨウニ」という形で訳すのが適当だと思います。

「長々し」は、「長し」の語幹を重ねたシク活用の形容詞です。「荒々し・情け情けし・好(す)き好(ず)きし・遠々(とほとほ)し・苦々(にがにが)し・美々(びび)し・まめまめし」のように、繰り返しを語幹にもつ形容詞は必ずシク活用で、一般に、「非常に…」の意を表します。「長々し夜」は、シク活用形容詞の終止形相当の語形（実は語幹と捉えられるのですが）が、そのまま体言に連続する（体言を修飾する）語法です。類例は多くあります（現代語でも「うれし涙」のような例があります）。

(3) a　さかし女［佐加志売］（古事記歌謡・二）

b　うまし国そ（万葉集・二）

c　うらぐはし山そ（万葉集・三二二二）
d　縵（かづら）かげかぐはし君を相見つるかも（万葉集・四一二〇）
e　山隔（へな）り愛（うつく）し妹（いも）は隔りたるかも（万葉集・二四二〇）
f　なべてのよろし人にはあらじ。（源氏物語・浮舟）
g　伊勢の海のなぎさに寄するうつせ貝むなし頼みに寄せ尽くしつつ（古今和歌六帖）
h　つらき今を恋し昔に返しては（赤染衛門集）
i　内の大殿は、年ごろ造らせ給へる新し殿に渡らせ給ひて（栄花物語・二九）

なお、『拾遺集』の原歌は、『万葉集』の「足日木乃 山鳥之尾乃 四垂尾乃 長永夜乎 一鴨将宿」（二八〇二・或本歌）で、この傍線部を「長々し夜を」と訓んだわけですが、これは「長き長夜を」とも訓み得ます。

第五句は、「ひとり＋か＋も＋寝＋む」で、「か」は疑問の係助詞、「む」は推量で、「か…む」で自問（疑い）を表します。「も」は詠嘆の意を含む係助詞です。詳しく言えば、「君と寝（い）ねずてひとりかも寝む」（万葉集・二〇五〇）ということです。

■本歌取り歌

・ひとり寝（ぬ）る山鳥の尾のしだり尾に霜置きまよふ床の月影（新古今集・秋下・四八七、定家）
〔独りで寝ている山鳥の長く垂れ下がった尾に、霜が置いたかと見間違うほどの、寝床に差し入る月の光よ。〕

・桜咲く遠山鳥のしだり尾のながながし日も飽かぬ色かな（新古今集・春下・九九、後鳥羽院）
〔桜が咲いている遠山は、山鳥の尾が長いように、長い（春の）日にも飽きることのない（桜の）色よ。〕＊
「夜」を「日」に変え、「春の遅日」に変じて見事です。

・鳴きぬなりゆふつけ鳥のしだり尾のおのれにも似ぬ夜半の短さ（続後撰集・夏・二二一、定家）
〔鳴いたようだ。木綿付鳥（＝鶏）の長く垂れ下がった尾にも似ていない、（夏の）夜の短さよ。〕＊こちらは夏の短夜に転じています。

4 田子(たご)の浦にうち出でて、見れば、白妙(しろたへ)の富士の高嶺(たかね)に雪は降りつつ。

山辺赤人(やまべのあかひと)

新古今集・冬（題知らず）

田子の浦に出て、見ると、白い布のように白い富士の高い峰に、雪は降り続いている。

「うち出でて」の「うち」は接頭辞で、種々の意味を添えるのですが、訳出は困難です。『龍吟明訣抄(りゅうぎんめいけつしょう)』は「打の字眼なり。田子浦出つ、みればとも有べきに、打といひたるはふと出て見たればといふ気味也」、『異見』は「打出ては、道のゆくてならず、わざと浜辺にさし出て見やるをいふ」としています。第二句は現代語の試行を表す「…してみる」ではなく、「うち出でて、［富士山（の方角）ヲ］見れば」です。

原歌は『万葉集』（巻三・三一八）の、

(1) 田児之浦従打出而見者真白衣不尽能高嶺尓雪波零家留
（田子の浦ゆうち出でて見ればま白にそ富士の高嶺に雪は降りける）

で、原歌では、「ゆ」は通過点を示す上代の格助詞ですから、「田子の浦を通って」の意になります。この歌の形は、改作ではなく『万葉集』の訓法の一つの形でしょうが、「田子の浦に」と場所を示す格助詞を用いたことによって、「田子の浦」と狭く場所が示され、それが第三句以下で急に視界がひらけて、雄大な富士の景色が現れるような構成になりました。

「見れば」は偶然確定条件で、「見ると」「見たところ」の意を表します（↓28）。「白妙の」は「富士」に係る枕詞とみる説もありますが、使用例はほかに無いようなので、比喩を表すものとして訳出しました。単に「白い」の意と見て（↓2）、「白一色の」のようにも訳せるかもしれません。「つつ止め」の歌です（↓1）。

■本歌取り歌

・朝ぼらけ霞隔てて田子の浦にうち出でて見れば山の端(は)もなし（草庵集）

〔朝方、田子の浦に出て見ると、霞が隔てて富士山の山頂も見えない。〕＊本歌を反転させる趣向です。

5

奥山に黄葉(もみち)踏み分け鳴く鹿の声聞く時ぞ、秋はかなしき。

猿丸大夫(だいふ)

古今集・秋上（〔是貞の親王(みこ)の家の歌合の歌〕、読人知らず）

奥山で黄葉を踏み分けて鳴く鹿の声を聞くときが、秋は悲しい。

出典の『古今集』には「読人知らず」として出ていますが、百人一首では「猿丸大夫」の作としています。「大夫」はふつう「だいふ(ダユウ)」と読みます（「だいぶ」は職(しき)の長官を指す別語です）。

「もみち」は「紅葉」の字で書かれることが多いのですが、鹿とともに詠まれる「もみち」は萩のそれですから「黄葉」と書きました。「黄葉φ」、「声φ」は無助詞名詞で、ともに目的格です。

この歌は**句読**によって、二種三類の読みかたがあります。

A　[[奥山に黄葉踏み分け鳴く鹿]の声]ヲ聞く時ぞ

B1　奥山に黄葉踏み分け、[[鳴く鹿]の声]ヲ聞く時ぞ

B2　奥山に、[[黄葉踏み分け鳴く鹿]の声]ヲ聞く時ぞ

Aのように読むと「黄葉を踏み分け」たのは鹿で、作者は里でその鳴き声を聞いていることになります。Bのように読むと作者も奥山にいることになります（B1は「黄葉を踏み分け」たのは作者、B2は「黄葉を踏み分け」たのは鹿ということになりますが、作者が奥山に入ったのであればB1が自然でしょう）。古注では、「ふみわけは、鹿(シカ)のふみわけて鳴と意得るぞ、歌のつゞけにおきてすなほなる」（宇比麻奈備）のようにA説を主張するか、「鹿のふみ分たると此方のふみわけるとの二義なり」（龍吟明訣抄）、「これにふたつの心有べし」（改観抄）のようにA説とB説の両義があることを指摘するものの二つがあるようです。近代注では、『新撰万葉集』の、

(1)　奥山(オクヤマ)丹(ニ)黄葉(モミチ)踏別(フミワケ)鳴(ナク)麋(シカ)之(ノ)音(コヱ)聴(キク)時(トキ)曾(ソ)秋(アキ)者(ハ)金敷(カナシキ)

秋山寂々葉零々　麋鹿鳴音数処聆　勝地尋来遊宴処　無レ朋無レ酒意猶冷〔秋山寂々トシテ葉零々タリ、麋鹿(びろく)ノ鳴ク音数処ニ聆(きこ)ユ、勝地尋ネ来テ、遊宴スル処、朋無ク酒無クシテ意(こころ)猶冷(なほすさ)マシ〕（元禄九年版、『新撰万葉集』諸本と研究』和泉書院所収、による）

という、歌に合わせてある漢詩を根拠の一つとして、B説を主張するものもあります（片桐洋一『古今和歌集全評釈』講談社、新日本古典文学大系『古今和歌集』など）。なお、A説の場合、「聞く」の主語は直接には作者でしょうが、広く総称（「一般に人々は」）と捉えるべきでしょう。家隆の次のような歌は、A説のような状況でしょう。

(2) 下紅葉かつ散る山の夕時雨濡れてやひとり鹿の鳴くらむ（新古今集・秋下・四三七）

次例は、B説のような、人間が山中に踏み行って何かの音を聞くという状況を詠んでいます。

(3) あしひきの山の道柴踏み分けてまだ聞き馴れぬ嵐をぞ聞く（後鳥羽院御集）

「時ぞ」の「ぞ」は強意で、秋はどういう時が悲しいかというと、とりわけこの時が、ということを表しています。

次の(4)において、aは「秋について言えば、鹿の声を聞く時がかなしい」の意、bは「物事について言えば、秋がかなしい」の意です。

(4) a 奥山に黄葉踏み分け鳴く鹿の声聞く時ぞ秋はかなしき

b 山里に葛はひかかる松垣のひまなく物は秋ぞかなしき（新古今集・雑上・一五六九、好忠）

さて、鹿の鳴き声ですが、『古今集』では、次のような鳴き声として聞きなされています。

(5) 秋の野に妻なき鹿の年を経てなぞ我が恋の「かひよ」とぞ鳴く（雑躰・一〇三四）

このような「音模写による意味看取」（動物の声を意味のある言語音に聞きなすもの）の例をいくつかあげておきます。

(6) a 烏とふ大をそ鳥のまさでにも（＝本当ニモ）来まさぬ君をころく（自来（ころく））とぞ鳴く（万葉集・三五二一）

b しほの山さしでの磯にすむ千鳥君が御代をばやちよ（＝八千代）とぞ鳴く（古今集・賀・三四五）

c 梅の花見にこそ来つれ鶯のひとくひとく（＝人来人来）と厭（いと）ひしもをる（古今集・雑躰・一〇一一）〈「ひとくと今朝は鶯ぞ鳴く」続古今集・春上・六七、光孝天皇〉

d 青柳の糸の長さか春来ればももひろ（＝百尋）とのみ鶯の鳴く（久安百首）

e 秋風にほころびぬらし藤袴つづりさせ（＝綴リ刺セ）てふきりぎりす鳴く（古今集・雑躰・一〇二〇）

f 女郎花なまめきたてる姿をやうつくしよしと蟬の鳴くらん（散木奇歌集）〈この蟬は「つくつく法師」でしょう〉

g　猫の緒にかかりし御簾のはざまよりほの見しひとをねう（＝寝ウ）とこそ思へ（為忠家後度百首）

h　蓑虫いとあはれなり。……八月ばかりになれば、ちちよちちよ（＝父ヨ父ヨ）とはかなげに鳴く。（枕草子・四〇）

■本歌取り歌

・秋はただなほ奥山の夕まぐれ紅葉踏み分くる鹿の音も憂し（明日香井和歌集）
〔秋はただやはり奥山の夕暮れ（がつらいもので）、紅葉を踏み分ける鹿の鳴く音もつらく聞こえる。〕

・秋山は紅葉踏み分け訪ふ人も声聞く鹿の音にぞ泣きぬる（拾遺愚草員外）
〔秋の山では、紅葉を踏み分けて訪ねて来る人も、聞こえて来る鹿の鳴き声に泣いてしまう。〕

・鳴く鹿の声聞く時の山里を紅葉踏み分け訪ふ人もがな（瓊玉（けいぎょく）和歌集）
〔鳴く鹿の声を聞いている時の山里を、紅葉を踏み分けて訪ねて来る人がいたらなあ。〕

6

鵲（かささぎ）の渡せる橋に置く霜の白きを見れば、夜ぞ更（ふ）けにける。

中納言家持（やかもち）

新古今集・冬（〔題知らず〕）

（天の川に）鵲が渡した橋におりている霜が白いのを見ると、夜が更けてしまったのだった。

「鵲の」の「の」は、主格を表す格助詞です。「渡せる」は動詞「渡す」（四段）に存続の助動詞「り」が付いた形です。「**り**」は、百人一首では、この「渡せる」のほか、「まどはせる」(29)、「降れる」(31)、「茂れる」(47)、「残れる」(81)とすべて連体形で五例用いられています。本来この「り」というのは、動詞の連用形に「あり」が付いたもので、「渡し＋あり」なのですが、この「watasi ＋ ari」の結合部の「- i+a -」の所が融合してeの音になり、「watasi ＋ ari → wataseri」となりました。すると「渡せ」というのは「渡す」の活用形として存する形（已然形と命令形ですね）なので、「渡せ」に「り」が付いたようにみえ、「動詞の活用形＋り」という形で助動詞「り」が分出されることになります。「り」が已然形接続と説明されるのはこのような事情によります（なお、奈良時代には四段活用の已然形と命令形とは異なる音で、「- i+a -」が融合したeは命令形の方に（たまたま）一致するので、命令形接続という説明のしかたもなされています。サ変の場合は「せり」（si ＋ ari → seri）という形ですから、「せ」をサ変の活用形の中から探せば、未然形に「り」が付いたと説明せざるを得ないでしょう。二段活用の連用形に「あり」を付けることは出来なかったので（その理由は小田勝『実例詳解古典文法総覧』（和泉書院）一三六頁を御覧ください）、二段活用は「…り」の形をもちません。二段活用には「たり」（→32）が付くことになります。一段動詞やカ変にも「あり」は付いたのですが、「ki ＋ ari（着＋あり）→ keri」、「ki ＋ ari（来＋あり）→ keri」のような「けり」は、「け」が「着る」「来」の一活用形として存在しないために、助動詞「り」を分出して捉えることはできません）。存続の助動詞「り」、「たり」は、ふつう「…ている」と現代語訳されるのですが、対象への働きかけによって生じた結果の残存を表す場合は、現代語では「…てある」と訳されます。

(1) a　畳ところどころ引き返したり（＝裏返シテアル）。（源氏物語・須磨）

　　b　白き扇のいたうこがしたるを（源氏物語・夕顔）

したがってこの「渡せる橋」に相当する現代語は、「渡してある橋」なのですが、「…てある」には主語を表示できないので、「鵲が渡してある橋」とすると、容認しにくい現代日本語になります。訳文を「鵲が渡した橋」としたのはそのためです（「鵲によって渡してある橋」というのもややこなれないでしょうか）。

「かささぎのはしとは、七夕の天の川にむすびわたすを云」（能因歌枕）ということですが、この歌の「鵲の渡せる橋」については、次の三説があります。

A　冬の冴え冴えとした夜空を見て、秋の七夕の夜に鵲が天の川に渡した橋に、冬になって霜がおりているのを詠んだ。

B　宮中の御殿の階段におりている地上の霜を、天上の天の川の鵲の橋に見立てて詠んだ。

C　「霜」を導く序詞である。

Cは『異見』の説（「初二句は、たゞ霜をおこさん序のみにおけり」）ですが、いかがでしょうか。Bでは、次のような例があります。

(2)　鵲の渡せる橋の霜の上を夜半に踏み分けことさらにこそ（大和物語・一二五）

これは宮中の階段を詠んだもので、この歌では実際にこの橋を「踏み分け」ています。「はし」というのは「二つの地点をつなぐもの」というのが原義だったようで、古典語の「はし」は水平方向の「橋」のみならず、垂直方向の「梯」、すなわち「はしご」や「階段」も表します。「階(はし)より高き屋にのぼりたるを」（枕草子・一五四）というのは後者の例です。したがって「橋＝階」というのは見立てであるのみならず、ことばとしても掛けられるわけです。

問題は秋の七夕伝説と、冬の霜という季節の齟齬なのですが、田中裕『遠聞郭公』（和泉書院）は、このような例は、次のように、ほかにもあることを指摘し、

(3)a　夜や寒き衣や薄き鵲の行き合ひの橋に霜や置くらん（古今和歌六帖）

b　鵲のちがふる橋の間遠にて隔つる中に霜や降るらん（好忠集）

次のような例をあげて、この橋は天の川に架けられた常設の橋であるとしています。

(4)a　かぎりなく行きかふ年の通ひ路や霜に朽ちせぬ鵲の橋（壬二集）

b　天の川夜渡る月も凍るらん霜に霜置く鵲の橋（拾遺愚草員外）

そして、これは、七夕伝説と、

(5)　鵲の羽に霜降り寒き夜をひとりや我が寝ん君待ちかねて（古今和歌六帖）

のように霜と縁の深い鳥のイメージが合成されたものであることを指摘しています。従うべきだと思います。なお、同氏は、掲出歌をあくまでも秋七夕の歌にしようとするなら、「霜」は比喩としなければならず、その場合「月光」の比喩となるだろうという追記をして、「鵲の行き合ひの間より漏る月の影はことにぞ霜と見えける」（経家集）の例をあげています。それから、これもすでに指摘されていることですが、掲出歌からは、張継「楓橋夜泊」（『唐詩選』所収）の「月落烏啼霜満レ天」の詩句も思い起こされるところです。

「白き」は「白し」の連体形を名詞として用いたもので、これを「**準体言**」といいます。「白き」で、「白いの」「白いさま」の意を表します。「見れば」は偶然確定条件で、「見ると」「見たところ」の意です（→28）。「霜の白きを見れば」は、「霜が白いのを見ると」ということですが、これを「霜の白き［霜］を見れば」という同格とみることもできます。文法的にはどちらも可能な解なので、どちらかに決めることは原理的にできません。少しややこしい話になりますが、このことについて以下に付言します。古代語では、次例(6)のように、用言の連体形を、そのまま名詞句として用いることができました。これを「準体句」といいます。準体句は、主名詞が顕在していない連体句とみることができます。

(6)a　仕うまつる人の中に心たしかなる［人］を選びて（竹取物語）

b　昔、月日のゆく［コト］をさへ嘆く男（伊勢物語・九一）

aのように、顕在していない主名詞にヒトやモノが想定される準体句を「モノ準体」、bのように、顕在していない主名詞にコトやノ（トキ・サマ・トコロを含む）が想定される準体句を「コト準体」と呼びましょう。さて、日本語の活用語は、次の二つに分けられます。

(7) a　形状性用言…終止形がイ段音の語（形容詞・形容動詞・ラ変動詞、および「べし・たり・けり・き」などの助動詞）、動詞「見ゆ・聞こゆ・思ほゆ・候ふ・おはす・といふ・になる」、助動詞「ず・む・らむ・けむ」。

b　作用性用言…右以外の活用語

そして、ａｂの用言はともにコト準体を作ることができるのですが、モノ準体は形状性用言しか形成できないのです。例外は(8)のような場合で、準体句が主語に立ち、かつ述語が形状性用言である場合には、作用性用言でモノ準体を形成することができます（石垣謙二（1942）「作用性用言反撥の法則」『国語と国文学』一九—一一）。

(8) 猛（たけ）き武士（もののふ）の心をも慰むる△は歌なり。（古今集・仮名序）

このような次第で、掲出歌の「霜の白きを見れば」の「白き」は形状性用言なので、「白き［霜］」（モノ準体）の意にも、「白きサマ」（コト準体）の意にも解することができるわけです。同様に「桜の散れるを見れば」とあれば、「り」は形状性用言なので、モノ準体・コト準体両様の可能性がありますが、「桜の散るを見れば」であればコト準体の解釈しかできません。

「夜ぞ」の「ぞ」は強意で「夜が」と訳します。「にける」の「に」は完了の助動詞「ぬ」の連用形、「ける」は「けり」の連体形で気づきの意を表します。気づきと言っても、歌における「にけり」の「けり」は、意外な事実の発見（mirativity）ではなく、そうなるはずのものが順当に（あるいは致し方なく）そうなったという認識を表すもので、百人一首中の「にけり」（2・6・9・40・41・47・73）はすべてそのような認識を表しています。次のような例をあげておきましょう。

(9) いつしかも冬のけしきになりにけり朝踏む庭の音のさやけき（正治初度百首）

■本歌取り歌

・天の川夜渡る月も凍るらむ霜に霜置く鵲の橋（拾遺愚草員外）

〔天の川を夜渡っている月も凍っているだろう。霜の上にさらに霜の置く鵲の橋よ。〕

・鵲の渡すやいづこ夕霜の雲居に白き峯のかけはし（新勅撰集・冬・三七五、家隆）

〔鵲が渡す橋はどこか。天空にある、夕霜が（降りて）白い峰の架け橋よ。〕

・秋の霜白きを見れば鵲の渡せる橋に月の冴えける（後鳥羽院御集）

〔秋の霜が白いのを見ると、鵲が渡した橋に月が澄んで（照らして）いることだ。〕＊本歌を秋に転じています。

・冬の夜は霜を重ねて鵲の渡せる橋に氷る月影（続後拾遺集・冬・四五二、為氏）

〔冬の夜は霜を置き重ねて、鵲が渡した橋に月光が氷っている（ように見える）よ。〕

7

天(あま)の原ふりさけ見れば、春日(かすが)なる三笠(みかさ)の山に出(い)でし月かも。

安倍仲麿(あべのなかまろ)

古今集・羈旅（唐土(もろこし)にて月を見て詠みける。左注「この歌は、昔、仲麿を唐土(もろこし)に物習(ものなら)はしに遣はしたりけるに、あまたの年を経て、え帰りまうで来ざりけるを、この国より、また、使ひ（＝大使藤原清河）まかり至りけるに、たぐひてまうで来(き)なんとて出でたりけるに、明州(めいしう)（＝浙江省寧波(ニンボー)）といふ所の海辺にて、かの国の人、馬の餞(はなむけ)しけり。夜になりて、月のいとおもしろくさし出でたりけるを見て詠めるとなん語り伝ふる。」）

大空を遠く仰ぎ見ると、（あの月は、以前）春日にある三笠の山（の上）に出た月だなあ。

作者名は「阿倍」が正しいのですが、『古今集』・百人一首ではふつう「安倍」と書かれています。

「天の原φ」は無助詞名詞で、目的格です。「原」というのは、「海原」「野原」など、広がった所をいいますから、「天の原」は「大空」の意です（ただし、上代では、「天つ神」の住む天上界、高天が原という語義もあります）。「ふりさけ」の「ふり」は接頭辞、「さけ」は動詞「さく（放く・離く）」（下二段）の連用形で、「（視線を遠くに）はなつ」の意を表します。「見れば」は偶然確定条件で、「見ると」「見たところ」の意を表します（↓28）。「ふりさけ見れば」とは、「ふりあふぎてみる儀也」（宗祇抄）、「遠く見やる心也」（改観抄）ということで、「遠く仰ぎ見ると」の意です。「天の原ふりさけ見れば」というのは『万葉集』に多い表現で、同集には七例みられます。

「春日なる」の「なる」は、**存在の意を表す助動詞「なり」**です。連体修飾として用いられることがたいへん多いのですが、その他の例もあります（fはこの終止形と考えられます）。

(1) a 都なる荒れたる家にひとり寝ば旅にまさりて苦しかるべし（万葉集・四四〇）

b 御前なる人々、一人二人づつ失せて（枕草子・二九二）

c 家ならば妹(いも)が手まかむ草枕旅に臥(こ)やせるこの旅人(たびと)あはれ（万葉集・四一五）

d 頭中将、懐(ふところ)なりける笛とり出でて吹きすましたり。（源氏物語・若紫）

e 今日もかも都なりせば見まく欲(ほ)り（＝逢イタサニ）西の御厩(みまや)（＝右馬寮）の外(と)に立てらまし（万葉集・三七七六）

f 富士の山は、この国（＝駿河）なり。（更級日記）

「出でし」の「し」は過去の助動詞「**き**」ですが、この時代の過去の助動詞「き」は最直前の事態を表すことはありませんから（「今来た人は誰ですか」のような「た」を「き」で表すことはありません。このような場合は「つ」で表されます。→81）、以前見た月を回想していることになります。作者は唐土で月を見ながら、昔日本で見た三笠の山の月を回想しているわけです。同様の理由で、

(2)　春の野に若菜摘まむと来しものを散りかふ花に道はまどひぬ（古今集・春下・一一六、貫之）

を、「春の野に若菜を摘もうとやってきたのに、散りまがう花に道がわからなくなってしまった。」（角川ソフィア文庫訳）のように解することはできません。(2)は「昔来たことがあるが、今は～」という時間差として読まなければなりません。例えば「春の野で、若菜を摘もうと思って来たことがあるが、今は散り乱れる花に心が乱れて道にまよってしまった」（新日本古典文学大系訳）のようにです（そもそも若菜の季節と桜の花が散る季節とではそうとう時間差がありましょう）。

また、「き」は単純に時間的に隔たった過去というのみならず、現在と隔絶した過去、現在は失われた過去ということも表示します。したがって恋歌で「見し人」と言ったら、「かつて繁く逢い（あるいはたった一度だけ逢い）、現在は仲が途絶えてしまった恋人」の意を表します。助動詞「き」の機能がもたらすたいへん便利な連語であるわけです。掲出歌の「出でし月」というのも、したがって、今はもう失われた月ということを含意します。

ただ問題は、「見れば」とあれば、その次には、

(3)　天の原ふりさけ見れば白真弓張りてかけたり夜道は良けむ（万葉集・二八九）

のように、詠者の眼前の事態が表現されるのが普通であって（これを「メノマエ性」などといいます）、「見れば」の後に過去の事物が表現される掲出歌は、相当奇妙な表現形式であると言わざるを得ません。

それから、もう一つ。この歌の構造が、現代人にとって、何となくしっくりしないのは、上に述体の条件節（述語で構成された条件節）があって、その帰結が喚体句（述語のない名詞句）になっているからでもあります。ただ、この

形は古典和歌には時にみる形です。

(4) a　夏の夜の臥すかとすれば時鳥鳴く一声に明くるしののめ（古今集・夏・一五六、貫之）

b　こりつめて真木の炭焼く気（け）をぬるみ大原山の雪のむら消え（後拾遺集・冬・四一四、和泉式部）

「三笠の山に出でし月」の「に」は場所を表す格助詞として、「山の所、山の上空に出た（現れた）月」の意と考えられます（「出づ」という離脱を表す動作の場所を示すことで、結果的に「山から」という離脱点を示すという解も不可能ではありませんが）。三笠山は、歌では、「天皇の御蓋（みかさ）」から近衛の大・中・少将の異称として、また「笠」から「さす」との関連で用いられることが多いのですが、ここは単純に実際の山を指しています。なぜ三笠の山なのかということですが、『続日本紀』に「遣唐使、祠二神祇於蓋（みかさ）山之南一」（養老元年（七一七）二月）とあるように、遣唐使は日本を出発する際に三笠山で神に祈願したからだと言われます。定家の歌をあげておきましょう。

(5)　さしのぼる三笠の山の峰からにまたたぐひなくさやかなる月（拾遺愚草）

歌末の「**かも**」には、「疑問」の意と「詠嘆」の意とがあり得ます。「月かもとは、かもの字ひとりかもねむのかもとは違ひ、月でこそあれといふ意なり」（龍吟明訣抄）は詠嘆説、「かもは疑ひのかも也。…あまりに遠き他（ヒト）の国にての情ゆゑに、いさゝかうたがひいひたるに、弥あはれふかき也」（宇比麻奈備）は疑問説です。今、詠嘆とみて訳出しました。

歌意は、『異見』に「大空をあふぎ見れば、月こそ澄わたれ、これやかの故郷の春日なるみかさ山に出し月か、とつくづく打ながめたるに、限なき懐旧の余情思ひやられて、いともかなしき歌也」とある通りです。

逆に、日本側で、月を見て唐土に思いを馳せるという作歌に次のようなものがあります（心は唐土まで行くというのは大弐三位の歌（千載集・三〇二）が有名です）。

(6) a　心こそもろこしまでもあくがるれ月は見ぬ世のしるべならねど（拾遺愚草）

b　月影に誘はれぬればまだ知らぬもろこしまでも行く心かな（重家集）

■本歌取り歌

・ふりさけし人の心ぞ知られぬる今宵三笠の月をながめて（山家集）

〔（昔、唐土から）遠く仰ぎ見た人の気持ちがよく分かるのだった。今夜三笠山の月を眺めて。〕

・いづこにもふりさけ今や三笠山もろこしかけて出づる月影（新勅撰集・雑四・一二七七、源家長）

〔どこででも今仰ぎ見ているだろうか、三笠山を。唐土にまで出る月の光よ。〕

8

我が庵は都の辰巳、しかぞ住む。世を宇治山と人は言ふなり。

喜撰法師

古今集・雑下（題知らず）

私の庵は都の東南（で）、そのように（都の東南に）住んでいる。（ここを）世の中がつらいと思う宇治山だと人は言うそうだ。

この歌は、「しか」の内容について、説が分かれています。

A「このように心静かに住んでいる」の意で、現在の出家生活を指す

B「世の中をつらいと思って住んでいる」の意で、下の句を指す

古注では「かく静に住得たり」（改観抄）などA説がたいへん多く、B説は「かくもうき山にわびつ、ぞしかすめる」

〈異見〉などにみえる程度です。Aでは、『源氏物語』橋姫巻の宇治八宮の歌、

（1）跡絶えて心澄むとはなけれども世をうぢ山に宿をこそかれ

なども参照して、「住む」に「澄む」を掛けているという見方もあるところです。

ところで、**指示語**には次のような用法があります。

①直示　現場指示（その場にあって実際に知覚できる物を指すもの）
②非直示　文脈指示（言語内の語句を指すもの）
③非直示　観念指示（記憶を指すもの）
④非直示　曖昧指示（指示内容を故意に特定しないもの）

③は「あの時は楽しかったなあ。」のような、④は「ちょっとそこまで」のようなものです。さて、「しか」というのは「さう（然）」「かう（斯）」などとともに指示副詞に分類されるのですが、**中古の指示副詞**は、「かう」などのカ系の指示副詞が①②を、「さう」「しか」などのサ系の指示副詞が②③④を指すということが知られています（岡﨑友子（2002）「指示副詞の歴史的変化について」『国語学』53―3）。これによれば、「しか」を現場指示で解釈するA説は採れないことになります。もっとも、同論文にサ系の指示副詞の直示用法の例は僅かに見えるという注記があって、実際次のような例がみられますけれども。

（2）a　三輪山をしかも隠すか雲だにも心あらなも隠さふべしや（万葉集・一八）
　　b　三輪山をしかも隠すか春霞人に知られぬ花や咲くらむ（古今集・春下・九四、貫之）〈右aから取った表現〉

B説は、「しか」が下句を指す（②である）という点で文法的に成立する解釈ですが、この場合は「我が庵は～、人は～」という対比が響きません。この歌の「しか」は③④では解しにくいですから、②の文脈指示ということを素直にとれば、やはり直前の語句を指すとみるべく、「しか」は「都の辰巳で」を指すと見ざるを得ないのではないでしょ

うか。「私の庵は都の東南（にあり）、そのように（都の東南に）住んでいる。」ということです。出家しても都と離れ切れていないという含羞を読むこともできるかもしれません。「しか」が前の語句を指す（前方照応の）例を(3)aに、後の語句を指す（後方照応の）例をbにあげておきます。

(3)a　相見ては千歳や去ぬる否をかも我やしか（＝相見テ千歳去ヌト）思ふ［思加毛布］君待ちがてに（万葉集・三四七〇）

b　春日山都の南しかぞ思ふ北の藤波（＝藤原氏北家ヲ指ス）春に逢へとは（新古今集・賀・七四六、良経）

もう一つ、「しか」に「鹿」を掛けているのか否かという問題がありますが、『顕注密勘』では「鹿ぞすむとよめるなど申す人あれど、さもきこえず。鹿のすまむからによをうぢ山と云べきよしなかるべし」という顕昭の注に定家は反論していないので、定家は「鹿」を掛けているとは考えていないでしょう。ただ、「鹿ぞ棲む」との直接的な掛詞ではなくても、十二支で「卯→辰・巳→午」と、「辰巳」の次に「午」が来る所を「鹿」と置き、それを「人は「卯」（宇治）と言う」というような言葉遊びはあるのかも知れません（掛詞とみるなら「私はそのように住んでいて、鹿が住んでいる（寂しい所だ）」のように解釈されるでしょうか）。定家の次例の「しか」は「鹿」ですね。

(4)　春日野や護るみ山のしるしとて都の西もしかぞ住みける（拾遺愚草）

「世を宇治山」の「う」には、「世を憂し」の「う」が掛けられています。古代語では形容詞が「を」格をとることも不可ではないのですが（「来し方をくやしく」源氏物語・若菜上、「さめざめと泣くを怪し。」今昔物語集・二九―四、小田勝『実例詳解古典文法総覧』二八〇頁）、「世を」との続きから動詞「倦じ」が掛けられているとする説（荒木浩(2009)「世を倦じ山と人はいふ」『詞林』45）もあります。ただ、「宇治」の「ぢ」と「憂し・倦じ」の「し・じ」とは別音ですから（「ぢ」と「じ」とが同音になるのは江戸時代初期のことです）、掛けられているのは「う」の部分だけです。そうすると、「う」だけで意味が響くのであれば、(5)のように、語幹が独立して存在できる、形容詞の「憂」と考える方が良いようにも思います。

(5) 世の中にいづら我が身の有りて無しあはれとや言はむあな憂とや言はむ（古今集・雑下・九四三）

この掛詞について、下句に次の二通りの読みかたがあり得ます。

A　人は宇治山（憂し）と言うが、私は「憂し」と思ってはいない。

B　人が宇治山（憂し）という山に、私も「憂し」と思って住んでいる。

しかし、

(6)「世を宇治山［ナリ］」と人は言ふなり。

の「人は言ふなり」を素直に解釈すれば、やはりAということになるでしょう。

この歌には、「我が庵は都の辰巳φ、しかぞ住む。世を宇治山φと人は言ふなり。」の二箇所に、**断定辞「なり」の非表示**があります。一つ目は助詞の付いていない裸の名詞で中止して、下に「なり」「にして」などの断定辞を表示しない例で、次のような例があります。

(7) a ［藤壺ハ］同じ后と聞こゆる中にも、后腹の皇女φ、玉光りかかやきて（源氏物語・紅葉賀）

b 彼は百万人φ、すべて合ふべきにあらず。（今昔物語集・五―一七）

二つ目は、引用の「と」の前で、この位置では断定辞「なり」が非表示であることがたいへん多いのです。少し例をあげておきます。

(8) a ［明石中宮邸ハ］いとやむごとなきものの姫君のみ多く参りつどひたる宮φと人も言ふを（源氏物語・蜻蛉）

b 「狐は、さこそは人はおびやかせど、事にもあらぬ奴φ」と［宿守ガ］言ふさま、いと馴れたり。（源氏物語・手習）

c ［入水自殺ハ］罪いと深かなるわざφと［薫ハ］思せば（源氏物語・蜻蛉）

d　人の御心を尽くし給ふも、げにことわりφと見えたり。（源氏物語・桐壺）
e　朝ぼらけ有明の月φと見るまでに吉野の里に降れる白雪（↓31）

第五句、「人は」の「人」は世間の人の意です。歌末の「なり」は伝聞の助動詞（「…であるそうだ」の意）です。

喜撰、小町（↓8）、遍昭（↓12）、業平（↓17）、文屋康秀（↓22）、大伴黒主は「六歌仙」と呼ばれます（百人一首では黒主だけ不撰入です）。

■この歌を本歌取りにした歌には、よく鹿が登場しています。

・月の澄む世を宇治山の秋風に都の辰巳鹿ぞ鳴くなる（隣女集）
〔月が澄み、世を厭う宇治山の秋風のもと、都の東南で鹿が鳴いているのが聞こえる。〕

・秋といへば都の辰巳鹿ぞ鳴く名もうぢ山の夕暮れの空（紫禁和歌集）
〔秋といえば都の東南で鹿が鳴く。その名もつらいという宇治山の夕暮れの空よ。〕

・ここもまた都の辰巳しかぞ住む山こそ変はれ名は宇治の里（西行法師集）
〔ここもまた都の東南で、そのように暮らしている。山は異なるが（宇治山ではないが）、名はつらいという名をもっている宇治（山田）の里よ。〕＊作者が伊勢の宇治山田に住んだ時の歌です。

・我が庵は都の戌亥住みわびぬ憂き世のさがと思ひなせども（拾玉集）
〔私の庵は都の北西にあって住むことがいやになってしまった。この世の習いと思おうとするけれども。〕＊寂蓮が慈円に堂の修理の援助を乞うた歌です。

・宇治山の昔の庵の跡訪へば都の辰巳名ぞ古りにける（玉葉集・雑三・二二四六）
〔宇治山の昔の（喜撰法師の）庵の跡を訪ねると、都の辰巳（にそのように住んだ）という評判は古びてしまったのだった。〕

・わが庵は都の辰巳午ひつじ申酉戌亥子丑寅う治（狂歌百人一首、大田南畝）

＊狂歌、パロディです。

＊掲出歌ではなく本文中の(1)の本歌取り歌ですが、やはり凄味のあるのは次の歌でしょう（「かすめ」という命令法は「跡絶えて」にも及びます。「よく学び、よく遊べ」のように）。

・跡絶えて幾重(いくへ)もかすめ深く我が世を宇治山の奥のふもとに（式子内親王集）

9

花の色は移りにけりな、いたづらに。我(わ)が身世にふるながめせし間(ま)に。

小野小町(をののこまち)

古今集・春下（題知らず）

咲いた甲斐もなく、花の色は変わってしまったなあ。私がこの世をどう過ごしてゆくかという物思いをしていた、（外では）長雨が降っていた間に。

「花の色は移りにけりな」については、古来諸説があります。ふつうには、「春の花を見に行かんとすれば長雨する内に徒にその色おとろへてかなしきと云心也」（天理本聞書）のように「花の色の退色」をいうと解しますが、『異見』が「此歌、落花の中にあれば、うつりにけりは、たゞ散かたにもとらるれど、猶色とあらんには、うつろひあせたる方に見るべきか」と逡巡したように、この歌は『古今集』では、

107「散る花の」、108「花の散る」、109「散る花を」、110「今年のみ散る花ならなくに」、111「花は散るらめ」、112

「散る花を」、113 掲出歌「花の色は移りにけりな」、114「散る花ごとに」、115「花ぞ散りける」、116「散りかふ花に」、117「花ぞ散りける」

のように、「落花」の歌群の中にあるところが問題です（もちろんこれは『古今集』の撰者の見方であるわけですが）。通常「葉が移る」というのは、「葉が散る」の意ですし、

(1)a 秋山にもみつ木（こ）の葉の移りなばさらにや秋を見まくほりせむ（万葉集・一五一六）

b 見れど飽かずいましし君が黄葉（もみちば）の移りい行かば悲しくもあるか（同・四五九）

次例の「花移る」も「花が散る」の意でしょう。

(2)a あたらしく（＝モッタイナイコトニ）我のみぞ見む菊の花移らぬさきに見む人もがな（躬恒集）

b 桜花移りにけりなとばかりを嘆きもあへず積もる春かな（拾遺愚草）

退色を表すなら、動詞は、

(3)a 白妙の霜夜に起きて見つれども移ろふ菊は〔白菊ガ変色シテイルノデ、霜ト〕紛（まが）はざりけり（万代集）

b 今こそは移ろひぬらめ神奈備（かみなび）の山の木の葉はしぐれそむなり（万代集）

c 雨降れば色去りやすき花桜薄き心も我が思はなくに（貫之集）

のように「移ろふ」、「去る」などとありたいところです（現代語の「あせる」に相当する「あす」（下二段）という動詞もあります）。ただ、「移ろふ」で、「散る」の意を表すこともあるので、結局「移る」でも「移ろふ」でも、「散る」の意も「退色する」の意も表すということになりましょうか。

(4) 暮ると明くと目かれぬものを梅の花いつの人まにうつろひぬらん（古今集・春上・四五、貫之、詞書「家にありける梅の花の散りけるを詠める」）

和歌文学大系の「小町集」では、「花の色は移りにけりな」を「人（男）の心変わりを暗示する」としています。

次に、「花の色は移りにけりな」を「退色」とみる場合、これに作者の「容色の衰え」を含意しているのか、という問題で、古注は次のように分かれます。

A　容色の衰えを含意する…「下の心は、小町が我身のさかりのおとろへ行様をよめり」（宗祇抄）、「花によせて身の述懐を読り」（天理本聞書）、「わか容(カタチ)のをとろへをそへたりといふも、しか也」（宇比麻奈備）。

B　容色の衰えを含意しない…「小町がうたにおもてうらの説有などいふ事、不用。只花になぐさむべき春を、いたづらに花をばながめずして世にふるながめに過したりといふ儀也」（三奥抄）、「花のうつりを嘆かん中に、また、我かたちのおとろへをも思ひこめて、よそへいふ事あるべき事ならんや。…しかよそへたる調には聞えざる也」（異見）。

これも『古今集』の部立に拘(こだわ)れば、「春下」の歌であって「述懐」の歌（古今集の部立では「雑」）ではないということにもなりましょうが、B説であるなら「「わが身世にふる」と詠む意味が失われる。」（高田祐彦『新版古今和歌集』角川ソフィア文庫）という指摘もあります。我が身を花に喩えなくても、花を見て翻(ひるがえ)って我が身を思うということはあるでしょう。

(5)　女郎花にほふ盛りを見る時ぞ我が老いらくはくやしかりける（後撰集・秋中・三四七）

のように。

「移りにけりな」の「に」は、助動詞「ぬ」の連用形です。ふつう「完了の助動詞」といわれていますが、現在研究者の間では、「ぬ」の文法的意味は「（状態の）発生」と捉える説が有力です。『伊勢物語』の東下りの段（九段）で、

(6)　渡守、「はや船に乗れ、日も暮れぬ」と言ふに

という渡守の言葉が出てきますが、「日が暮れ始めている」「日が暮れようとしている」から急(せ)かしたのであって、「日が暮れてしまった」のなら、もう急いでもしかたがないでしょう。「移りにけりな」の「けり」は助動詞で気づきの

意、「な」は詠嘆の終助詞です。

「いたづらに」は倒置で上句に係るとみましたが、和歌では、一つの語句が、その前の文節と後の文節とに二重に掛かると解釈されるものがあるので、この「いたづらに」も上句と下句（「ながめせし」）との双方に係ると考えることもできるかもしれません（↓64）。

(7) a 鳥の行く夕べの空のはるばるとながめの末に山ぞ色濃き（風雅集・雑中・一六五九、後伏見院）

b 奥山の木の葉の落つる秋風にたえだえ峰の雲ぞ残れる（新古今集・雑上・一五二四、秀能）

c 隔てつる山の夕霧晴れにけり梢あらはに出づる月影（前長門守時朝入京田舎打聞集）

「和歌では」と言いましたが、このような語法は散文でもみられなくはありません。

(8) さりとてかくのみやは、人の聞き漏らさむこともことわりと、はしたなう、ここの人目もおぼえ給へば（源氏物語・夕霧）

この傍線部は、新編日本古典文学全集の頭注に、「上文から続き、同時に下文へも続く」と指摘されています。「我が身φ」は無助詞名詞で、主格です。「ふるながめ」は「経る眺め」と「降る長雨」との掛詞、「眺め」は「物思いにふけりながらぼんやり見やる（こと）」の意です。

(9) a 逢はずして経（ふ）るころほひのあまたあればはるけき空にながめをぞする（新古今集・恋五・一四一三、光孝天皇）

b いかにして夜の心をなぐさめん昼はながめに（＝モノ思イニフケッテ）さても暮らしつ（千載集・恋四・八四〇、和泉式部）

c 人は行き霧は籬（まがき）に立ちとまりさも中空（なかぞら）にながめつるかな（風雅集・恋二・一一三三、和泉式部）

d 夕暮れは雲のけしきを見るからにながめじと思ふ心こそつけ（新古今集・雑下・一八〇六、和泉式部）

aでは「経る（降る）」を「眺め（長雨）」の縁語として用いています。dは「ながめじ」と言っていますが、やがて「ながめわびぬ秋よりほかの宿もがな」（新古今集・秋上・三八〇、式子内親王）などの言いかたも現れます（「ながめわぶ」は八代集中三例ですべて『新古今集』）。「経る」は名詞「眺め」に係る連体修飾語ですから、「むなしくこの世を過ごして、物思いにふけっていた間に」のような訳出は適切ではありません。「我が身世に経るながめ」というのは、主名詞「ながめ」の**内容を表す連体修飾語**であると考えられます。例えば、⑽aは「静かに暮らしたい（出家したい）トイウ思い」、bは「死んでしまえトイウ呪詛」、cは「人の数に入らないトイウ恥」、dは「月が山の端に近いトイウもの（思い）」という意味です。

⑽ a　静かなる思ひをかなへむと、ひとへに籠りゐし後は（源氏物語・若菜上）

b　あまり世にすぐれる［者ニハ］、必ずながらん呪詛（ずそ）あなる。（在明の別）

c　身にあまるまでの御心ざしのよろづにかたじけなきに、人げなき（＝人ノ数ニ入ラナイ）［トノ］恥を隠しつつまじらひ給ふめりつるを（源氏物語・桐壺）

d　宵の間にさても寝ぬべき月ならば山の端近き（＝月ガ山ノ端ニ近イトイウ）ものは思はじ（新古今集・秋上・四一六、式子内親王）

したがって、「我が身世に経るながめ」は「私（の身）がこの世をどう過ごしたら良いかトイウ物思い」の意と考えられます。「経」というのは、場所でも時間でも、順序を追って進むということで、したがって次のようにも用いられます。

⑾　左右（＝左大臣・右大臣）を経ずして、内大臣より太政大臣従一位に上がる。（平家物語・鱸）

「ながめ」については、「ながめせしまとは詠て居たる間（マ）といふことなり。一説に、ながめをながあめといふ説は悪し。不可用」（龍吟明訣抄）という意見もありますが、ふつうは、「ながめとは、心のなぐさめがたき時は空をながめて物思ふていをわぶ。それを春の長雨にかけて世にふるといふ詞も両事を兼たる也」（三奥抄）のように「眺め」と「長雨」との掛詞とみます。

さて、「**掛詞**」には二種類のものがあります。

⑿a　梓弓引けば本末わが方によるこそまされ恋の心は（古今集・恋二・六一〇、春道列樹）

b　きぎす鳴く大原山の桜花かりにはあらでしばし見しかな（新続古今集・春下・一四六、実方）

⑿aの「よる」は、上からは「寄る」、下には「夜」と読まれるもので、「よる」という語音が上下に異なる同音異義語として機能しています。これを「**連鎖**」と呼びます。一方、bの「かり」は、上下ともに、「狩り」と「仮」との二つの語として同時に読めます。これを「**重義**」と呼びます。「連鎖」にはまた、次の二種のものがあります。一つは、掛詞の上下で異なる叙述となる「複線叙述型」、

⒀a　梓弓引けば本末わが方によるこそまされ恋の心は（＝⑿a）

b　有明の月もあかしの浦風に波ばかりこそよると見えしか（金葉集・秋・二一六、平忠盛）

c　風吹けば沖つ白波たつた山夜半にや君がひとり越ゆらむ（古今集・雑下・九九四）

d　伊勢の海人（あま）の朝な夕なに潜（かづ）くてふみるめに人を飽くよしもがな（古今集・恋四・六八三）

もう一つは、二つの掛詞があって再度元の叙述に戻る「複線叙述回帰型」です。

⒁a　立ち別れいなばの山の峰に生（お）ふるまつとし聞かばいま帰り来（こ）む（→16）

b　逢ふことのなぎさにし寄る波なればうらみてのみぞ立ちかへりける（古今集・恋三・六二六、在原元方）

c　音に聞く人に心をつくばねのみねど恋しき君にもあるかな（拾遺集・恋一・六二七）

d　逢ふ事はかたゐざりするみどり児（ご）のたたむ月にも逢はじとやする（拾遺集・恋一・六七九、平兼盛）

掲出歌は、「ふるながめ」に「降る長雨」と「経る眺め」とが同時に読めるので、「重義」の掛詞といえます。次例も

その例で、傍線部には「根に洗はれて」と「音に現れて」とが同時に読めます。

(15) 風吹けば浪打つ岸の松なれやねにあらはれて泣きぬべらなり（古今集・恋三・六七一）

重義の掛詞では、掛詞を複数使用して、同時に二つの歌意を表示することができます。

(16) a 秋の田の稲てふ事も懸けなくに何を憂しとか人の刈るらん（古今集・恋五・八〇三、素性）

飽き　去ね　言　掛け　離る

b 我を君難波（なには）の浦にありしかば浮海布（うきめ）を御津（みつ）の海人（あま）となりにき（古今集・雑下・九七三）

何は　憂　憂き目　見つ　尼

次例は「網だにあらば魚も掬はん」と「阿弥陀にあらば魚も救はん」という正反対の意が同時に読めます。

(17) 波の寄る宇治ならずとも西川のあみだにあらば魚（いを）もすくはん（実方集）

なお、「重義」の場合は、歌頭が掛詞である場合もあります。

(18) a おきて見る物とも知らで朝ごとの草葉の露をはらふ秋風（正治初度百首）〈起きて／置きて〉

b としと言へどまだ暮れはてぬ日数（ひかず）までかつがつ惜しきものにやはあらぬ（顕氏集）〈疾し／年〉

「ながめ**せし**間に」の「せ」はサ変動詞「す」の未然形、「し」は過去の助動詞「き」の連体形です。助動詞「き」は連用形接続なのですが、サ変の語とカ変の語に対しては、特別な付き方をします。サ変の語に付く場合、終止形の「き」は原則通りサ変の連用形に付きますが、連体形の「し」、已然形の「しか」は、サ変の未然形「せ」に付きます。

(19) a ある時にはかて尽きて草の根を食ひものとしき。（竹取物語）

b かの夕顔のしるべせし随身ばかり（源氏物語・夕顔）

c 上の宮仕へ時々せしかば、見給ふ折もありしを（源氏物語・澪標）

カ変の語に付く場合は、終止形の「き」はカ変の語に接続することはできません。連体形の「し」、已然形の「しか」

は、カ変の未然形「こ」に付いて、「こ-し」「こ-しか」の形になります。平安時代の「来し方」という形に限って「こ-し-かた」と「き-し-かた」の二形があります。「方」以外の名詞「来し道」などは「こ-し」であって「き-し」はありません（「こ-し-名詞」が生産的であるのに対して、「き-し」は「方」にしか続かないのですから、「きしかた」はこれで熟した一語の名詞と考えるべきです）。

掲出歌は、倒置で、第四・五句は、第一・二句に係ります。

本歌取り歌

・我が身世にふるともなしのながめしていく春風に花の散るらん（玉葉集・春下・二四〇、定家）

〔私がこの世を過ごすともなく物思いにふけって、何年春風に花が散る（のを見ている）だろう。〕

・たづね見る花の所も変はりけり身はいたづらのながめせし間に（拾遺愚草）

〔訪ねて行って見る花の名所も昔と変わってしまった。この身はむなしく物思いにふけっていた間に。〕

・春よただ露の玉ゆらながめしてなぐさむ花の色は移りぬ（拾遺愚草）

〔春よ、ただほんの短い間物思いをして心を慰めていた花の色は（もう）褪せてしまった。〕

・あしひきの山路にはあらずつれづれと我が身世にふるながめする里（拾遺愚草員外）

〔山の中ではない。無聊のまま私がむなしく世を過ごし物思いにふける（この）里よ。〕

・春の夜の月も有明になりにけりうつろふ花にながめせし間に（新勅撰集・春下・一〇八、雅経）

〔春の夜の月も有明になってしまった。色褪せて行く花に物思いをしていた間に。〕

・嵐山我が身世にふるながめして花の匂ひの庭のもみぢ葉（後鳥羽院御集）

〔嵐山で、私がこの世をどう過ごしてゆくかというもの思いをして（いると）、庭に散り敷く、桜花の面影がふと感じられるもみじ葉（である）よ。〕＊複雑な歌境ですが、「散り敷く紅葉に花の面影を見る。」（和歌文学大系）という趣向でしょう。同集には「我が身世にふるの山辺の山桜うつりにけりな眺めせし間に」、「いたづらに春暮れにけり花の色のうつるを惜しむながめせし間に」という歌もあります。

・あはれ憂き我が身よにふるならひかなうつろふ花の時の間も見ず（為家集）

〔ああ、つらいこの身が世を過ごす定めであるよ。移りゆく花をわずかの間も見ない（ままで）。〕

・月の色もうつりにけりな旅衣裾野の萩の花の夕露（新勅撰集・羈旅・五三〇）

〔月の色も映ったよ。裾野の萩の花の夕露（に）。〕＊本歌の「移り」を「映り」の語義に変えたところが眼目でしょう。

・花はみな眺めせし間に散り果てて我が身世にふる慰めもなし（続拾遺集・雑春・五一一）

〔花はみな物思いにふけっていたうちに散りはてて、私が世を過ごす慰めもない。〕

・八十（やそぢ）まで我が身世にふる恨みさへ積りにけりな花の白雪（新続古今集・春下・一七三、浄弁）

〔八十歳まで私が世を過ごす恨みまでも積もってしまったな。花の上の白雪よ。〕

＊最後に、本歌取り歌ではありませんが、「老後、花を見て詠める」という題詞のある、「花の色の〔視力ガ衰エタ〕今はさだかに見えぬかな老いは春こそあはれなりけれ」（続古今集・雑上・一五二二）をあげておきます。

10

これや、この、行くも帰るも別れては、知るも知らぬも逢坂の関。

蟬丸（せみまる）

後撰集・雑一（逢坂の関に庵室をつくりて住み侍りけるに、行きかふ人を見て）

これがまあ、あの、行く人も帰る人も（ここで）別れを繰り返し、知っている人も知らない人も出会うという逢坂の関だなあ。

「これや、この」の「や」には、疑問と詠嘆とがあり得ます。次例のaは疑問、bは詠嘆です。

(1)a　これやこの宝の山に入りながらただにて帰るためしなるらむ（相模集）

b　これやこの月見るたびに思ひやる姨捨山のふもとなりける（後拾遺集・羈旅・五三三、橘為仲）

古注では、「これが彼逢坂の関のあふといふ名の意なるかと疑ひたる也。その疑の意は、これや此のやの字にあり」（新抄）などが疑問説、「これやこのとは、是こそ其よと証拠をとる詞なり」（経厚抄）、「かく別るれども、わかるれば又かならずあふならひにて、ゆくは帰り帰るはさらにゆきてしるもしらぬも又皆あへば、相坂の関と名付しは、是や此故と了解したる心なり」（改観抄）などが詠嘆説です。この歌には推量の助動詞が使われていませんし、詞書からみても、詠嘆ととるべきでしょう。「これやこの、」という纏（まと）まりではなく、「これや（ガ）、［この（アノ）…名詞］（ダナア）」です。

(2)a　これやこの天の羽衣むべしこそ君が御衣（みけし）と奉りけれ（伊勢物語・一六）

b　これやこの大和にしては我が恋ふる紀路（きぢ）にありといふ名に負ふ背の山（万葉集・三五）

c　これやこの名に負（お）ふ鳴門の渦潮（うづしほ）に玉藻刈るとふ海人娘子（あまをとめ）ども（万葉集・三六三八）

d　風渡る萩の葉そよぐこれやこのものわびしかる秋の夕暮れ（正治初度百首）

(2)b〜dは「これや、この…名詞」の間に連体修飾語が入っていますが、掲出歌は、「逢坂の関」の「逢ふ」の部分にだけ係る連用修飾語と主語とが間に入っている構造です。

(3)［行くも帰るも別れては、知るも知らぬも逢ふ］、逢坂の関

つまり右の傍線部分を「逢坂の関」と縮約しているのです。これを「掛詞による語の縮約」と呼びます。

(4)　をちこちのたづきも知らぬ山中におぼつかなくもよぶこ鳥かな（古今集・春上・二九）

は、「おぼつかなくも呼ぶ喚子鳥（よぶこどり）かな」の意です。また、次例(5)aは「遠山の山鳥」、bは「ぬばたまのたまづさ（＝夜来ル手紙）」の意です。

(5)a　桜咲く遠山鳥のしだり尾のながながし日もあかぬ色かな（新古今集・春下・九九、後鳥羽院）

b　待ちわびて心は闇にまどはれよぬばたまづさはよにもさはらじ（小馬命婦集）〈原文「ぬわたまつさ」ヲ訂ス〉

このような語形は、散文にもみられます。

(6)　あぢきなう、人のもてなやみぐさになりて（＝アヂキナシト人ノモテ悩ム、悩ミ草ニナリテ）（源氏物語・桐壺）

「これやこの」では、「あれやこの」という表現もあります。

(7)　あれやこの海人の住むてふ浦ならん焚く藻の煙空にしるしも（広田社歌合）

「行く」「帰る」「知る」「知らぬ」はすべて「人」を表す準体言です。「行くも帰るも別れては、知るも知らぬも」というのは、一種の「互文」のように考えて、

(8)　「行くも、帰るも、知るも、知らぬも」―「別れては、逢ふ」

と読んでも、そのまま線状的に、

(9)　行くも帰るも別れては ＞ 逢ふ
知るも知らぬも

と読んでも、結局は「逢ふ」に収斂します。「互文」とは、「天地、変異」を「天変地異」というように、語句を交差して配置する表現法をいいます。次例(10)は「東西南北に、急ぎ走る」の意です。

(10)　蟻の如くに集まりて、東西に急ぎ、南北に走（わし）る。（徒然草・七四）

この歌の主題として「会者定離（えしゃじょうり）」（必ず分かれるという定め）を読む説が多いのですが（宗祇抄、雑談など）、これは

『改観抄』が「行も帰るもしるもしらぬも別つゝ、又皆あふといふ心を、句を隔てゝわかちていへり。古抄に、会者定離の心といふは、発句と結句との首尾に違却せり」と批判した通り、この歌は「別れては、逢ふ」ということを詠った歌です。従って、「別るともまた逢坂の関近く知るも知らぬもまどはざりけり」（朝忠集）ということにもなりましょう。掲出歌は、現在の駅や空港のように、見知らぬ人が行き交い、出会う、そういう場所を詠んだものでしょうし、ここはまた都と東国との境界という厳粛な場でもありました。毎年八月には諸国から献上される馬を馬寮（めりょう）の使いが出迎える「駒迎え（こまむかえ）」の行事も行われました。

⑾　逢坂の関の清水に影見えて今や引くらん望月の駒（拾遺集・秋・一七〇、貫之）

逢坂の関は境界点として、人や馬を送ったり出迎えたりする場所だったのです。逢坂の関は、百人一首では62番歌にも登場します。

「行くも帰るも」について、島津忠夫『新版百人一首』（角川ソフィア文庫）は、「ふつうは「京から東国へゆく人も、東国から京に帰る人も」と解しているが、佐伯梅友氏は「東の方へ行く人も、それを見送って都へ帰る人も」と解される。」という佐伯梅友の説を紹介しています。

詠嘆の「これやこの…」は、⑵にみるように、初めて見た時の感動を表すので、掲出歌の出典である『後撰集』の詞書について『異見』は、「門人位田義比云、この歌は、旅ゆく人のよめりしならん。そこに庵室つくりて常に住をる人の、これやこのとはいふべくもあらじ、といへり。げにさることに侍り。此詩（詞）は常に聞おける事などを、今現に見て、おもひあはするやうの意なれば、此端詞（＝後撰ノ詞書ハ）かなひ侍らぬにや」という疑義を記しています。

「別れては」は、出典の『後撰集』をはじめ、『八代抄』『百人秀歌』など「別れつつ」になっています。「ては」でも「つつ」でも、反復（同じ動作・状態が繰り返し起こる意）で同意となります。反復の「ては」の例をあげておきます。

(12)　かやうなりし夜、宮に参りて逢ひては、つゆまどろまずながめ明かいしものを（更級日記）

掲出歌は、第二句が「行くもとまるも」の形で、なぜか素性（21番歌作者）の家集『素性集』にも収められています。

■本歌取り歌

・山桜花の関もる逢坂は行くも帰るも別れかねつつ（拾遺愚草）

〔山桜の花が関守となっている逢坂の関は、行く人も帰る人も（花と）別れかねている。〕＊花を配して、本歌の転じかたが見事です。

・吉野山花咲きぬれば知る知らぬ人にはこれや逢坂の関（為忠家初度百首）

〔吉野山の桜が咲いたので、この吉野山が知っている人も知らない人も逢うという逢坂の関だなあ。〕

11「わたの原、八十島（やそしま）かけて漕ぎ出で（い）ぬ」と、人には告げよ。海人（あま）の釣り舟。

参議　篁（たかむら）

古今集・羇旅（隠岐の国に流されける時に、舟に乗りて出で立つとて京なる人のもとにつかはしける）

「大海原の中を、多くの島々を目指して漕ぎ出して行った」と、（あの）人には告げてくれ。漁師の釣り舟よ。

歌の構成は、命令文と独立語との二文構成で、第一句～第四句までが命令文、第五句でその命令を呼びかける相手が示されています。

「わた」は「海」の意の古い語で、「わたつみ」（「海つ霊」で「海神」の意）、「わたなか（海中）」などの語があります（「わたつ海」というのは、後世「わた」の語源が分からなくなって、あるいは「わたつみ」の「霊」が海の意だと考えられて、生じた語です）。『万葉集』の「渡中尓」（六二）、「綿津海乃」（三六六）などの用字から「た」は清音だったと考えられますが、中世には濁音化しました（「Vadano fara　詩歌語。すなわち、Vmi（海）。」日葡辞書、邦訳による）。「はら」は広がった所の意で、「わたの原」は、「天の原」（→7）と同じ構成の語です（「わたの原とは、しほうみをいふ」能因歌枕）。「八」や「八十」は「多くの」の意です。

「…かけて」は、「…を心にかけて」「…を目指して」の意で、和歌に用いられます。

(1) a　山越しの風を時じみ寝る夜おちず家なる妹をかけて〔懸而〕偲ひつ（万葉集・六）

b　眉のごと雲居に見ゆる阿波の山かけて〔懸而〕漕ぐ舟泊まり知らずも（万葉集・九九八）

c　沖かけて八重の潮路を行く舟はほかにぞ聞きし初雁の声（山家集）

d　亡き人の宿に通はば郭公かけて（＝心ニカケテ）音にのみ鳴くと告げなん（古今集・哀傷・八五五）

e　東路の佐野の舟橋かけてのみ思ひ渡るを知る人のなさ（後撰集・恋二・六一九、源等）

f　ちはやぶる今日の御生のあふひ草心にかけて年ぞ経にける（久安百首）

(1)cのような表現からでしょうか、「おきがけ（沖懸）」という名詞も生まれました。eは「橋を架く」と「心にかく」の掛詞になっています。fのように「心にかけて」という言いかたもあります。「禊川波の白木綿秋かけて（＝秋ヲ目指シテ）はやくぞ過ぐる水無月の空」（続後撰集・夏・二二六、良経）は時間に用いた例です。「…を目指して」の意では「…さして」という言いかたもあります。

(2) a　鹿島より熊来をさして漕ぐ舟の楫取る間なく都し思ほゆ（万葉集・四〇二七）

b　一日だに見ねば恋しき心あるに遠道さして君が行くかな（貫之集）

「わたの原φ」という無助詞名詞の扱いはやっかいで、提示的な名詞とも考えられますが、次例のような環境を表す格助詞「を」（「…の中を」の意）の非表示とみることもできるかもしれません。

(3) a　吹きしをる松の嵐を分けすてて時雨をのぼる山の端の月（沙弥蓮愉集）
　b　朝ぼらけ浜名の橋はとだえして霞をわたる春の旅人（続後撰集・羇旅・一三一六、九条家良）

現代語の場合は、

(4)　雨〔＊を／の中を〕財布を探す。

のように、「…の中を」とする必要がありますが（「財布を」と共起するので、「雨の中を」の「を」は目的格の「を」と異なることがわかります）、古典語では「を」だけで表現されるのです。中世でも、まだ、「雨を（＝雨ノ中ヲ）植ゆることは」（天草版イソホ物語）のような例がみえます。訳文では「大海原の中を」としてみました。

「漕ぎ出づ」というのは、現代語では「漕ぎ出す」というところでしょうが、上代から中古ではまだ「…出だす」という言いかたが十分発達していず、「引き出づ」「思ひ出づ」「言ひ出づ」のように「他動詞＋出づ」の形で表しました。『平家物語』くらいになると、ほとんど「他動詞＋出だす」の形に交替します（関一雄（1959）「複合動詞変遷上の一問題」『国文学言語と文芸』1―4）。

「漕ぎ出でぬ」の「ぬ」は完了の助動詞で、浦にいてこれから漕ぎ出そうとするところでも、もう漕ぎ出してしまって作者は海上にいても、成立します。次例のaは事態が起きる最直前（「引っ込んでしまう（よ）」の意）、bはもう事態が起きてしまった後（「お亡くなりになってしまった」の意）を表しています。

(5) a　「翁（＝私ハ）いたう酔ひすすみて無礼（むらい）なれば、まかり入りぬ」と言ひ捨てて入り給ひぬ。（源氏物語・藤裏葉）
　b　「絶え入り給ひぬ」とて人参りたれば、さらに何ごとも思し分れず、御心もくれて渡り給ふ。（源氏物語・若

菜下）

詞書からすれば、これから漕ぎ出すというのでしょうが、作者がどこにいるのかは、この歌の全体の読解に関わってきます。

「海人の釣り舟」について、作者は浦にいることを前提として、そこには作者を見送りに来ている人がいるはずなのだから、その人を喩えて「海人の釣り舟」といったのだとする説があります（三奥抄、改観抄、宇比麻奈備など）。また、「人にはつげよ、つりするあま、などぞいふべけれども、ききよきに付て、あまのつり舟とよめる也」（顕注密勘）とも言われます。「釣り舟の海人」というべきところを、「海人の釣り舟」といったということですね。たしかに「限定語反転」と呼ばれる修辞はあるのですが、これは、一般に、「AのB」の形で、「Bの（ような）A」の意を表すものです。

(6) a　またや見む交野のみ野の桜狩花の雪（＝雪ノヨウナ花）散る春の曙（新古今集・春下・一一四、俊成）

b　鳴けや鳴け蓬が杣（＝（小サイ蟋蟀カラ見テ）杣木ノヨウナ蓬）の蟋蟀過ぎゆく秋はげにぞかなしき（後拾遺集・秋上・二七三、好忠）

c　空の海（＝海ノヨウナ空）霞の網（＝網ノヨウナ霞）はかひぞなきかけても止めぬ春のかりがね（永享百首）

〈見立ての表現です。「天の海に雲の波立ち月の船星の林に漕ぎ隠る見ゆ」（万葉集・一〇六八）という有名な歌があります〉

歌語の「霞の衣」というのも「衣のような霞」の意です。しかし、この「海人の釣り舟」は(6)のような「限定語反転」とは異なるもののように思います。やはり、この歌が歌として響くためには、「只今我に対する物は、釣舟ばかり也。仍大やうに人にはつげよといへり。心なき釣舟に人にはつげよといへる心、尤感ふかし」（幽斎抄）のように解する必要があるのではないでしょうか。そうすると、作者は海上にいて（あるいは海上に出てからのことを想像して）、呼びかけるものといえば、波の上にはかなく浮かぶ、漁師の見えない釣り舟ばかり、ということになりましょう。従来指摘されている通り、貴種流離譚の一齣を思わせる情景です。なお、人でない物や生物に対して人であるかのように語りかける手法を、二人称擬人法などといいます（「心なき物に心をつけ、もの言はぬ物にものを言はするは、歌の常のならひなれば」俊頼髄脳）。

(7) a　行く蛍雲の上まで去ぬべくは秋風吹くと雁に告げこせ（後撰集・秋上・二五二、業平）

b　東風吹かばにほひおこせよ梅の花主なしとて春を忘るな（拾遺集・雑春・一〇〇六、道真）

次の12番歌も二人称擬人法になっていますね。

『古今集』雑下には、この配流の時の歌がもう一つ、「隠岐の国に流されて侍りける時に詠める　篁の朝臣」の詞書で収められています。

(8)　思ひきや鄙の別れに衰へて海人の縄たきいさりせんとは（九六一）

掲出歌の第一句は、76番歌と同一です（百人一首には、第一句が同じものが「わたのはら」と「きみがため」と「あさぼらけ」の三組あります）。

■本歌取り歌

・漕ぎ出でぬと人に告ぐべき便りだに八十島遠き海人の釣り舟（壬二集）

〔漕ぎ出したと都の人に告げるべき便りさえ（託したいのに）、多くの島々のかなた遠くにいる海人の釣り舟よ。〕＊便りを託したい釣り舟さえも意の及ばない遠方にあって、便りを託せないと転じています。

・世は春と人には告げてわたの原霞に出づる海人の釣り舟（竹風和歌抄）

〔世は春だと人には告げて、大海原を霞の中漕ぎ出す海人の釣り舟よ。〕

・心行く道だに憂きを漕ぎ出でて八十嶋かけし人をしぞ思ふ（筑紫道記）

（自らの意志で行く道でさえも辛いのに、海原を漕ぎ出して多くの島々を目指した人（＝小野篁）の気持ちを思うことだ。」＊本歌取りではなくて、先行歌に言及したものです。私はこのような表現を「是認引用」と仮称しています。

12 天つ風、雲の通ひ路吹き閉ぢよ。乙女の姿しばしとどめむ。

僧正遍昭

古今集・雑上（五節の舞姫を見て詠める）

天の風よ、雲の中にある通り道を吹いて閉ざしてくれ。乙女の姿をしばらく（ここに）とどめておこう。

「天つ風」の「つ」は連体の「の」の意の古い格助詞で、「天の風」の意です（この「つ」は、現代語の「まつげ」（目＋つ＋毛）で「目の毛」の意、「ま」は「め」の古形（被覆形などと言われる形）です）に姿を残しています）。「天つ風φ」は無助詞名詞で呼格（呼びかけの提示語）、「通ひ路φ」、「乙女の姿φ」は無助詞名詞でともに目的格です。

この歌は、解釈上の問題点はなく、歌意は、「まひひめをすなはち天女なりとほめて、御せちゑすぎたらばてんへあがり給ふべければ、名残おしきに、そら吹風も雲のかよひぢをふきとどめて、この天人をしばしげかひにとゞめよかしといふ心也」（色紙和歌）の通りです。『幽斎抄』は、「しばしといひたるにて、とゞめ得ぬ心聞えたり」と鋭い読解をみせています。

「…の通ひ路」には、A「…の中にある通り道」、B「…が通う（通る）道」、C「…の」がA・B以外の修飾語である場合、の三つの場合があります。「雲の通ひ路」というのは、Aの「雲の中にある通り道」ということで「雲が通う道」ではありません。それは、19番歌の「夢の通ひ路」が「夢の中で行き通う道」であって、「夢が通う道」でないのと同様です。Aの例としては、ほかに次例のようなものがあります。

(1)a　住みわびぬ我だに人を尋ねばや外山の末の雪の通ひ路（寂蓮法師集）

b　明石潟おもかげ通ふ月影に都に近き波の通ひ路（明日香井和歌集）

Bの方が多いでしょうか、次例のようなものがあります。

(2)a　出でて去にし跡だに未だ変はらぬに誰が通ひ路と今はなるらむ（新古今集・恋五・一四〇九、業平）

b　つま木こる我が通路のほかにまた人も訪ひ来ぬ谷の岩橋（正治初度百首、二条院讃岐）

c　かくてこそまことに秋はさびしけれ霧閉ぢてけり人の通ひ路（秋篠月清集）

d　音しるし鹿の通ひ路これなれや霧のあなたに木の葉踏むなり（守覚法親王集）

e　大井川氷をしのぐ（＝押シ分ケル）筏師の跡よりこそは舟の通ひ路（後鳥羽院御集）

次例では、(3)aがA、bがBですね。

(3)a　夏と秋と行きかふ空の通ひ路はかたへ涼しき風や吹くらむ（古今集・夏・一六八、躬恒）

b　峰の雪もまだ降る年の空ながらかたへ霞める春の通ひ路（式子内親王集）

Cは、「木葉を分けし冬の通ひ路（＝冬季ニオケル人ノ通路）」（玄玉和歌集、隆信）、「深山木の雪の下行くまれの通ひ路」（守覚法親王集）、「木の葉降りしく宿の通ひ路（＝宿ヘノ（宿ニ続ク）通路）」（新古今集・一一二八）のようなものです。

歌末の「む」は意志の意の助動詞ですが、主体によって実現を制御できない事態である場合は、希望の色彩を帯びます。例えば次例(4)aは死んだ娘の荼毘の煙と一緒に空にのぼろう、bはそういうような人と結婚しようということですが、aは実現不可能な事態、bも主体の意志だけで実現する事態ではないので、結局「…空にのぼりたい」「…

結婚したい」というのと同意になります。cではっきり希望を表すことばと共起しています。

(4) a　母北の方、「同じ煙にのぼりなむ」と泣きこがれ給ひて（源氏物語・桐壺）

b　[源氏ハ] 心の中には、ただ藤壺の御有様をたぐひなしと思ひ聞こえて、さやうならむ人をこそ見め、似る人なくもおはしけるかな、……（源氏物語・桐壺）

c　願はくは花の下にて春死なむその如月の望月のころ（続古今集・雑上・一五二七、西行）

定家の家集『拾遺愚草』ならびに『続後撰集』には、承久の変の翌年に、公経（96番作者。定家の妻の弟）が、この掲出歌を用いて定家に贈った歌、ならびに定家の返歌が収められています。

(5) a　月の行く雲の通ひ路変はれども（＝宮中ハスッカリ変ワッタガ）乙女の姿忘れしもせず（続後撰集・雑上・一〇九四、公経）

b　忘られぬ乙女の姿世々旧りて我が見し空の月（＝承久ノ変以前ノ宮中）ぞはるけき（同・一〇九五、定家）

承久の変以前の宮中を、「乙女の姿」という表現で偲んでいます。

■本歌取り歌

・天つ風さはりし雲は吹き閉ぢつ乙女の姿花に匂ひて（拾遺愚草）

〔天の風が障りとなっている五雲（女人の五障）を吹き閉じてしまった。乙女の姿が花に匂っている。〕＊女人の五障、「吹き閉ぢつ」、下の句と、見事なまでの「本歌取り」の歌といえます。定家にはほかに「深き夜に乙女の姿風閉ぢて雲路に満てる万代の声」（拾遺愚草員外）もあります。

・天つ風なほ吹き閉ぢよ七夕の明くる別れの雲の通ひ路（続後撰集・雑上・一〇六〇）

〔天の風よ、なおも吹き閉ざしてくれ。七夕の（一夜が）明けて（二星が）分かれて行く雲の通い路を。〕＊七夕に転じています。

・天つ風雲の上までしるべせよ乙女の姿今年だに見ん（続後拾遺集・雑中・一一三五）〔天の風よ、宮中まで道案内してくれ。（宮中で行われる）五節の舞姫をせめて今年だけでも見よう。〕＊詞書に「昇殿いまだ許されざりけるころ、住吉社に詠みて奉りける歌の中に」とある、殿上人になることを祈願した歌です。

・遍昭は乙女に何の用がある（俳風柳多留）

＊遍昭が出家の身であることをからかったものです。

13

筑波嶺（つくばね）の峰より落つるみなの川、こひぞつもりて淵となりける。

陽成院（やうぜい）

後撰集・恋三（釣殿の皇女（みこ）につかはしける）

筑波山の峰から勢いよく流れ下るみなの川（のように）、恋が積もって淵となった。

この歌は、解釈上の問題は特になく、歌意は『宗祇抄』に「ほのかに思初し事のふかき思ひとなるを、水のかすかなるがつもりて淵となるにたとへいへる也」という通りです。川の成長に自分の恋の成長を喩えているわけです。

「落つる」は動詞「落つ」（上二段）の連体形で、「落つ」は「落下する」の意味もありますが、ここでは「水が勢いよく流れ下る」（『日本国語大辞典〔第二版〕』）の意を表します。b・cは「水流に乗って下る」の意です。

(1) a　富士川といふは、富士の山より落ちたる水なり。（更級日記）

b　もみぢ葉の流れて落つる網代には〔魚・紅葉ノホカニ〕白波もまた寄らぬ日ぞなき（貫之集）

c　暮れてゆく春のみなとは知らねども霞に落つる宇治の柴舟（新古今集・春下・一六九、寂蓮）

「こひぞ」は「なりける」に係ります。また、「淵となりけるは泪の心もあり」（師説抄）という意見もあります。「みなの川φ」は無助詞名詞で、提示語と考えられます。なお、『異見』には、「泥」のことを「こひぢ」といい（「泥、孫愐云、土和水也……〔和名比知利古（ヒヂリコ）一云古比千（コヒヂ）〕」和名抄）、これが「水（こひ）＋土（ひぢ）」と考えられるので、「水」のことを「こひ」といったのだろうという指摘があります。もしそうであるなら、「みなの川が、こひ（＝水）が積もるように、こひ（＝恋）が積もる」という掛詞として捉えられることになるのですが、「こひぢ」は「こ（接頭辞）＋ひぢ」と考えるのが普通でしょう。「淵」は『和名抄』に「潭……深水也……〔和名布知（フチ）〕、淵　同上」とあります。

■本歌取り歌

・袖の上に恋ぞつもりて淵となる人をば峰のよその滝つ瀬（拾遺愚草）

〔袖の上に恋（で流す涙）が積もって淵となっている。思う人を見（ることができ）ず、他人であるまま、（合流しているのは）よその滝つ瀬（であるよ）。〕＊奇才、定家の凄まじい表現力に圧倒されます。

・みなの川峰より落つる桜花にほひの淵のえやは堰（せ）かるる（拾遺愚草）

〔みなの川の峰より落ちる桜花、その美しさの溜まった淵は堰き止めることができようか、いやできない。〕

14

陸奥のしのぶ捩摺（もぢず）り、誰ゆゑに乱れそめにし我（われ）ならなくに。

河原左大臣（源融（とほる））

古今集・恋四（題知らず）

陸奥のしのぶ捩摺り（の乱れ模様）のように、（ほかの）誰かのせいで乱れ始めてしまった私ではないのに（あなたのせいで乱れ始めたのだ）。

第一・二句は「乱れ」を導く序詞です。このように、序詞が導く語句は、序詞の直後にない場合もあります。次例の序詞（傍線部）が導く語句は「砕けて」です。

(1) 風をいたみ岩うつ波のおのれのみ砕けてものを思ふころかな（↓48）

(2) 言づけに思ひ出づやとふるさとのしのぶ草して摺れるなりけり（敦忠集）

「しのぶ摺り」というのは、とあるように「しのぶ草の汁で摺った布」、その「もぢずり」というのは、「捩る」は「ねじる、よじる」ということですから、「しのぶ草の汁で摺った、ねじれたような模様のある布」をいうのでしょう（片桐洋一『古今和歌集全評釈』講談社。「もぢずりは戻摺なり。紋をたてよことなくもぢりてすれる故なり」三奥抄）。そこから「乱れ」を導くわけです。「乱れそめにし」の「そめ」は「初め」ですが、「しのぶ捩摺り」の縁語として「染め」が響いています。また「しのぶ捩摺り」の「しのぶ」には、「忍ぶ」が響いています。

「陸奥の」というのは陸奥に信夫郡があるので、「しのぶ捩摺り」の「しのぶ」を出すための枕詞として置いたものかとも思われますが、陸奥の信夫の里で摺られた布を「しのぶ摺り」というとする説もあります（「みちのくのしのぶは、郡の名なり。彼さとにむかしすりぎぬを出すをしのぶずりと云」三奥抄）。また信夫の里に紋のある石があってその石で摺った布を「しのぶ摺り」というとする説もあって（「むかし信夫のさとに石有、そのおもてにをのづからの紋有、それにすりけるきぬをしのぶずりとはいふ、といへる説も侍り」三奥抄）、芭蕉は『奥の細道』で「明くればしのぶもぢ摺の石を尋ねて、信夫の里に行く。」と、この石を尋ねています。「そめにし」の「にし」は「完了の助動詞「ぬ」の連用形＋過去の助動詞「き」の連体形」です。

この歌は、二通りの句読が考えられます。

Ａ　誰ゆゑに乱れそめにし？　我ならなくに。

Ｂ　［誰ゆゑに乱れそめにし我］ならなくに。

Ａの場合、「誰」は疑問代名詞で、「誰のせいで乱れ始めてしまったのか？　私（のせい）ではないのに。」と読むことになります。これはすっきりした解で、Ｂのような「誰ゆゑに乱れそめにし我」という落ち着きの悪い名詞句を考えなくても良いという利点もあるのですが、最大の難点は「そめにし」の「し」が連体形（過去の助動詞「き」の連体形です）であることです。この時代の和歌では、疑問の係助詞の無い、疑問詞だけの疑問文は、（疑問詞「など」を除いて）一般に文末は終止形で結ぶので（↓27）、この解は採れません。「誰ゆゑにか乱れそめにし？」なら良いのですが。『宗祇抄』は「上の二句はみだるゝの序也。惣の心は、たれ故にかみだれ初にし、君ゆへにこそ、といへる心也」と言っています。第四句に疑問文が置かれている例を一つあげておきます。

(3)　たづぬれば庭の刈萱（かるかや）跡もなく、人や旧（ふ）りにし？　荒れ果てにけり。（拾遺愚草）

Ｂの場合、「誰」は、次例のような、「誰か」を意味する不定代名詞で、

(4)　誰ごとに（＝誰カ毎ニ、人毎ニ）植ゑてけるかなもしきの大宮に咲く千代の菊花（きくはな）（大弐高遠集）

「誰ゆゑならぬ」というのは、「ほかの誰かのせい（ため）ではなく、ほかならぬ…のせい（ため）だ」の意を表します。次例のａは「ほかならぬあなたのせい」、ｂは「ほかならぬ自分のせい」、ｃは「ほかならぬ基平のための」の意です。

(5)ａ　忍ぶるも誰ゆゑならぬものなれば今は何かは君に隔てむ（拾遺集・恋一・六二四）

b　憂き身をも捨てば心のさもあらで（＝本心ハ捨テル覚悟モナクテ）誰ゆゑならぬ袖や濡れなん（続後拾遺集・雑下・一二〇八）

c　形見こそおのが物から悲しけれ誰ゆゑならぬ墨染め袖（続後拾遺集・哀傷・一二五五、詞書「近衛関白（＝基平）身まかりて後、寄衣述懐といふことを詠める」）

「あなた（自分）のせい」ということが分かっているのに、故意に「誰ゆゑ」と疑問詞を用いるのは、――ここでの「誰」は不定語ですが――一種の修辞疑問といえます（このように修辞疑問というのは反語以外にもあるわけです）。

修辞疑問文の例をあげておきましょう。

(6)　一人ゐて涙ぐみける水の面（おも）に浮き添はるらん影やいづれぞ（紫式部集、小少将君）

(6)は、水面に映る姿を見て涙が零れると歌った紫式部への返歌で、「影やいづれぞ」というのは、「影はこの私です（つらいのはあなた一人だけではありません）」と言っているのです。

掲出歌は、(5)のような「誰ゆゑならず」の形を取っていませんが、「誰ゆゑに乱れそめにし我ならなくに」というのは「誰ゆゑに乱れそめぬ我なるに」ということです。ちょうど「難しいとは思わない」が「難しくないと思う」と同じであるのと同様で、このような現象（主文中の否定が補文に係る解釈をもつという現象）を「否定繰り上げ」といいます。例えば、

(7)　［薫ハ］げに、さるべくて（＝当然ソウナルハズノ因縁ガアッテ）、いとこの世の人とはつくり出でざりける、［仏菩薩ガ］仮に宿れるかとも見ゆること（＝芳香）添ひ給へり。（源氏物語・匂兵部卿）

は、「この世の人ならずつくり出でける（＝コノ世ノ人デハナイクライ素晴ラシク作リ出サレタ）」ということです。ほかに、次のような例があります。

(8)a　主とおぼしき人は、いとゆかしけれど、見ゆべくも構へず（＝見ユベカラズ構フ）。（源氏物語・玉鬘）

b　悔ゆれども取り返さるる齢ならねば（＝悔ユレドモ取リ返サレヌ齢ナレバ）（徒然草・一八八）

「乱れそめにし」は出典の『古今集』をはじめ『八代抄』『百人秀歌』では「乱れんと思ふ」になっています。『古今集』では「恋四」に収められ、心変わりを疑われた男の歌なのですが、百人一首では「乱れ初め」になって、「忍恋」（恋二）の歌に転じています。

「ならなくに」の「なら」は断定の助動詞「なり」の未然形です。「なくに」の「なく」は打消の助動詞「ず」を体言化した古い語法で、「ず」の古い未然形「な」に接尾辞（または準体助詞とも）「く」を付けたものとも、「ず」の連体形「ぬ」に形式体言「あく」が付いた「ぬあく」が約まったものともいわれます。このような語法を「**ク語法**」といいます。「言ふ→言はく（＝言ウコト）」、「のたまふ→のたまはく（＝オッシャルコト）」、「思ふ→思はく（＝思ウコト）」、「恐る→恐らく（＝恐レルコト。古い四段活用「恐る」からのク語法形です）」などがク語法の形です。「に」は助詞と思われますが、何助詞とすべきかは難しい問題です。もと感動の終助詞で、それが接続助詞のようになったと考えたらよいでしょうか（もちろん体言化した語に付いているのですから、格助詞であるという考えかたもあり得ます）。「なくに」の形で、連語として、「…ではないのに」の意を表します。

■本歌取り歌

・袖濡らすしのぶもぢずり誰がために乱れてもろき宮城野の露（拾遺愚草）
〔袖を濡らすしのぶ捩摺り（の衣の露は）、誰のために乱れてもろい宮城野の露（なのだろう）。〕

・君にかく乱れそめぬと知らせばや心の中に忍ぶ捩摺り（続拾遺集・恋一・七六八、九条兼実）
〔あなたにこのように乱れ始めてしまったと知らせたい。心の中は耐え忍んで乱れ（模様のようになっ）ている。〕

・その国を忍ぶもぢずりとにかくに願ふ心の乱れずもがな（散木奇歌集）

〔その国（極楽浄土）を一途に願う心が、しのぶ捩摺りのように乱れないでほしい。〕＊乱れる心という歌材を、恋歌ではなく釈教歌に用いたところに工夫があります。

15

君がため春の野に出でて若菜摘む我が衣手に、雪は降りつつ。

光孝天皇

古今集・春上（仁和の帝、親王におましましける時に、人に若菜賜ひける御歌）

あなたのために春の野に出て若菜を摘む私の袖に、雪は降り続いている。

「君がため」、「我が衣手」の「が」はともに連体格の格助詞です。「若菜φ」は無助詞名詞で、目的格です。「若菜」は『八雲御抄』に「若菜　なべては野にてつむ。又かきねなどにてもつむ。春、子日、又七日の物也」とあります。

この歌は平易な歌ですが、次の三通りの句読で読める可能性があります。

A　君がため春の野に出でて若菜摘む我が衣手に、雪は降りつつ。

B　君がため春の野に出でて、若菜摘む我が衣手に、雪は降りつつ。

C　君がため春の野に出でて若菜摘む。我が衣手に雪は降りつつ。

詞書によれば、若菜を贈ったときに添えた歌で、苦労して手に入れた物ですといって相手に真心を示すものですから、諸注そうであるように、Aの読みかたが最も適うでしょう。贈り物に添える歌は、こういう歌い方をします。

(1) a　　三月の晦日の日、雨の降りけるに、藤の花を折りて人に

遣はしける　業平の朝臣
濡れつつぞしひて折りつる年の内に春は幾日もあらじと思へば（古今集・春下・一三三）

b
僧正遍昭に若菜つかはすとて　読人知らず
君がため衣の裾を濡らしつつ野沢に出でて摘める若菜ぞ（続後拾遺集・春上・二四）

相手の負担を考慮して「粗末な物ですが…」などという現代と違って、こういう率直な言いかたがあったのです（久保田淳「百人一首を味わう」『百人一首必携』別冊国文学17）。もちろん、「門人木下幸文云、ある人の為にとて、親王の御身として雪ふる野べに出て、御手づから摘給ふにはあらじ。人に若菜給へる日しも雪の降けるによりてかくはよみなし給ふならん」（異見）ということでしょうし、贈られた相手もそのように理解したでしょう。

雪といえば冬のものであるのは当然ですけれども、『古今集』の季節感として、「春の雪」と「秋の風」は重要な歌材になっています（小町谷照彦「古今的自然の表現性」『和歌文学の世界　第三集』笠間書院）。

「つつ止め」の歌です（↓1・4）。掲出歌の第一句は、50番歌と同一です。

■本歌取り歌
・誰がためとまだ朝霜の消ぬが上に袖ふりはへて若菜摘むらん（続後拾遺集・春上・一九、定家）
〔誰のためというので、まだ朝霜が消えない（その霜の）上で、袖を振って若菜を摘んでいるのだろう。〕
・秋の田の仮庵の庵の歌がるた取りぞこなつて雪は降りつつ（狂歌百人一首、大田南畝）
＊カルタで「秋の田の…」は、下の句「我が衣手は露に濡れつつ」を取らなければいけないのに、こちらを取ってしまうことをからかった狂歌です。

16
立ち別れ、いなばの山の峰に生ふるまつとし聞かば、いま帰り来む。

中納言行平

古今集・離別（題しらず）

旅立って別れて（京に）行くとしても、因幡の山の峰に生えている松の名のように、「待つ」と聞いたなら、すぐに帰って来よう。

「いなば」に「去なば」と「因幡」、「まつ」に「待つ」と「松」を掛けた、

(1)　立ち別れ　去なば

　　　　　　　因幡　の山の峰に生ふる　松
　　　　　　　　　　　　　　　　　　　待つ　とし聞かばいま帰り来む

という構造で、「重義」の掛詞の「複線叙述回帰型」です（→9）。「去なば」というのは動詞「去ぬ」（ナ変）の未然形に接続助詞「ば」が付いたもので、「未然形＋ば」は仮定を表す形式なのですが、ここは、「実際去って行くが、たとえそうであっても」という意味で、事実である事柄について仮定の表現を用いています。このような表現を「**修辞的仮定**」といいます。少し例をあげましょう。

(2) a　かくさし籠めてありとも、かの国の人来ばみな開きなむとす。（竹取物語）
　 b　わが身は女なりとも、かたきの手にはかかるまじ。（平家物語・先帝身投）
　 c　兼平一人候ふとも、余の武者千騎とおぼしめせ。（平家物語・木曾最期）

d　飛ぶ鳥の明日香の里を置きて去なば君があたりは見えずかもあらむ（万葉集・七八、詞書「藤原宮より寧楽宮(ならのみや)に遷(うつ)りし時に、……故郷を廻望(くわいばう)して作り給ひし歌」）

e　かくばかり恋しくあらばまそ鏡見ぬ日時なくあらましものを（万葉集・四二二一）

「生ふる」は動詞「生ふ」（上二段）の連体形、「まつとし聞かば」の「し」は強意の助詞です。ふつう副助詞とされますが、ほかの副助詞と違って意味を添えないこと、「道はし［波之］遠く」（万葉集・三九七八）のように係助詞に後接することから、これを係助詞とする説もあります（中世の歌学で「休め詞(やすめことば)」などと呼ばれたことから、「し」を間投助詞とする理解もあり得そうですが、「し＋も」「し＋ぞ」のような承接順を考えるとその考えかたは不可でしょう）。上代には「大和しうるはし」（古事記歌謡・三〇）、「君が装ひし貴くありけり」（同・七）のような例がありますが、中古になると「単独の「し」」は（つまり「しも」「しぞ」などの形でなく「し」だけの場合は）、「名にし負はばいざこと問はむ都鳥」（伊勢物語・九）のように、「…し…ば」の形で、ほとんど「…ば」の句内にしか現れなくなりました。「聞かば」の方は、修辞的なものではなくて、ふつうの順接仮定条件です。「いま」は、『経厚抄』に「今とは亦と云心なり」とありますが、ふつう「すぐに」の意と解されています。

この歌で問題になるのは、詠歌の状況で、次の二説があります。

A　因幡国から離任、帰京する時の歌…「任果て上らんとせし時、……我を又待人あらば再任もすべしと云心を今かへりこんと云也」（経厚抄）、「師説云、是行平受領にて因幡より上洛の時よめる歌也」（拾穂抄）、「行平因幡国の受領なりしが、任はてゝ上洛の時の歌也」（雑談）。

B　因幡国へ赴任する時の歌…「立わかれて因幡へゆけども都でまつと聞ならば直に帰つて来るであらうと也」（新抄）、「彼国へまかりけるとき、母のかたへつかはしける歌也」（米沢抄）、「因幡の国の守(カミ)に任(マケ)て、思ふ人などにわかれて京をたつ時、さのみなゝげきそ、いたく吾(ワレ)を待恋(マチコフ)とし聞ば、今いく程もなく立かへり来て、相見えんぞと慰(ナグサ)めてよめる也」（宇比麻奈備）。

「いなばの山の」という地名のあげかた、別れを惜しんでの「また帰って来ますよ」という挨拶のしかたから、Aと解するのが妥当でしょう（徳原茂実『百人一首の研究』（和泉書院）、浅田徹『和歌と暮らした日本人』（淡交社）などがA説を主張しています）。作者、行平は、斉衡(さいこう)二年（八五五）因幡守に任じられました（「従四位下在原朝臣行平為二因幡守一」『文徳実録』斉衡二年正月十五日）。

■本歌取り歌

・これもまた忘れじものをたちかへりいなばの山の秋の夕暮れ（拾遺愚草）
〔（人だけでなく）これもまた忘れないだろうに。都へ帰っても、因幡の山の秋の夕暮れ（の風情）を。〕

・忘れなむ待つとな告げそなかなかにいなばの山の峰の秋風（新古今集・羈旅・九六八、定家）
〔きっと忘れてしまおう。待つと告げないでくれ。行ってしまったら、因幡の山の峰の秋風（のように飽きの風が吹くだろう）。〕

・一声も鳴きていなばの峰に生ふるまつかひあれや山時鳥(ほととぎす)（夫木和歌抄、有家）
〔一声鳴いて行ってしまったら、因幡の山の峰に生えている松の名のように「待つ」甲斐があるだろうか。山時鳥よ。〕

・かひなしや因幡の山の松とてもまた帰りこむ昔ならねば（続拾遺集・雑上・一一〇二、為氏）
〔甲斐のないことだ。因幡の山の松の名のように待ったとしても、再び帰って来る昔ではないのだから。〕

17　ちはやぶる神代も聞かず。龍田川（たつたがは）からくれなゐに水くくるとは。

在原業平朝臣（ありはらのなりひら）

古今集・秋下（二条の后の、御息所と申しける時に、御屏風に龍田川に紅葉流れたるかたを描（か）けるを題にて詠める）

神代にも聞かない。龍田川が紅色に水を絞り染めにするとは。

「ちはやぶる」は「神」に係る枕詞なので訳しません。「千葉破（チハヤブル）神の斎垣（いかき）も越えぬべし」（万葉集・二六六三）の表記から「ぶ」は濁音であることが分かります。中世には、「Chiuayafuru. すなわち、昔の（こと）、または、長い年月の間の（もの）。神道（Xintô）の語。」（日葡辞書、邦訳による）のように「ふ」が清音になり、意味も変化したようです。

「神代も」は、「神代［に］も」の意で、係助詞を用いることで格助詞「に」が潜在しています。類例をあげます。

(1) a　この野は｜盗人あなり。（伊勢物語・一二）
　b　白露に風の吹きしく秋の野は｜、貫きとめぬ玉ぞ散りける。（↓37）
　c　雪深き岩のかけ道あとたゆる吉野の里も｜春は来にけり（千載集・春上・三、待賢門院堀河）
　d　村鳥の羽音してたつ朝明の汀の葦（あし）も｜雪降りにけり（永福門院百番自歌合）

無助詞名詞「龍田川φ｜」はどういう資格に立つのか難しいですが、「龍田川が、龍田川の水を紅色に染める」と考えて主格ととりました。特に擬人法というわけではなく、「風が吹き下ろす。」、「波が岸に打ち寄せる。」のように、他動詞が「主語が自分自身を…する」の意で自動詞的に用いられることがあるので（これを他動詞の再帰的用法といいます）、そのような例とみました。

(2)a　夜にかかる簾に風は吹き入れて庭白くなる月ぞ涼しき（玉葉集・夏・三八七）

b　色を増したる柳枝を垂れたる、花もえもいはぬ匂ひを散らしたり。（源氏物語・胡蝶）

あるいは、「龍田川［ニオイテ］」のような資格に立つ提示的な名詞とみることもできるかもしれません。無助詞名詞「水φ」は目的格です。

(3)　あやなしや恋すてふ名は龍田川袖をぞくくる紅の波（千五百番歌合、俊成）〈「紅の波」（紅涙の比喩）が袖を括り染めにするの意〉

「くくる」は、古くは「くぐる」と読んで「潜る」（＝紅葉が川面に浮き、その下を水が流れる）の意とする説もありましたが（「くれなゐのこのはのしたを水のくぐりてながると云也。潜字をくぐるとよめり」顕注密勘、など）、現在は「くくる」と読んで「括る」（＝水を括り染め（絞り染め）にする）の意と考えるのが一般的です。前者の場合は、「からくれなゐに」の「に」を、「からくれなゐノ所デ」という場所を表す格助詞と解することになりましょうが、ややこなれない感じもします（「…に括る」と読む場合は、「に」は結果を表す格助詞ということになります）。「潜る」の場所はふつうは「を」格を取るでしょう（後掲の「本歌取り歌」の良経の歌では「に」格になっていますが、これは本歌取りによるものでしょう）。

(4)a　春霞立つや遅きと［雪解ケノ水ガ］山川の岩間をくぐる音聞こゆなり（後拾遺集・春上・一三、和泉式部）

b　夕暮れは山陰すずし龍田川みどりの影をくぐる白波（拾遺愚草）

「潜る／括る」の問題については、野中春水（1954）「異釈による本歌取」（『国文論叢』3）、中川博夫（2019）「古注の言説と和歌の実作と現代の注釈と」（『国文鶴見』53）などがあります。

「神代も聞かず」について、「「も」による推意」には次の二種があることに注意しましょう。

(5)a　彼も来た。（ほかの人も来た）

b　彼も来た。（なのに、あの人は来ない）

例えば次の歌は『古今集』の「恋歌一」の歌です。

(6)　白波の跡なき方に行く舟も風ぞたよりのしるべなりける（四七二）

どこが恋歌なのか分かりにくいですが、「行舟ものもの字にて恋の心あり」（『てには網引綱』）というように、「も」によって「自分には案内者がいない」ということが示されます。このような(5)b、(6)の「も」は「だにも」（デサエ）の意で、掲出歌の「神代も」の「も」もこれに同じです（(5)aの「も」だとすると、「神代も今も聞かず（ソンナコトハアリ得ナイコトナノダ）」の意になってしまいます）。次のように表現しても同意になります。

(7)　神代にはありもやしけむ桜花［ヲ、葵祭ノ］今日のかざしに折れるためしは（新古今集・雑上・一四八五、紫式部）

掲出歌は、第三・四・五句が第一・二句に係り、第二句で切れる、倒置の構造になっています。出典の詞書にある通り屏風歌で、同じ時に、この題で、素性法師（21番作者）は、「もみぢ葉の流れてとまる湊（みなと）には紅深き浪や立つらん」（古今集・二九三）という歌を詠んでいます。次例は、時代はかなり下りますが、紅葉が水を染めるという状況を歌った作例です。

(8)a　枝を染め波をも染めて紅葉ばの下照る山の滝の白糸（新千載集・秋下・五八八、藤原実氏）

b　紅の木末の秋は水を染め波をも染むる露しぐれかな（雪玉集）

また、(9)以下、龍田川の紅葉は数多くの歌が詠まれています。

(9)　龍田川秋にしなれば山近み流るる水も紅葉しにけり（後撰集・秋下・四一四、貫之）

異色作は、定家の、

⑽ 色はみな空しきものを龍田川紅葉流るる秋もひととき（新拾遺集・哀傷・八五五）

でしょうか。所詮は「色即是空」なのだが、としました。

なお料理の「竜田揚げ」は、この歌にちなんで、「醤油につけて赤い色を出した衣に片栗粉をまぶして、白さを点じたさまを紅葉流れる竜田川に見立てた命名という（清水桂一・たべもの語源辞典）。」（『新明解語源辞典』三省堂）とのことです。

■本歌取り歌

・龍田姫手染（てぞ）めの露の紅に神世も聞かぬ峰の色かな（拾遺愚草）

（龍田姫が露で（葉を）手染めにした紅葉で、神代にも聞いたことがない（ほど素晴らしい）峰の色だなあ。）

＊「露で紅葉を染める」と、染める方向を逆転しました。

・龍田川いはねのつつじ影見えてなほ水くくる春の紅（新続古今集・春下・一八八、定家）

（龍田川では岩根のつつじの影が（水面に）映って、やはり水をくくり染めにする春の紅色よ。）＊春の歌に転じています。

・龍田山神代も秋の木の間より紅くくる月や出でけん（壬二集）

（龍田山では神代にも秋の木の間より紅色にくくり染めにした月が出ただろうか。）

・龍田川散らぬ紅葉の影見えて紅くぐる瀬々の白波（正治初度百首、良経）

（龍田川ではまだ散らない紅葉の影が（水面に）映って、紅色の（川面の）下を潜る瀬々の白波よ。）＊「散らぬ紅葉」に転じています。「龍田川峰の紅葉の散らぬ間は底にぞ水の秋は見えける」（続千載集・秋下・五八二、家隆）では、散らない紅葉の影が水底に映っていると詠っています。

・これもまた神代は聞かず龍田川月の氷に水くぐるとは（新拾遺集・秋下・四三二、良経）
〔これもまた神代に聞かない。龍田川で月光が氷のように光る水面の下を水が流れているとは。〕＊「月光」を配しました。良経の以上の二首の「くくる」は「潜る」でしょう。

18 住の江の岸に寄る波、夜さへや、夢の通ひ路人目避くらむ。

藤原敏行朝臣

古今集・恋二（寛平御時后の宮の歌合の歌）
住の江の岸に寄る波、（その「よる」ということばのように）夜までも、夢の中の通い路で人目を避けているのだろうか。

「住の江の岸に寄る波」が、「寄る」から同音の「夜」を導く序詞になっています。ここで、次のabを比べてみましょう。

(1)a　霞立ち木の芽もはるの雪降れば花なき里も花ぞ散りける（古今集・春上・九、貫之）
　b　木の芽張る春の山辺を来て見れば霞の衣たたぬ日ぞなき（新勅撰集・春上・一九、好忠）

(1)aの傍線部は上からは「張る」、下には「春」の意で続き、「はる」が一つの音形で二語を兼用しています（通常「張る」と「春」の掛詞といわれます）。一方、bはその二語を並置していて、同音語を接近させた「同音接近」と呼ばれる修辞法と考えられます。同じ序詞といっても、

(2)　梓弓引けば本末わが方によるこそまされ恋の心は（古今集・恋二・六一〇、春道列樹）

のようであれば⑴ａの「語の兼用タイプ」ですが、掲出歌は⑴ｂの「同音接近タイプ」の序詞であると捉えられます。「寄る波φ」は無助詞名詞ですが、下と関係をもたないので、独立語と捉えられます。この「岸に寄る波」は、恋人が自分の方に「寄る」の喩としてイメージされます。

「夜さへや」の「さへ」は添加（「…までも」）の意の副助詞で、『三奥抄』に「よるさへやとよめるさへの字にて、うつゝにはましてと人めをつゝむことのしらるゝ也」とある通りです。「や」は疑問の係助詞で、「…や…らむ」で疑いの意を表します。無助詞名詞「夢の通ひ路φ」は場所格（「夢の通ひ路［ニテ］」の意）、「人目φ」は目的格です。「人目」というのは他人の見る目ということで、恋ではこれがたいへん警戒されるわけです。「見る目」ともいい、これは歌では多く海藻「海松藻（みるめ）」との掛詞で用いられます。

「夢の通ひ路」というのは「夢の中の、人が通う路」ということで、「夢が通う」わけではありません（↓12）。もっとも、次例のように「夢が通う」という作例もありますが。

⑶　夢通ふ道さへ絶えぬ呉竹の伏見の里の雪の下折れ（新古今集・冬・六七三、有家）

「避く」は、上代では上二段、中古では上二段と四段、中世以降は下二段に活用します。ここでの「避く」は「らむ」の上にあるので終止形ですから、上二段か四段かは判定できません（この「避く」を下二段活用としている注釈書が散見しますが、鎌倉時代初期の『六百番歌合』でも、下二段の「避く」を用いた「花散れば道やは避けぬ」に対して、右方申状で「「避けぬ」聞きにくし」と難じていますから、下二段活用ということはないでしょう）。「避く」の主語については、「自分（作者）」と「相手（恋人）」との二説がありますが、「通って来る」のは男ですから、「人目を避ける」のが「人目を避けて通って来ない男」のことと限定されるなら、あり得る組み合わせは、①（作者の性別通り）男の歌としての「自分（＝男）」と、②女歌（男である作者が女の身になって詠んだ歌）としての「相手（＝男）」の二通りになります（「人目を避けている」のが「女」でもよいのであれば、①②を反転させて計四通りの組み合わせがあることになります）。小

町の、

(4) うつつにはさもこそあらめ夢にさへ人目をもると見るがわびしさ（古今集・恋三・六五六）

と同想とみるなら②ということになりましょうか。

主語を「自分」と考える場合、「らむ」が一人称主語をとるのかという疑問も起こるのですが、この用例は存します。

(5) a たらちしの母が目見ずておほほしくいづち向きてか我(あ)が別るらむ（万葉集・八八七）

b からうじて鶏の声はるかに聞こゆるに、「命をかけて、何の契りにかかる目を見るらむ。……」と思しめぐらす。（源氏物語・夕顔）

c ［柏木ハ源氏ノ丁重ナ挨拶ガ］いといと恥づかしきに、［柏木ハ、自分ノ］顔の色違(たが)ふらむとおぼえて、御答(いら)へもとみにえ聞こえず。（源氏物語・若菜下）

なお、「避く」の主語がどちらであっても、「夢の通ひ路人目避くらむ」には、もう一つ、次の二通りの読みかたがあり得ます。

A（自分、または相手が）人目を避けている様子を、夢に見る…「こは、さくるさまの夢を見て、さる夢にさへ人めをさくるは何事ぞやと侘たるなれば」（異見）。

B（自分、または相手が）人目を避けていて、（相手を）夢にも見ることができない…「夢には見えむとおもひしに、まどろむひまもなければゆめにも見ぬ心を、夜るさへ人めをよきて夢にも見えこぬとの心也」（色紙和歌）、「我心のおもひより夢もみぬと也」（師説抄）。

せめて夢で逢いたいという、

(6) うつつには逢ふよしもなしぬばたまの夜の夢にを継ぎて見えこそ（万葉集・八〇七）

のような詠歌の伝統からはBだと思うのですが、小町の次のような類想歌は、Aのような状況なのでしょうか。

(7) うつつにはさもこそあらめ夢にさへ人目をもると見るがわびしさ（＝(4)）〈伊達本は「人目を避くと」〉

19 難波潟、短き葦の節の間も、逢はでこの世を過ぐしてよとや。

伊勢

新古今集・恋一（〔題知らず〕）

難波潟、（そこに生えている）短い葦の節の間（のような短い時間）も、逢わずにこの世を過ごしてしまえと言うのか。

解釈上の問題の無い歌です。強いて言えば、「短き」がどこに係るのかという問題がありますが、「間も」に係ると考えて良いでしょう。次例(1)の場合は「葦が短い」と詠われていますが、古典語の「短し」には、(2)のように「高さが低い」という意味もあるので、この場合は「高さが低い」意の「短し」と「短き世」の「短し」とが掛けられていることになります。

(1) 津の国のながらふべくもあらぬかな短き葦の世にこそありけれ（新古今集・雑下・一八四八、花山院）

(2) a 短き灯台に火をともして（枕草子・一三八）

b このこやくしといひける人は、丈なむ（＝背丈ガ）いと短かりける。（大和物語・一三八）

c もとの品高く生まれながら、身は沈み、位短くて人げなき（源氏物語・帚木）

「難波潟φ」は無助詞名詞で提示語と考えられますが、葦の名所、歌枕なので、意味的には「難波潟の（難波潟に生えている）」のような意で下に続くでしょう。まさに「蘆は難波によむ事也」（雑談）です。

「逢はで」の「で」は打消の意を含む接続助詞です。「この世を」の「よ」には、「節と節の間」をいう「よ」が掛けられています。『和名抄』に「節［音切、和名布之］竹中隔而不レ通者也」、「両節間俗云レ与」とあります。

(3) a　竹取の翁、竹を取るに、この子を見つけて後に竹取るに、節を隔ててよごとに金ある竹を見つくることかさなりぬ。かくて翁やうやう豊かになり行く。（竹取物語）

b　逢ふことの夜々を隔つる呉竹の節の数なき恋もするかな（後撰集・恋二・六七三）

bのように、「よ」には「夜」も響いているでしょうか。「過ぐし」は、『師説抄』が「すぐしてよとやよむべし。すごしてとはよまぬ也」と注意しています。『日本国語大辞典［第二版］』の「すごす」の語誌には、次のようにあります。

上代では「すぐす」が普通で、「すごす」は(5)の挙例「万葉集」の東歌に見られる「思ひすごす」の例だけである。平安時代頃から次第に「すごす」が併用されるようになり、室町時代以降は「すごす」の方が普通の形となった。

『日本古典対照分類語彙表』（笠間書院）によると、『古今集』は「すぐす＝四例、すごす＝〇例」、『源氏物語』は「すぐす＝二五七例、すごす＝一〇例」です。

「過ぐしてよ」の「てよ」は完了の助動詞「つ」の命令形、「とや」の「や」は疑問の係助詞で、その下には「言ふ」が省略されています（「すぐして、よとや」ではなく、「すぐしてよ、とや」です。このような「とや」は「とひかけてには」（春樹顕秘増抄）などといわれます）。命令形に気迫を感じますが、『異見』に「さしむけてつよくいへるが、中々はかなく聞ゆる也」という通りでしょう。「過ぐしてよ」は「過ぐす」の完成相ですから、「この世を過ごしてしまえ

＝この世を終えてしまえ」ということです。「「…てよ」とや「言ふ」」というのは、現代語の「…というのか」と同様、相手が実際に「と」の上のことばを発したか否かを尋ねているのではなく、相手の行動がそのように発言したことと同じであると解釈されるということです。

■本歌取り歌

・葦の屋のかり寝の床のふしのまも短く明くる夏の夜な夜な（新後撰集・夏・二二三、定家）

〔葦の屋の仮寝の床で臥すと、すぐに明ける夏の夜よ。〕＊厳密な意味での本歌取りの歌とは言えないかもしれませんが、ここでは「節」を「臥し」に変えたところが面白いと思います。

・短夜や葦間流るる蟹の泡（蕪村自筆句帳）

＊「短き節→短夜」、「逢はで→泡」として借りたものです。俳諧における本歌の取りかたの一例としてあげました。

20

わびぬれば今はた同じ。難波なるみをつくしても逢はむとぞ思ふ。

元良（もとよし）親王

後撰集・恋五（こと出（い）で来て後（のち）に、京極御息所に遣はしける）。拾遺集・恋二（〔題知らず〕）。

思い苦しむことになってしまったので、今となってはもう同じことだ。難波にある澪標ということばのように、身を尽くしても（身を滅ぼしても）（あなたに）逢おうと思う。

「わびぬれば」の「わび」は動詞「わぶ」（上二段）の連用形、「ぬれ」は助動詞「ぬ」の已然形で「（状態の）発生」の意を表します（↓9）。「侘ぬればとは、万の思のつもりてやるかたもなきをいふなり」（宗祇抄）。「はた」は副詞で「もはや」の意です。

「同じ」というのは、何と何とが同じなのか問題になりますが、『改観抄』が「同じとは下の句の身を尽すに同じとなり」というように、逢っても逢わなくても「身を尽くす」点で同じだというのでしょう。「今又あはず共、立にし名は同名にこそあれ」（宗祇抄）、「今あふて二たび名をたつとても又おなじ名なるべければ」（拾穂抄）、「今あはでをるとても、立にし名は同じ事なれば、身をつくしてもあはんといへり」（雑談）という説もあります。そうすると、「同じ、難波なる」に「同じ名には成る」が読み込めそうですが、これは『三奥抄』が「なにはなるとよめるを名のたちたる心といふ、おほきにわろし」と、否定しています。

「難波なる」の「なる」は存在を表す助動詞（↓7）です。この「難波なる」は枕詞ともみられます。「みをつくし」は「澪標（みおつくし）」と「身を尽くし」との掛詞で、「澪標」が詠まれる場合は、通常この掛詞として用いられます（88番歌でもそのように使われています）。

(1)　君恋ふる涙の床に満ちぬればみをつくしとぞ我はなりぬる（古今集・恋二・五六七、藤原興風）

「澪標」は「水脈（みを）つ串（くし）」で、船の航路を示すための杭（くい）です（「みをつくしとは、水のふかきところに立たる木をいふ」能因歌枕）。「みをのしるし」（千載集・一八二）という言いかたもあります。ここでは単に「身を尽くし」と音を掛けただけではなく、あなたに逢いに行く道案内の義も響かせています。

「ても」は極端な事態を仮定して、「たとえ…であっても」の意を表します。

(2) a　瀬を速み岩にせかるる滝川のわれても末に逢はむとぞ思ふ（↓77）

b　尼になりても、殿のうち離るまじければ、ただ消え失せなむわざもがなと思ほす。（落窪物語）

c　我らいみじき勢ひになりても、若君（＝玉鬘）をさる者（＝監ノヨウナ者）の中にはふらし奉りては、何心地かせまし。（源氏物語・玉鬘）

「逢はむ」の「む」は意志の助動詞です。

勅撰集の重出歌（重複して撰入された歌）で、『後撰集』では「恋五」で「恋の末期」の歌、『拾遺集』では「恋二」で「恋の初期」の歌の位置に置かれています。

■本歌取り歌

・みをつくしいざ身にかへてしづみ見ん同じ難波の浦の浪風（拾遺愚草）

〔さあ澪標に変身して難波の浦に沈んでみよう。どうせ同じ評判が立つ（のだから）。〕

・難波なる身を尽くしてもかひぞなき短き葦の一夜ばかりは（続後拾遺集・恋三・八二四、定家）

＊訳は不要でしょう。掲出歌と19番歌と88番歌とを取り合わせたような作です。

21

「いま来（こ）む」と言ひしばかりに、長月の有明の月を待ち出（い）でつるかな。

素性（そせい）法師

古今集・恋四（題知らず）

（あなたが）「今すぐ行こう」と言ったばっかりに、九月の有明の月が出るのを待ってしまったことよ。

「いま来む」というのは、相手に視点をおいた言いかたで、「今すぐ（あなたの所へ）来よう」と表現したものです。

現代語では「行こう」と表現しますが、古典語にはこのような表現も散見されます。

(1) a　からうじて大和人（＝大和ノ男）、「来む」と言へり。（伊勢物語・二三）

b　名にし負はば逢坂山のさねかづら人に知られで［アナタノ許ニ］来るよしもがな（→25）

c　［私ノ許ニ］渡らせ給ふべう聞こえよ。［私ガ］そなたへ参り来べけれど、［病デ］動きすべうもあらでなむ。（源氏物語・夕霧）

d　いかなるをりにかあらむ、［兼家カラ］文ぞある。「まゐり来まほしけれど、つつましうてなむ。……」とあり。（蜻蛉日記）

e　雨など降りたる日、［兼家カラ］「暮れに来む」などやありけむ、…（蜻蛉日記）

「いま」は「今すぐ」の意（→16）、「来む」の「む」は意志の助動詞、「言ひし」の「し」は過去の助動詞「き」の連体形です。「ばかりに」は、限定の意を表す副助詞「ばかり」に格助詞「に」が付いて、全体として接続助詞的に用いられたもので、小さな原因から大きな結果を招くことを表します。次例は「秤に（掛く）」との掛詞になっています。

(2)　いま来んと言ひしばかりにかけられて人のつらさの数は知りにき（古今和歌六帖）

「長月」は陰暦九月のことですが、「それに夜長の候と、長々と待ちくたびれた気分とを、巧妙に含ませている」（安東次男『百首通見』ちくま学芸文庫）という指摘もあります。「有明の月」は、『師説抄』に「有明は中五夜（＝陰暦十五日）よりすへといへども、二十日より後暁方に出てあけはなる、まで月の残りたるをいふ也」とあります。望月（満月）は日没の頃昇り始め、日の出の頃沈みますが、月の出没は一日ごとに約五〇分遅くなって行くので、満月以降の月はだんだん朝まで残ることになります。下弦の月（満月と新月の中間）だと、現在の時間では、深夜零時頃出て、朝一〇時〜一一時頃沈みます。

「月を待ち出づ」というのは、現代語にはない表現ですが、

(3) 月待ち出でて（＝月ガ出ルノヲ待ッテ）、出で給ふ。（源氏物語・須磨）

と同様、「月が出るのを待つ」と解釈されましょうか。「待ち出づ」というのは、「現れるのを待つ」ということで、工藤重矩『後撰和歌集』（和泉書院）には、

「待ちいづる」は、待っていて、その結果、待っていたものが出てきたの意。多くは、月の出に用いるが、「君を待ち出でむ」（万葉・二四八四）「我待つ君を待ちいでむかも」（二八〇四）の例もある。（四七二番歌の補注）

と説明されています。「取り出づ」（現代語「取り出す」）、「思ひ出づ」（現代語「思い出す」）、「見出づ」（現代語「見つけ出す」）のように、古典文では「出づ」が「出だす」（出ス）の意で用いられることにも注意されます（↓11）。「待ち出づ（＝出ルノヲ待ツ）」という語順ですが、古典文には、動詞の連続の語順が、現代語の感覚では転倒しているように捉えられる例が存します。

(4) a いと多かれど尽くし書かず（＝書キ尽クサズ）。（栄花物語・一三）
b いかにして［仏ノ教エヲ］尽くして知らむ（＝知リ尽クサム）悟ること入ること難き門と聞けども（発心和歌集）
c うるはしき御小袿など奉り添へて（＝添エテオ召シニナッテ）（源氏物語・少女）
d 愚かなる人は、あやしく異なる相を語り付け（＝付ケ加エテ語リ）（徒然草・一四三）

掲出歌では、「あなたを待って、月が出るのを待つ」の意が掛かっています。

「つるかな」の「つる」は、完了の助動詞「つ」の連体形です。「つ」には、このように、ずっと継続していたことが直近の時点で終了したことを表す用法（**継続用法**）があります（完成相・近過去の用法の延長上にあるものと考えられます）。

(5)

a　年ごろかかること（＝夕霧ガ紫上ヲ見ル事）のつゆなかりつるを［シカシ直前アッタ］（源氏物語・野分）

b　［物ノ怪ガ］「このわたりにさりげなくてなむ日ごろさぶらひつる。今は帰りなむ」とてうち笑ふ。（源氏物語・柏木）

c　「はるかに思ひ給へ絶えたりつる年ごろよりも、今からの御もてなしのおぼつかなう侍らむは心づくしに」など聞こゆ。（源氏物語・松風）

d　［今マデ］綱はへて（＝張リメグラシテ）守りわたりつる我が宿の早稲田かりがね今ぞ鳴くなる（貫之集）

e　あづさ弓春山近く家居して絶えず聞きつる鶯の声（新古今集・春上・二九）

次例は「一年間を待ちきった」の意です。

(6)　一年を待ちつることもあるものを今日の暮るるぞ久しかりける（貫之集）

さて、この歌は、有明の月が出るのを待ったということですが、どのくらい待ったかに諸説があります。

A　一晩待った（一夜説）…「ナガツキノ夜ノナガキニ、アリアケノツキノイヅルマデ、ヒトヲマツトヨメリ」（顕昭『古今集注』）

B　数か月待った（月来説）…「今こむといひし人を月来まつ程に、秋もくれ月さへ在明になりぬとぞ、よみ侍りけん」（定家『顕注密勘』）、「在明の月を待いづる心、一夜の儀にあらず。たのめて月々を送り行に、時しも長月の空に成行心を、よく思入てあぢはふべき歌也」（宗祇抄）

C　一か月待った（月内説）…「今こんこんといふほどに、まことかと思ひて月のはじめから月のすゑまで待つほどに、おのづから有明の頃になるまで待つゆゑ、有明の月をまちをりたるぞとなり。冷泉家にはただ一夜の有明に用ふるなり。二条家には、春夏を待ちくらし又秋の長月の有明まで待ちたる也。月末までの事也。顕昭は一夜と意得」（後陽成抄）

B・Cは、歌にわざわざ「長月の」とあるので、その意図を読み込んだ解といえ、百人一首の撰者と目される定家もB説であることが注目されます。『改観抄』は、出典である『古今集』の部立てを根拠に、「古今の部立を見るに、此歌の前後は只待恋の歌なり。久待恋・久待不レ来恋などいふ題に叶ふへき歌は、恋五に……そこにいらぬにて一夜の事なること知べし」と、A説を唱えています。撰集の部立てはあくまでも撰者の理解を示すものですが、出典の部立てに従うなら、『改観抄』の指摘の通りでしょう。また次例は掲出歌の本歌取りですが、本歌をA説と捉えていないと成立しない（本歌がBの意であればほとんど同文同意の歌となって、本歌取りの作意をなさない）とも思います。

(7) いま来むと言ひしばかりを頼みにていく長月を過ぐし来ぬらん（後鳥羽院御集）

また「いま来む」と言ったのはいつかということでも二説があります。

A　後朝の朝の別れ際…「おもふ人のわかれし時、又やがてこんとさだめたりしを」（色紙和歌）、経厚抄、異見。

B　その日の夕方…「こは其日の夕つけてもや契りけん」（宇比麻奈備）、「オツツケソレヘ参ラウト云テオコシタバッカリニ」（宣長『古今集遠鏡』）。

この歌は、当然に、作者が女の立場で詠んだ歌です。次のような歌もあげておきましょう。

(8) 待ちかねてひとりながむる有明の月にぞ人をうらみはてつる（万代集、二条院讃岐）

■本歌取り歌

・今来むと頼めしことを忘れずはこの夕暮れの月や待つらん（新古今集・恋三・一二〇三、藤原秀能）
〔「今すぐ行こう」と（私が）約束したことを（あなたが）忘れていないなら、（あなたは）この夕暮れの月の出を待っているだろうか。〕＊本歌を男の歌に、しかも来訪前の歌に転じています。

・さのみやは懲りずも待たん今来んと言ひしばかりの夕暮れの空（竹風和歌抄）
〔そうだ（来る）とばかりに懲りずに待つだろうか。（あの人が）「今すぐ行こう」と言ったばかりの夕暮れ

の空（の下で）。〕

・待ち出でていかにながめむ忘るなと言ひしばかりの有明の月（続後拾遺集・恋四・八九八、式子内親王）

〔忘れるなと言ったばっかりに、出るのを待ってどのように眺めたらよいだろう、有明の月を。〕

・待ち出でて見れば涙に曇りけり来（こ）ぬ夜あまたの有明の月（続後拾遺集・恋三・八一一）

〔出るのを待って、来訪のない夜が重なった（その明け方の）有明の月を見ると、涙で曇ったことだ。〕

22 吹くからに秋の草木のしをるれば、むべ山風を嵐といふらむ。

文屋康秀（ふんやのやすひで）

古今集・秋下（是貞（これさだ）の親王（みこ）の家の歌合の歌）

吹くとすぐに秋の草木がしおれるので、なるほど山風を「あらし」というのだろう。

「吹く」の主語は「山風」、「からに」は二つの動作・状態が続いて生じる意を表す接続助詞です。

(1) a　おほかたの秋来るからに我が身こそ悲しきものと思ひ知りぬれ（古今集・秋上・一八五）

b　住江の松を秋風吹くからに声うちそふる沖つ白波（古今集・賀・三六〇、躬恒）

「已然形＋ば…らむ」は、「…なので、…だろう。」の形に訳されます。「むべ」は副詞で、「うべ」に同じ、『岩波古語辞典［補訂版］』の「うべ」の項には「事情を受け入れ、納得・肯定する意。類義語ゲニは、所説の真実性を現実にてらして認める意」「平安時代にmbeと発音されたので、「むべ」と書く例が多い。」とあります。

この歌は「嵐」が「山＋風」と分解される文字遊戯であるといわれます。漢詩の「離合詩」と呼ばれる技法で、ほかに次のような作例があります。

(2) a　ことごとに悲しかりけりむべしこそ秋の心を愁へと言ひけれ（千載集・秋下・三五一、季通）
b　雪降れば木毎に花ぞ咲きにけるいづれを梅とわきて折らまし（古今集・冬・三三七、友則）
c　春の夜は吹きまふ風の移り香を木毎に梅と思ひけるかな（千載集・春上・二五、崇徳院）

「あらし」の「し」は風の意で、「あら（荒）＋し（風）」です。『和名抄』に「嵐…山下出風也…［和名阿良之］」とあります。「嵐」には形容詞「荒し」も掛けられています。古注は、「荒し」ということから「嵐」というのだと解し、文字遊戯であることを否定するものが多いようです（「山カブリに風とかきて嵐の字の心と云説あり。当流に不用之。只あらき風也」（幽斎抄）ほか、宗祇抄・雑談・宇比麻奈備など）。

第三句の「萎る」（自動詞、下二段。現代語の「しおれる」）の歴史的仮名遣いは、「しをる」とする辞典が多いのですが、『日本国語大辞典［第二版］』、『角川古語大辞典』などは歴史的仮名遣いを「しほる」であるとしています（百人一首の注釈書では、島津忠夫『新版百人一首』角川ソフィア文庫、長谷川哲夫『百人一首私注』風間書房など）。「枝折る」、「湿る」、「絞る」などとの混乱もあったようで（→42）、仮名遣いが難しいことばです。

この歌の作者は、子の朝康（37番歌の作者）ではないかという説があります（改観抄）。

■本歌取り歌

・吹くからにむべ山風もしをるなり今は嵐の袖を恨みて（壬二集）
〔吹くとすぐに本当に山風も（草木を）萎らせるようだ。今は（あの人を）恨んで生きているまいと思う（私の）袖をひるがえして。〕＊掲出歌と異なり、この「しをる」は四段活用の他動詞、「嵐」に「あらじ」、「恨み」に「裏見」を掛けています。

・草木吹くむべ山風の夕暮れに時雨れて寒き秋の群雲（竹風和歌抄）
〔草木を、なるほど（嵐というべき）山風が吹く夕暮れに、時雨を降らせて寒い秋の群雲（が立っている）よ。〕

・住みわぶるむべ山風の嵐山花のさかりはなほ憂かりけり（為家集）
〔住んでつらい思いをしている嵐山は、文字通り山風が吹いているので、花の盛りにはいっそうつらいのだった。〕＊為家と同時代の実雄（西園寺公経の子）にも、「吹きしをるむべ山風の嵐山まだき木の葉の色ぞしぐるる」（続拾遺集・秋下・三五三）があります。

23

月見れば、千々（ちぢ）にものこそ悲しけれ。我が身ひとつの秋にはあらねど。

大江千里（おほえのちさと）

古今集・秋上（是貞（これさだ）の親王（みこ）の家の歌合に詠める）

月を見ると、さまざまに物事が悲しい。私一人の秋ではないけれど。

『改観抄』に、「千里は儒家にて、文集（＝『白氏文集』）ノ中ノ秀句を題としてよまれたる歌おほし。然れば此歌も、燕子楼ノ中霜月ノ夜秋来唯為二一人一ノ長シと作れる詩を翻案してよまれたるにや」という通りでしょう。「我が身ひとつの秋」というのは訳しにくいですが、「私一人の秋」「私だけの秋」ということでしょうか。

(1)　高砂のほかにも秋はあるものを我が夕暮れと鹿は鳴くなり（続後撰集・秋上・三〇九、定家）

次の歌を参考にすれば、

(2)　我がために来る秋にしもあらなくに虫の音（ね）聞けばまづぞ悲しき（古今集・秋上・一八六）

掲出歌は、「我がために来る秋にしもあらなくに、我は、月見れば千々にものこそ悲しけれ」の意であると解することもできましょう。よく「一つ」と「千々」とが対になっていると指摘されますが、この対は接続関係からはやや奇妙な形になっています。何故なら、「一つ」と「千々」とは、「一つならねば、千々」、「一つなれど、千々」という関係であるべきなのに、掲出歌は「一つならねど、千々」と表現していて、この逆接の意が捉え難いからです。このことから、この「我が身ひとつの秋にはあらねど」というのは一種の「逆言法（ぎゃくげんほう）」(paralepsis) で、「我が身ひとつの秋のやうに」と言いたいところをこのように表現したもの、したがって下句の「…あらねど」は直ちに「悲しけれ」に係るのではなく、「我が身一つの秋にはあらねど（我が身一つの心地して）」などの言いさしであると考えることもできるだろうと思います（「我身一つの秋にはあらねど、我身ひとつのここちして、ちぢに物こそ悲しけれと折（「打」カ）かへして落着する歌也」『古今和歌集正義』）。「逆言法」というのは、

(3)　僕は、彼の残した作品の僅少を決して嘆くまい。（小林秀雄「富永太郎」）

のようなもので、この「嘆くまい」というのは、嘆いているのです。次のような作もあります。

(4) a　夕霧も心の底にむせびつつ我が身ひとつの秋ぞ更けゆく（式子内親王集）

b　風やあらぬ月日やあらぬもの思ふ我が身ひとつの荻の夕暮れ（拾玉集）

c　おほかたにもの思ふとしもなかりけりただ我がための秋の夕暮れ（金槐集）

無助詞名詞「月ϕ」は目的格です。「千々に」は「さまざまだ」の意の形容動詞「千々なり」の連用形、「ちぢ」はふつう「千々」と書かれますが、「ち（千）」の畳語（じょうご）（「人々」「我々」「青々」のような語を畳語といいます）ではなく、

「ち（千）」に数量を表す助数詞「ち（箇）」が付いて連濁したものと言われます。「ものこそ悲しけれ」は、形容詞「もの悲し」（「もの」は接頭辞）の中に「こそ」が介入したものとも、「もの」を名詞にとって「物事が悲しい」の意とも考えられます。ここでは、

(5)　身はひとつ心は千々にくだくれば様々もののなげかしきかな（万代集、和泉式部）

のように、後者にとりました。

「秋にはあらねど」というのは、「秋ならねど」の「なら」の部分に係助詞「は」を介在させて、「秋にはあらねど」の形にしたものです。したがって「秋に」の「に」は断定の助動詞「なり」の連用形です。例えば現代語で、

(6)　書く　→　書きはしない

のように言うでしょう。同様に、形容詞では(7)aのように、断定の助動詞ではbのようになります。

(7)a　美しい　→　美しくはない
　b　学生だ　→　学生ではない

ここで、(6)の「書き」は「書く」の連用形、(7)aの「美しく」は「美しい」の連用形ですから、(7)bの「で」も「だ」の連用形と考えなければなりません。古代語でも同様で、

(8)a　いはで心に思ふ　→　いはで心に思ひこそすれ（古今集・五三七）
　b　しるかりけり　→　しるくぞありける（古今集・二九）
　c　花なりけり　→　秋は色々の花にぞありける（古今集・二四五）

(8)aの「思ひ」、bの「しるく」が連用形なのですから、cの「花に」の「に」も「なり」の連用形ということになるでしょう。「秋にはあらねど」の「に」を断定の助動詞「なり」の連用形と考えるのは、このような手続きによります。「あらねど」の「ね」は打消の助動詞「ず」の已然形、「ど」は接続の接続助詞です。第五句は字余りですが、

『鈔聞書』が「秋ならねどもなどいはばあしからん。秋にはあらねど、いふにて、のりて来る也」という通りでしょう。

■本歌取り歌

・幾秋を千々にくだけて過ぎぬらん我が身ひとつを月に愁へて（拾遺愚草）

〔幾つの秋をさまざまに心を砕いて過ごしたのだろう。私の身だけを月に（対して）憂えて。〕

・年を経て我が身ひとつと嘆きても見れば忘るる秋の夜の月（為家集）

〔年久しく私だけ（がもの悲しい）と嘆いても、見ると（憂さを）忘れる秋の夜の月よ。〕

・ながむれば千々に物思ふ月にまた我が身ひとつの峰の松風（新古今集・秋上・三九七、鴨長明）

〔眺めると様々にものを思う月に加え、私の身だけに吹いてくる峰の松風よ。〕

・ながむればいとどものこそ悲しけれ月は憂き世のほかと聞きしに（林葉和歌集）

〔眺めるといっそうもの悲しい。月はつらい世と無縁（の別天地だ）と聞いていたのに。〕

・月見ても千々にくだくる心かな我が身ひとつの昔ならねど（俊成卿女集）

〔月を見てもさまざまに思い乱れる心よ。私だけの（懐かしい）昔ではないけれど。〕

・月見てもさらにかなしくなかりけり世界の人の秋と思へば（徳和歌後万載集）

＊本歌を裏返したもので、狂歌としては基本的な作りといえますが、それだけに陳腐です。

24 このたびは、幣(ぬさ)もとりあへず。手向山(たむけやま)、紅葉(もみぢ)の錦(にしき)、神のまにまに。

菅家（菅原道真(みちざね)）

古今集・羈旅（朱雀院（＝宇多上皇）の奈良におはしましける時に、手向山(たむけやま)にて詠める）

今度の旅は、幣を手に取ることができない。手向山の紅葉の錦を、神の（御心の）ままに（お受け取りください）。

「このたびは」の「たび」は、「度(たび)」と「旅」との掛詞で、「今度の旅は」の意になります。「とりあへず」の「あへず」は、「充分に…する」「…し果(おお)せる」などの意を添える補助動詞「敢(あ)ふ」（下二段）の未然形に打消の助動詞「ず」が付いたものです。「ぬさとは、神にたてまつるきぬなり」（能因歌枕）ということで、神道で用いられる白い布や紙を思ってしまいますが、そして実際、

(1) 降る雪を空に幣とぞ手向けける春のさかひに年の越ゆれば（貫之集）

のような歌もあるのですが、

(2) 秋の山もみぢを幣とたむくれば住む我さへぞ旅心地する（古今集・秋下・二九九、貫之）

について、『顕注密勘』には「ぬさとは、旅行道のほとりの神にたむくる物也。道のほとりの神をば道祖神ともいふ。さへの神ともいひ、たむけの神とも申。色々のきぬのきれなどをたてまつる也。さればもみぢをぬさとよむなり。手むくとは、手にとりて神にむけたてまつる也。さればやがてたむけともいふ。むくとは、神の御方にとりむかふる也」と言っています。和歌では、紅葉を幣に見立てることは、常套的なものです。

(3) a　もみぢ葉は誰が手向けとか秋の野に幣と散りつつ吹き乱るらむ（新撰万葉集）

b　秋風は誰が手向けとかもみぢ葉を幣にきりつつ吹き散らすらん（寛平御時后宮歌合）

c　道知らば尋ねも行かんもみぢ葉を幣と手向けて秋は去(い)にけり（古今集・秋下・三一三、躬恒）

d　神垣や三室(みむろ)の山のもみぢ葉は人も手向けぬ幣かとぞ見る（小侍従集）

「幣もとりあへず」の「とる」は、注釈書によって、「（幣を）準備する」意とも、「（幣を）奉(まつ)る」意とも説明されています。「幣を」を受ける動詞とその意味を『万葉集』で調べると、「（幣を…）奉る・奉(たてまつ)る・置く・掛く」は「奉る・捧げる」の意、「（幣を）取り向く」は「手向ける」、その他「引く」「取り置く」「取り持つ」があって、「取る」は次の一例（旋頭歌）です。歌意が難解ですが「禁を破って女に近づき、すんでのことにひどい目をみるところだった、という内容」（新編日本古典文学全集頭注）と説明されています。

(4)　み幣取り三輪の祝(はふり)が斎(いは)ふ杉原　薪(たきぎ)伐(こ)りほとほとしくに（＝スンデノトコロデ）手斧取らえぬ（一四〇三）

この「幣取る」は直接神に捧げる、奉るの意味ではなく、「幣を手に取り」ということでしょう。

掲出歌も「とる」という動詞が使われているのですから、「幣を手に取ることができない」の意と考えられます。「とりあへず」は、「幣も取あへずとは、こゝにて句を切と手向山とつゞくるとの両義あるべし」（改観抄）のように、終止形とも連用形とも考えられますが、「或人ぬさもとりあへずといふを句也といふはよし。つゞけてはよろしからぬ也」（宇比麻奈備）のように、終止形として二句切れと考えたいと思います。

動詞「手向く」の格配置を確認すると、現代語と同じなので、「紅葉の錦を（神に）」ということになります。

(5)　標(しめ)の内(うち)や玉敷く庭の橘に声を手向くる郭公かな（石清水若宮歌合、二条院讃岐）

「手向山φ」は無助詞名詞で提示語ですが、「手向山の」のような意味で下に続きます。「紅葉の錦φ」は目的格で、述語が表示されていません（「神のまにまに［受け給へ］」のような述語が想定されます）。「まにまに」は、形式名詞「まにま」に格助詞「に」が付いたもので、「…（の意志の）ままに」の意を表します（「まに〳〵とは、随意とかけり。それがまゝ、といふ心也」能因歌枕）。

(6)　草のごと寄りあふ娘子（をとめ）は君が<u>まにまに</u>（万葉集・二三五一）

「幣もとりあへず」であった理由には、諸説があります。

A　急で用意する間が無かったから…「にはかにて幣もとりあへねば」（顕注密勘）、「行幸のさはがしきまゝにぬさも取あへず、紅葉をたてまつると也」（米沢抄）、「此度は院の御幸の供奉にてあはたゞしくて、幣をも用意せざりし故、此手向山の紅葉がにしきの様なれば、これをぬさとしてたむくるほどに神の御心のまゝに見給へと也」（新抄）、宗祇抄、色紙和歌。

B　院の公的な旅であって、自分の私的な旅ではないから…「供奉の時なれば私をかへり見ぬ義にて、神に幣帛をもさゝげぬと也」（幽斎抄）、「此度は院の扈（オホントモ）従なれば、私のぬさはえとるに堪（タヘ）ず」（宇比麻奈備）、改観抄。

C　紅葉があまりに素晴らしいので、用意してきた幣を捧げられないから…「さばかりの紅葉の中に、我ぬさばかりの錦をばいかに手向まゐらせんと、めでの余りを歌とよみ出給へるのみにこそあれ」（異見）。

宇多法皇の御幸を賞（ほ）めているのだとすればC説がよく、そうすれば「幣もとりあへず」というのは「（幣を用意してきたが、紅葉のすばらしさのために）幣を手に取ることができない」の意だとも解されます。もちろん、いずれにしても、「紅葉を賞美する〈ご当地讃歌〉の虚構であって、事実は立派な幣の用意はあった筈」（千葉千鶴子『百人一首の世界』和泉書院）ではあります。

「菅家」という作者名表示について、『雑談』は次のように述べています。

ある人の云、此菅家の御名づけにて、いよいよ為家（＝定家ノ子）の名付ならぬ也。為家の名付ならば、古今のごとくに菅原朝臣とも又新古今の如く菅贈太政大臣と名付らるべき事也。連歌師は天神をあがめ奉り、会の時も天神の像をかけて礼拝する故、御名を直に書事をはゞかり菅家と書たるものなるべし。天子の御名をさへ書付るに、菅丞相の御名をはゞかりたるは、連歌師の名付必定たり。

■本歌取り歌

・秋萩の行く手の錦これもまた幣もとりあへぬ手向けにぞ折る（拾遺愚草）

〔秋萩が行く手には錦のように咲いている。これもまた幣を用意できないままに（神への）手向けとして折る。〕＊本歌の紅葉を萩に転じています。

・立つ嵐いづれの神に手向山花の錦の方もさだめず（拾遺愚草）

〔吹く嵐はどの神に手向けようとするのか。手向山で錦のような花は方向を定めず（散っている）。〕

・染めもあへず時雨るるままに手向山紅葉を幣と秋風ぞ吹く（続後撰集・秋下・四四二、為家）

〔充分染めきらないうちに、時雨が降るままに、手向山では紅葉が幣として（手向けられるように）秋風が吹いている。〕

・一声は手向の山のほととぎす幣もとりあへず明くる夜半かな（壬二集）

〔手向山の時鳥の一声は、（その声を）幣として手に取る間もなく明ける（夏の）短夜よ。〕

25

名にし負はば、逢坂山のさねかづら、人に知られで来るよしもがな。

三条右大臣（藤原定方）

後撰集・恋三（女のもとにつかはしける）

（逢って寝るという）名として負い持っているならば、逢坂山のさねかづらを繰(く)るように、人に知られないで（あなたの所に）来る方法があればなあ。

「名にし負はば」の「に」は「…として」の意の格助詞、「し」は強意の副助詞、「ば」は未然形に接続して仮定を表す接続助詞です（↓16）。「さねかづら」は植物の名で「さね」に「さ寝(ね)」を掛け（「さねは寝の心にとれり」幽斎抄）、「かづら」のつるを「繰る」ことから、上の句が「来る」の序詞になっています（ただし、「さねかづらをさぬると云心にとれりといふ儀よからず。此歌にては、只くるといふことに用たるばかりと知べし」（三奥抄）という意見もあります）。無助詞名詞「さねかづらφ」は目的格として、「来る」と同音の「繰る」に係ります。

「知られで」の「れ」は受身の助動詞「る」の未然形、「で」は打消の意を含む接続助詞です。「来る」は、21番歌と同様に、相手に視点をおいた言いかたで、「（あなたの所に）行く」の意です。「よし」は名詞で「方法」の意、「もがな」は事物・状態の存在を希求する意を表す終助詞で、上代の希求を表す終助詞「もが」に助詞「も」の付いた「もがも」（↓93）にかわって、中古以降用いられたものです。

(1) a 正月なれば、京の子(ね)の日のこと言ひ出でて、「小松もがな」と言へど（土佐日記）
b 聞かせばやあはれを知らん人もがな雲の林の雁の一声（和泉式部集）
c 「聞こゆべきことなむ。あからさまに対面もがな」と言ひけれど（源氏物語・須磨）
d 君がため惜しからざりし命さへ長くもがなと思ひけるかな（↓50）
e 男も女も、いかでとく京へもがなと思ふ心あれば（土佐日記）
f 心なき秋の月夜のもの思ふと眠(い)も寝られぬに照りつつもがな（古今和歌六帖）
g 天の川急ぎ立つらんたなばたの今宵ばかりのうれしさもがな（経衡集）

h　かかるもの（＝赤子）、またもがな。（うつほ物語・蔵開上）

右のように、「もがな」は、名詞のほか、活用語の連用形（d）、格助詞（e）、接続助詞（f）、抽象名詞（g）、副詞（h）に付いた例もみられます。「もがな」は「もが＋な」という語構成なのですが、「も」の部分に「…も、あればなあ」のような「も」が意識されるので、中古以降は「も＋がな」と認識されて、次のような語法を生みました（このような語形の変容を「異分析」といいます）。

(2) a　かの君達をがな。つれづれなる遊びがたきに（源氏物語・橋姫）

b　「いかなる人にがな」と申されしを聞くにも（とはずがたり）

c　あッぱれ、よからう敵がな。最後の戦して見せ奉らん。（平家物語・木曾最期）

『異見』は「譬へば、女のもとへさる所のさね葛を贈りたるなどやうの事ならでは、一首さらにことわりをなさず」といっています。『和名抄』には「五味　蘇敬本草注云五味、和名作禰加豆良、皮肉甘酸、核中辛苦、都有㆓鹹味㆒故名㆓五味㆒也」とあって、漢方薬になるそうです。

■本歌取り歌

・くる人をいかが厭はむさねかづら絶えずは末も逢坂の関（沙弥蓮愉集）

〔さねかずらを繰るではないが、来るひとをどうして厭おうか。葛の根のように（訪れが）絶えないなら後々も（「さ寝」ということばの通り）共寝をしよう。〕

・逢坂の関路に生ふるさねかづらかれにし後はくる人もなし（続後拾遺集・恋四・九一二、宗尊親王）

〔逢坂の関路に生えているさねかずらが枯れた後は（蔓を）繰ることがないように、訪れが絶えた後は来る人もいない。〕

・霞たつ逢坂山のさねかづらまたくりかへし春は来にけり（挙白集）

〔霞が立つ逢坂山のさねかずらが繰り返すように、（今年もまた）繰り返し春が来たことだ。〕

26 小倉山峰のもみぢ葉。心あらば、今ひとたびのみゆき待たなむ。

貞信公（藤原忠平）

拾遺集・雑秋（亭子院、大井川に御幸ありて、「行幸もありぬべき所なり」と仰せ給ふに、ことの由奏せんと申して）

小倉山の峰の紅葉の葉よ。心があるならば、もう一度の行幸を（散らずに）待ってほしい。

出典である『拾遺集』の詞書によると、亭子院（宇多上皇）が大井川に御幸なさり、紅葉が美しかったので、御子の醍醐天皇の行幸もあってよいとおっしゃったときの歌です（『大和物語』の九九段にも、この話が収められています）。院のおでかけも、天皇のおでかけも、どちらも（和語としては）「みゆき」なのですが（「行き」に尊敬の接頭辞「み-」が付いたものです）、後に区別して前者を「御幸」、後者を「行幸」と書き、それぞれ「ごかう」、「ぎやうかう」と読み分けるようになりました。『宇比真奈備』には、「今上には行幸といひ、上皇には御幸といふ也。されども三代実録までは其わかち見えず。西宮抄にはわけて書り。その頃よりの事にや」とあります（『西宮抄』は源高明（九一四～九八二年）の著ですから、これによれば、この書き分けは十世紀以降ということになりましょうか。「上皇」は古文では清音で「しょうこう」と読みます）。なお、皇后・皇太子のおでかけは「行啓」といいます。

「小倉山φ」は無助詞名詞で、下に連体格の「の」を補って解します。「小倉山峰のもみぢ葉」は、「心あらば」の主語（「小倉山ノ峰のもみぢ葉ガ、心ガあらば」）とも解せますが、「只今寛平法皇の臨幸をば待得たり。此後延喜の行幸を待奉る迄散（チラス）なと紅葉に云懸たるが此歌の感也」（経厚抄）のように、呼格（呼びかけの提示語）と考えました。無助詞名詞「心φ」は主格で、「心あらば」は「心があるならば」の意ですが、和歌における「心あらば」というのは、仮定条件というよりも、無情物に情があることを求める慣用的な表現です。

(1) 夏山に鳴くほととぎす心あらばもの思ふ我に声な聞かせそ（古今集・夏・一四五）〈第五句のように言うのは「いっそう物思いを誘われるから」（日本古典文学大系『古今和歌集』頭注）です〉

実際には紅葉に心はないわけですが、「実際には心がないので、行幸を待たない」という現実の意を表そうとしたものではないので、「心あらませば（あらましかば）」のような反実仮想の句型はとらないのです。

「今ひとたびの」の「今」は「さらに、また、もう」の意の副詞で、「ひとたび」という名詞を修飾しています。「ただ一人」（万葉集・七六九）、「まだつとめて」（古本説話集・二一）のように、副詞は名詞を修飾することもあるのです（現代語でも「まだ中学生」などといいます）。「今ひとたびの」の「の」は連体格で、「みゆき」を修飾します。「いまひとたびといふ句に、ちらずしてといふ心をこめたる也」（鈔聞書）という通りでしょう。無助詞名詞「みゆきφ」は目的格です。

「なむ」は未然形接続の終助詞で、他者が動作をすることを望む、現代語の「…てほしい」に当たる形式です。主体自身が動作をすることを望む、現代語の「…たい」に当たる形式は、「ばや」（↓90）や「まほし」です。「なむ」と「ばや・まほし」との区別は、古典文解釈上、たいへん重要です。また、「…もがな」（↓25・50・56・63）は、事物・状態の存在を希求する意を表します。

(2) a　水を飲まばや。　＝水ヲ飲ミタイ

b　水を飲まなむ。　＝水ヲ飲ンデホシイ

c　水もがな。　＝水ガアレバナア

掲出歌をはじめ、百人一首中（5・17・24・32・69番歌）の「紅葉」はみな赤や黄色に色づいた美しい秋の紅葉ですが（春の花、花見に対応しているわけです）、やがてかさかさに乾いた「枯れ葉」という初冬の風景も発見されてゆくようになります。

(3) a　山深み落ちて積もれるもみぢ葉の乾ける上に時雨降るなり（詞花集・冬・一四四、大江嘉言）
b　神無月寝覚めに聞けば山里の嵐の声は木の葉なりけり（後拾遺集・冬・三八四、能因）
c　独り寝る伏屋の隙（ひま）の白むまで荻の枯れ葉に木の葉散るなり（散木奇歌集）

■本歌取り歌

・深山路（みやまぢ）は紅葉も深き心あれや嵐のよそにみゆき待ちける（拾遺愚草）
〔深山路では紅葉も深い心があるので、嵐に散りもせず行幸を待っていたのか。〕

・小倉山今ひとたびもしぐれなばみゆき待つ間（ま）の色やまさらむ（続古今集・秋下・五一一、光俊）
〔小倉山ではもう一度でも時雨が降るならば、行幸を待つ間に紅葉の色がより美しくなるだろうか。〕

27　みかの原わきて流るる泉川（いづみがは）、「いつ見き」とてか恋しかるらむ。

中納言兼輔（かねすけ）

新古今集・恋一（題知らず）

みかの原を湧き出て流れる泉川、その名のように、「いつ見た」というので恋しいのだろうか。

「みかの原」は木津川の一帯で、「三香原（みかのはら）久迩（くに）の都は山高く」（万葉集・一〇五九）、「三香原久迩の都は荒れにけり」（同・一〇六〇）とあるように、聖武天皇の恭仁京（くにきょう）が置かれた地です。『古今集』には、「都出でて今日みかの原泉川川風寒し衣かせ山」（羇旅・四〇八）と詠われています。

現代語の「分ける」に相当する他動詞には、古代語では四段活用の「分く」と下二段活用の「分く」とがあるのですが（自動詞形は「分かる」です）、両者には、

> 下二段のワクは、おおむね草や露などを押し分ける・かき分ける動作を表すのに対して、四段のワクは、精神的な働きについていうもので、区別する・判断するの意を表す。（『時代別国語大辞典上代編』「わく［別］（動四）」の「考」）

という相違があり、これは中古の和歌でも同様であるようです（長谷川哲夫『百人一首私注』風間書房）。そうすると、「みかの原わきて流るる」の「わき」は四段活用ですから、これを「みかの原を分けて流れる」とは解釈できないことになります（その意であったら、下二段活用の「分く」を用いて「みかの原分けて流るる」と表現されるでしょう）。したがって、四段活用の「わく」で相当する動詞を考えれば、四段活用の自動詞「湧く」（「湧き出る」の意）と考えるほかないでしょう。長谷川氏の同書から引用しますが、次のような用例があります。

(1)　くる人もなき奥山の滝の糸は水のわくにぞまかせたりける（後拾遺集・雑四・一〇五五、定頼）

安東次男『百首通見』（ちくま学芸文庫）の、「「わきてながるる」は湧きて流るるだろう。通説は「分きて」に「湧きて」を掛けているとするが、それでは第一、せっかくの下句の印象を弱めることになって、かえって歌をつまらなくする。……掛けことばは多義にわたればよいというものではない。」という鑑賞文にも傾聴するべきでしょう。『経厚抄』は「涌流（ワキテ）ると云は泉とうけんため也。」、『師説抄』は「此わきかへるを泪に比する也」といっています。

「みかの原φ」は場所を示す格助詞「を」の非表示で、「流るる」に係ります。上句「みかの原わきて流るる泉川」

は、その「泉（いづみ）」から同音（清濁の別は無視します）の「いつみき」の「いつみ」を導く序詞です。

(2) a　陸奥の安積（あさか）の沼の花かつみ かつ見る人に恋ひやわたらん（古今集・恋四・六七七）

b　陸奥にありといふなる名取川なき名とりては苦しかりけり（古今集・恋三・六二八、忠岑）

『師説抄』のように涙の喩をみるなら「有心の序」ということになります。

「いつ見き」は疑問文で「いつ見た（のか）？」の意ですが、これが引用の「とて」に包まれて、主文全体が「…とてか…らむ」という疑問文（疑いの文）になっているので、多分に間接疑問文に似た構成になっています（「いつ見たのか分からない」のような文を間接疑問文といいます）。「いつ」は疑問詞で、この係り先である「見き」は終止形で結んでいます。和歌においては、疑問の係助詞を伴わない疑問詞疑問文は、（疑問詞が「など」の場合を除き）一般に終止形で結びます（小田勝（2010）「疑問詞の結び」『岐阜聖徳学園大学紀要』49）。

(3) a　足日女（たらしひめ）神の尊の魚（な）釣らすとみ立たしせりし石を誰見き‖［伊志遠多礼美吉］（万葉集・八六九）

b　誰聞きつ‖［誰聞都］こゆ鳴き渡る雁がねの妻呼ぶ声のともしくもあるを（万葉集・一五六二）

c　ぬばたまの夜渡る月を幾夜経‖と［伊久欲布等］数（よ）みつつ妹（いも）は我待つらむそ（万葉集・四〇七二）

d　君恋ふと涙に濡るる我が袖と秋の紅葉といづれまされり‖（後撰集・秋下・四二七）

e　起きてゆく空も知られぬ明けぐれにいづくの露のかかる袖なり‖（源氏物語・若菜下）

f　天（あめ）にます豊岡姫に言問はむいく夜になりぬ‖象潟の神（能因法師集）

g　淡路島かよふ千鳥の鳴く声に幾夜寝覚めぬ‖須磨の関守（↓78）

h　ながらへてあらぬまでにもことの葉の深きはいかにあはれなりけり‖（後撰集・恋一・六〇〇）

i　衣打つ音は枕に菅原や伏見の夢をいく夜残しつ‖（新古今集・秋下・四七六、慈円）

「など」の場合は、疑問の係助詞がなくても連体形で結びます。

(4) a　かりごろも心のうちにほさなくになど乱れては物思ひをする（貫之集）

b　たまほこの遠道(とほ)もこそ人は行けなど時の間も見ねば恋しき（拾遺集・恋二・七三七、貫之）

c　夏草は茂りにけれどほととぎすなどわが宿に一声もせぬ（新古今集・夏・一八九、醍醐天皇）

「恋しかるらむ」の「恋しかる」は形容詞「恋し」の補助活用（カリ活用）の連体形、「らむ」は現在推量の助動詞です（係助詞「か」の結びですから連体形です）。助動詞「らむ」は終止形接続ですが、「すべての終止形接続の助動詞は、ラ変型活用の語には連体形に接続する」という決まりがありまして、形容詞の補助活用（カリ活用）はラ変型活用なので、連体形に承接するわけです。「…か…らむ」で、現在の事態に対する疑いを表す文を作っていますが、疑っているのは「恋し」かどうかではなく、「恋し」の理由です。「恋しきは、いつ見きとてか。」、「恋しきは、いつ見しなればにやあるらむ。」ということです。このような推量を「**原因推量**」といいます（↓33）。現代語の次例が、「人が多い」かどうかを推量しているわけではないのと同様です。

(5)　割引セールの日だから、人が多いのだろうか。

「いつ見きとてか」という箇所については、「逢不逢恋」（逢ふて逢はざる恋）なのか、「未逢恋」（未だ逢はざる恋）なのかの二説があります。

A　逢不逢恋…「我いつみたるとてか人の恋しかるらんと、もとみたる人の、程へてかたちわする、ばかりなるをいふなり」（古注）、「新古今には逢不会恋の心にする也。未逢恋といふよりまされり」（師説抄）、「見(ミテ)不逢恋なり。古抄に未(イマダ)レ逢恋とあり。其分にては不叶」（龍吟明訣抄）、「ほのかに見しをばおぼめき不見恋のやうに読なす也」（経厚抄）。

B　不逢恋・未逢恋・聞恋…「「とてか」といふ詞にて不逢恋の方つよかるべし」（雑談）、「ツヒニ見タコトモナイ人ノ恋シイハ、カハツタコトヂヤ」（峯のかけはし）、「聞たる計にて見ぬ人をこひしとおもふは。われながらはかなき心哉といふ心也」（色紙和歌）。

ます。

作者については、『改観抄』が、「読み人知らず」の歌を誤って兼輔の歌としたのではないかという不審を述べてい

家集（＝『兼輔集』）にはなし。六帖（＝『古今和歌六帖』）第三川題にかねすけとて、音にのみきかましものを音羽川といふ古今の歌ありて、其歌より第九首にあたりて此歌あり。其間にある七首みな読人不知の歌なり。（中略）此歌もよみ人しらずなるを新古今に誤て兼輔の歌とて入られたるを、今はそれによりたまへるなり。

28

山里は、冬ぞさびしさまさりける。人目も草もかれぬと思へば。

源宗于（むねゆき）朝臣

古今集・冬（冬の歌とて詠める）

山里は、冬が寂しさがまさるのだった。人の訪れも絶え、草も枯れてしまうと思うから。

上の句は、「Aは、BがCがPだ。」という句型で、「象は、鼻が長い。」という句型がありますが（古典文では98番歌、「死し子、顔よかりき。」土佐日記、「この内供は、鼻長かりけり。」宇治拾遺物語・二―七、など）、これはさらに項を一つ増やした形になっています（↓98）。「さびしさφ」は無助詞名詞で、主格です。「まさりける」の「ける」は気づき、詠嘆で、「冬ぞ」の結び（連体形）になっています。

三代集で「さびし」と詠われる季節は一般に秋で、冬が寂しいと直接詠った歌は掲出歌が唯一です。だから「冬ぞ

…ける」と言ったのでしょうし、「まさりける」というのは「秋よりも」ということでしょう。冬の寂しさを詠った歌は『金葉集』あたりから増えてゆくようです。

(1) a　初雪は真木の葉白く降りにけりこや小野山の冬のさびしさ（金葉集・冬・二八〇、経信）

b　道もなく積もれる雪に跡絶えてふるさといかにさびしかるらん（同・二九二、肥後）

などを経て、次のような定家の絶唱に至ります。

(2)　一年（ひととせ）をながめ尽くせる朝戸出（あさといで）に薄雪こほるさびしさの果て（拾遺愚草）

下の句は、

(3)　人目も離（か）れぬ、草も枯れぬ。

というところを、「離れ」と「枯れ」とが同音であるために、「人目も草もかれぬ」とまとめたものです。次例は、(3)のように、同音異語を反復していますが、

(4)　春の野に心をだにもやらぬ身は若菜は摘まで年をこそ積め（後撰集・春上・九、躬恒）

これを「若菜も年もつむ」のように表現した、ということです。同様の表現に、次のようなものがあります。

(5) a　あらたまの年の終はりになるごとに雪もわが身もふりまさりつつ（古今集・冬・三三九、在原元方）

b　夜もすがら涙も文もかきあへず磯越す波にひとり起きゐて（十六夜日記）

下の句は倒置になっていて、上の句に係ります。「已然形＋ば」には、

(6) a　秋の夜の月の光し明ければ暗部（くらぶ）の山も越えぬべらなり（古今集・秋上・一九五、在原元方）〈前件と後件に因果関係（原因・理由）があることを表す。「…ので」の意〉

b　東（ひむがし）の野にかぎろひの立つ見えてかへり見すれば月傾きぬ（万葉集・四八、人麻呂）〈前件と後件の間に単純な継起関係があることを表す、「…したところ」の意〉

c　散りぬれば後はあくたになる花を思ひ知らずもまどふてふかな（古今集・物名・四三五、遍昭）〈前件と後件の間に恒常的な因果関係があることを表す。「…といつも」「…の時は必ず」の意〉

の三種があって、aを「必然確定」、bを「偶然確定」、cを「恒常確定」というのですが（松下大三郎『改撰標準日本文法』紀元社、阪倉篤義（1958）「条件表現の変遷」『国語学』33）、「ば」が倒置された場合は必ず「必然確定」になります（佐伯梅友（1962）「「已然形＝ば」の条件法について」『東洋研究』2・3）。

(7) a　笹の葉はみ山もさやにさやげども我は妹思ふ別れ来ぬれば（万葉集・一三三、人麻呂）

b　岩つつじ折りもてぞ見る背子が着しくれなゐ染めの色に似たれば（後拾遺集・春下・一五〇、和泉式部）

倒置せず節の形で後置すれば、次のような句型になります。

(8)　吹く風の色のちぐさに見えつるは秋の木の葉の散ればなりけり（古今集・秋下・二九〇）

■本歌取り歌

・山寺は夏ぞさびしさまさりける花の折こそ人は見えけれ（山田法師集）

〔山寺は、夏が寂しさがまさるのだった。花盛りの時には人も訪れるが。〕

・奥山は夏ぞつれづれまさりける真拆白藤くる人もなし（能因集）

〔奥山は、夏が所在なさがまさるのだった。真拆や白藤が繁茂し、（その蔓の繰るではないが）訪れて来る人もいない。〕＊二首とも夏の歌に転じています。

29 心あてに折らばや、折らむ。初霜のおき、まどはせる白菊の花。

凡河内躬恒（おほしかふちのみつね）

古今集・秋下（白菊の花を詠める）

見当をつけて折るならば、折る（ことができる）だろうか。初霜が降りて、見分けられなくさせている白菊の花を。

「心あてに」というのは、「はっきりと見当をつけて」の意で、「あてずっぽうに」ではありません（徳原茂実（1989）「凡河内躬恒の一首から源氏物語へ」『古今和歌集連環』和泉書院、工藤重矩（2001）「源氏物語夕顔巻の発端―「心あてに」「寄りてこそ」の和歌解釈」『福岡教育大学紀要（文科編）』50）。徳原氏、工藤氏の指摘にもある通り、「心あてに」が「あてずっぽうに」の意であるとすると、次例のbは「あてずっぽうに見るなら、はっきり分かるだろう」、cは「あてずっぽうに見分けても見分けられないだろう」の意となって、変です（「見当をつけて見るなら、分かるだろう」、「見当をつけて見分けても見分けられないだろう」ならば、意が通ります）。

(1) a　心あてにそれかとぞ見る白露の光そへたる夕顔の花（源氏物語・夕顔）

b　心あてに見ばこそ分かめ白雪のいづれか花の散るに違（たが）へる（後撰集・冬・四八七）

c　心あてに分くとも分かじ梅の花散りかふ里の春のあは雪（続後撰集・春上・二六、定家）

『経厚抄』は、「心あてにとは心のをしあてにと也。おらぼやと思ふうちに、はや菊と見定むる方のあればおらんと治定する也。下三句の心、霜の置まどはせばこそ暫其とはみへね、菊はまぎれぬ花なりと云心のあるべし」といっています。

上の句は、韻律は「心あてに、折らばや折らむ」ですが、意味上は「心あてに折らばや、折らむ。」です。「折らば」は「折る」の未然形に接続助詞「ば」が付いたもので、「折るならば」という仮定を表します。「や」は疑問の係助詞で、「折らば、折らむ。」という文全体を疑問文（自問）にしています。「ばや」は願望の終助詞ではありません（「をらばやをらんは願ふ詞にあらず。をらばをらんやといふなるを、それは歌の詞ならねばやの字を中に置たる也」改観抄）。

「折らむ」の「む」は、「…ば…む」という未実現の事態を表す形式のなかで、可能の意を含んで解釈されるものと思われます（吉田永弘（2013）「「る・らる」における肯定可能の展開」『日本語の研究』9—4）。『徒然草』で、軒の高さまで降りてきた時に初めて用心するように注意をした「高名の木のぼり」に対して、「かばかりになりては、飛び降るるとも降りなむ。いかにかく言ふぞ。」と言う場面がありますが（一〇九段）、この傍線部は可能の意を含んで、「降りてしまう（ことができる）だろう」のように解し得ます。もちろん、「折ることができるだろうか」というのは、「……心あてにおらばもしやおらん。たゞ大かたにはおりがたし、と白菊に霜のふりかゝりて霜も菊も見わかぬをよめるなり」（古注）、「折る、ならば折てみよ中々霜とまがふておられはせまいといふ心なり」（龍吟明訣抄）ということでしょう。

(2)　常世にも行かばや行かむ水の江のうららなる日の海人の釣舟（雪玉集）

「おきまどはせる」の「おきまどはせ」は一語の複合動詞ではなくて、「置き」（「霜が置く」というのは「霜が降りる」の意）と「まどはせ」（「見分けられなくする」の意）の二語の並置とみるべきでしょう。この「まどはす」は一語のサ行四段動詞で、「まどふ」に使役の助動詞「す」が付いたものではありません（使役の助動詞なら下二段に活用するはずです。新編日本古典文学全集の『古今和歌集』に「「せ」は使役」とあるのは誤りです。）。「初霜ガ作者ニ（対シテ）白菊ヲまどはす」ということで、「電話のベルが子供を起こした。」のように、主語が「動作主」ではなく「事態を引き起こす出来事・事柄」である他動詞文で、これを「原因主語他動詞文」といいます（青木博史（2006）「原因主語他動詞文の歴史」『筑紫語学論叢Ⅱ』参照）。「まどはせる」の「る」は存続の助動詞「り」の連体形です。

「まどふ・まどはす」や「まがふ」「まぎる」、「分きて…まし」などは、二つの事物の区別がつかないという意を表す常套的な表現ですが、二つともに実像（掲出歌では「初霜」と「白菊」と）である点で、実像と虚像とを混淆させるいわゆる「見立て」の表現とは異なるといえます（↓31）。初霜と白菊とが見分けがつかないというのは、白菊の美しさを表現するための（古今時代には常套化していた）手段です。(3)aにあるように、白菊の花は年内最後の花ということで、晩秋から初冬にかけて詠まれます。bは冬の歌です。

(3)a　目もかれず見つつ暮らさむ白菊の花より後の花しなければ（後拾遺集・秋下・三四九、伊勢大輔）

b　うつろはん時や見わかん冬の夜の霜とひとつに見ゆる白菊（源順集）

倒置の歌で、歌末の無助詞名詞「白菊の花φ」は目的格として、第一・二句に係ります。

■本歌取り歌

・心あてに誰かは折らむ山賤の垣ほの萩の露の深さを（為家集）

〔見当をつけて誰が折るだろうか。山賤の垣根の露の深い萩を。〕

30

有明のつれなく見えし別れより、暁ばかり憂きものはなし。

壬生忠岑

古今集・恋三（題知らず）

有明の月が冷淡に見えた（朝の）別れ以来、暁ほどつらいものはない。

「有明」は、月が空にあるままで夜が明けようとするころのことで、転じてその月（「有明の月」（↓21・31・81））をも指します。「有明の」の「の」は述語「見えし」に対する主格です。この歌には、古来、次の二通りの読みかたがあります。

A　逢後別恋（女と逢って別れた後、月がつれない）…「是は女のもとよりかへるに、我はあけぬとていづるに、有明の月はあくるもしらず、つれなくみえし也。其時より暁はうくおぼゆともよめり」（顕注密勘。定家も同説）。

B　不逢帰恋（女がつれなくて、女と逢わずに帰る）…「此歌はあはずして帰る心をよめり。有明はひさしく残る物なれば難面（つれなく）といひ侍れど、このつれなく見ゆるは人の事也。心は、人のもとに行て終夜心をつくしていかであはむと思ふに、人はつれなくてはてぬれば、いかゞはせんと立わかる、比、有明の月の哀もふかきを詠（ながめ）つゝ帰る様なり。たとひあふ夜の帰るさなりともかゝる空はかなしかるべきに、結局あはでわかるゝを思侘て、今夜の暁ばかり世にうき物はあらじと思ふ由なり」（宗祇抄）、色紙和歌、幽斎抄、後陽成抄。

定家は『顕注密勘』で「つれなく見えし、此心にこそ侍らめ」とはっきり顕昭説（A説）に同意しているので、『幽斎抄』の「定家卿の心は不逢帰恋（＝B説）にてあると見えたり」は誤りです。ただし、定家の父、俊成は、『六百番歌合』の判詞で「「有明のつれなく見えし別れより」といへる歌は、人のつれなかりしより、「あか月ばかり憂き物はなし」といへる也」（七八七番）と言っていますから、B説で解しています。出典の『古今集』の部立てによれば、『三奥抄』が「古今集を考るに此歌あはずして明たるうた共の中にはさまれて侍り。六帖（＝『古今和歌六帖』）にも来れどあはずといふ題の所に此歌を出せり。……さればうたがひなく来りて不逢恋とみるべし」と言う通り、B説ということになるでしょう。ただし、そうなると、歌に「別れより」とはっきり「別れ」と表現されているところが気にならなくもありません（「不逢帰」ことを「別れ」と表現するでしょうか）。

「つれなく見えし」は「つれなしと見えし」の意、「見えし」の「し」は過去の助動詞「き」の連体形ですから、後になってこの暁のことを回想している（形をとっている）のです（→7）。『経厚抄』に「其夜の別より後、思出れば、あかつき程うき物はなしと思と云歌也」という通りでしょう。

古代にあっては、午前三時（丑・寅の間）が「日付変更時」だったようです（小林賢章『アカツキの研究』和泉書院）。

(1) a　金匱経云、見レ星為レ暮、星没為レ旦、今按、丑為二昨日之終一、寅為二今日之初一、故丑寅之両時昨今之交也（加茂在方『暦林問答集』「昼夜時刻法」、国立国会図書館デジタルコレクション四八コマ）

b　一、御方違時刻之事。経々（つねづね）雖レ有二多説家伝之習一、以二丑寅二刻一為二昨今之境一。（『大膳大夫有盛記』長禄二年閏正月二十九日、続群書類従、三一輯下）

c　大納言殿（＝伊周）参り給ひて、文（ふみ）のことなど奏し給ふに、例の、夜いたく更けぬれば、御前なる人々、一人二人づつ失せて、御屏風・御几帳のうしろなどに、みな隠れ臥しぬれば、［私ハ］ただ一人、ねぶたきを念じて候ふに、「丑四つ（＝午前二時半頃）」と奏すなり。「明け侍りぬなり」とひとりごつを、大納言殿、「いまさらに、な大殿籠もりおはしましそ」とて、寝べきものとも思（おぼ）いたらぬを、「うたて、なにしにさ申しつらむ」と思へど、また人のあらばこそはまぎれも臥さめ。（枕草子・二九三）

そして、「あかつき（暁）」は、この日付変更時点から日の出までの間をいいます（小林賢章同上書）。そのあとの、夜がほのぼのと明ける時間を「あけぼの」といい、「あけぼの」をさらに細分して、「あかつき」に近いころを「しののめ」、「あした（＝朝の意）」に近いころを「あさぼらけ」といったようです。百人一首では、次のような時間が詠まれています（武田元治『一〇〇人で鑑賞する百人一首』銀の鈴社）。

夕暮れ（70・87・98）→宵（よひ）（36）→夜更（ふ）け（6・59・94）→夜半（よは）（57・68）→暁（あかつき）（30）→朝ぼらけ（31・52・64）

「AばかりBはなし」は、「AほどBであることは他にない」、つまり「Aが最もBである」の意を表します、次例(2)aは「法師が最も羨ましくないだろう」の意です（うっかりすると、「羨ましい」と読んでしまいそうです）。

(2) a 法師ばかり羨ましからぬものはあらじ。「人には木の端のやうに思はるるよ」と清少納言が書けるも、げにさることぞかし。（徒然草・一）

b 人の亡きあとばかり悲しきはなし。（徒然草・三〇）

c 命あるものを見るに、人ばかり久しきはなし。（徒然草・七）

次例は、「駿河の清見が関と、逢坂の関とばかり［アハレナル所］はなかりけり」と読んで、「駿河の清見が関と逢坂の関とが、最も印象に残った」の意です。

(3) ここらの（＝多クノ）国を過ぎぬるに、駿河の清見が関と、逢坂の関とばかりはなかりけり。（更級日記）

作者名の「壬生」の「壬」は呉音「ニン」、漢音「ジン」なのですが、これで「みぶ」と読みます。本居宣長『古事記伝』巻三五では、「壬生部、壬生は、書紀皇極ノ巻に、乳部此云美文とあるに依て美夫と訓べし、［夫は濁るべし、そもそも壬生は昔より、美夫と、爾夫と、二ッの唱へありて何れ正しからむ、決めがたきに似たれども、右の書紀の訓注に依て決むべきなり、……」さて美夫辨は、御産部にて……生坐る時の御産殿に仕へ奉る諸部を云」と説明しています。「壬」は「妊」の意があるので（『大漢和辞典』）、「御産→ミブ」を表す字として宛てたものでしょうか（工藤力男「史学と語学のあいだ」『和名類聚抄地名新考―畿内・濃飛―』和泉書院、参照）。

■本歌取り歌

・面影も待つ夜むなしき別れにてつれなく見ゆる有明の空（拾遺愚草）

〔面影を抱いて待った夜もむなしく（明けて）、面影との後朝の別れとなって、つれなく見える有明の空よ。〕

＊待つ女の歌に転じて、夜が明けると面影との後朝の別れになるという、非常に妖艶な歌になりました。本

歌取りの秀逸というべきでしょう。

・つれなくて残るならひを暮れてゆく春に教へよ有明の月（新後撰集・春下・一五一、為世）

〔冷淡なまま沈まないで残る習性を暮れて行く春に教えてくれ。有明の月よ。〕＊惜春の歌に転じたものです。

31 朝ぼらけ、有明の月と見るまでに、吉野の里に降れる白雪。

坂上是則（さかのうへのこれのり）

ほのぼのと夜が明ける頃、有明の月だと見間違うほどに、吉野の里に降り積もっている白雪よ。

古今集・冬（大和の国にまかれりける時に、雪の降りけるを見て詠める）

「朝ぼらけ」は「ほのぼのと夜が明ける頃」を表す名詞で（↓30）、現代語の「朝φ、鳥が鳴く。」と同様に、無助詞で副詞的に働きます。古代語の「AをBと見る」は、辻本桜介（2016）「古代語における引用表現「〜と見る」について」（『国語と国文学』93―1）によれば、Aは必ず主体の眼前の事物で、Bにはその視覚対象が主体の目にどのように映ったか、すなわち主体の視覚内容が現れます。ここでは、「朝ぼらけ」の時に見た眼前の「吉野の里に降れる白雪」（A）が、清浄な白い光を放っていて、作者の目には「有明の月」（B）であると映ったと言っているのです。今、有明の月が出ていると言っているのではないことに注意しましょう。「有明の月φと」は、引用の「と」の前の断定辞の非表示で（↓8）、「有明の月［なり］と」の意ですが、連想しているわけですから、「有明の月かと見るまでに」という表現もできるところです。

(1) 紫陽花の下葉にすだく蛍をば四片の数の添ふかとぞ見る（夫木和歌抄、定家）

「までに」は、「…くらいに」「…ほどに」の意で、動作・作用の程度を表します。

(2)a 浅緑染め掛けたりと見るまでに春の柳は萌えにけるかも（万葉集・一八四七）

b 曇りなき空の鏡と見るまでに秋の夜長く照らす月影（続後撰集・秋中・三二七、紫式部）

c いかでなほ少しひがこと見つけてをやまんとねたきまでに思し召しけるに（枕草子・二〇）

動詞による直喩表現としては、もちろん「…にたとふ」と言ってしまうのが最も直接的ですが、

(3) 冬は雪をあはれぶ。［雪ガ］積もり消ゆるさま、罪障にたとへつべし。（方丈記）

ほかに「似たり」、「よそふ」、「あやまつ」、「分かず」、「かよふ」、「心地す」、「見る」などの動詞も直喩表現を作ります。「…と見るまでに」というのも『万葉集』からみえる表現ですが（ただし全四例とも(2)aのように動詞句に付いています）、それだけで一句を使ってしまう重厚な比喩標識といえるでしょう。なお、動詞「見る」には、意志的なものと、「からき目を見る」のような無意志的なものとがあって、ここの「見る」は後者なので、「…と見ゆるまでに」と言っても同意ということになります。

「降れる」の「る」は存続の助動詞で、「降り積もっている」という「既然相」（過去に起こった事態が今に継続存在していること）を表します。「存続の意であるから、現に雪が降っている。」（鈴木日出男『百人一首』ちくま文庫）という解もあり得なくはありませんが、特に進行の意を出したいなら「有明の月と見るまでに吉野の里に白雪ぞ降る」などと言うのではないかと思います。「り」については、次例をあげておきます。

(4) 秋の野に咲ける（＝咲イテイル）秋萩秋風に靡ける（＝靡イテイル）上に秋の露置けり（＝置イテアル）（万葉集・一五九七）

なお「「ふれる」は「降れる」に「古れる」を掛ける。」（高橋睦郎『百人一首』中公新書）という解は不適切だろう

と思います。「古る」は上二段活用ですから、「古れる」などというあり得ない語形を発想できるはずがありません。『伊勢物語』五八段の「あれにけり……」の歌で、「荒れにけり」と、「あれ逃げり」を掛けた」（片桐洋一『伊勢物語全読解』和泉書院）などという説明もそうですが、掛詞で、あり得ない語形を掛けているとする説明は、私にはどうしても理解できません。

「降れる白雪」について、古注では「さとにふれる白雪とはうすき雪に侍る也」（宗祇抄、ほかに『経厚抄』『幽斎抄』『三奥抄』など）のように「薄雪」と見る説がありましたが、『改観抄』は「薄雪のよしふるく注せれど、古今集に雪の歌十七首ある中に、これは十六首にあたりて、けぬが上に又もふりしけ春霞たちなばみゆきまれにこそみめ、といふ歌の右にあれば、只朝にみる雪をかくはよめる也」として否定しています。徳原茂実『百人一首の研究』（和泉書院）は、もともと朝日に輝く雪景色を詠んだ歌であったが、中世にはほの暗い里の薄雪を詠んだものとして再解釈されたと指摘しています。李白「静夜思」の「牀前看二月光一、疑是地上霜」や、道真の処女作とされる「月夜見梅花」の「月耀如二晴雪一」など、月光を霜や雪に喩えるのは普通のことで、次例(5)は掲出歌同様、雪（実像）を月光（虚像）に見立てたもの、(6)は逆に月光（実像）を雪（虚像）に見立てたものです。

(5) a　むばたまの夜のみ降れる白雪は照る月影の積もるなりけり（後撰集・冬・五〇三）
b　夜ならば月とぞ見まし我が宿の庭白妙に降れる白雪（拾遺集・冬・二四六、貫之）

(6) a　衣手は寒からねども月影をたまらぬ秋の雪かとぞ見る（古今和歌六帖）
b　雪かとて起きて見つればあさぼらけ色分きがたき秋の月かな（万代集、実方）
c　さだめなき雲の絶え間の月影は消えてまた降る雪かとぞ見る（二条院讃岐集）
d　ひさかたの空行く月に雲消えてながむるままに積もる白雪（式子内親王集）

吉野と言えば古来「雪」の名所で、桜と結びつくのは西行以降、中世のことでしょう。掲出歌の第一句は、64番歌と同一です。

■本歌取り歌

・さらでだにそれかとまがふ山の端の有明の月に降れる白雪（続古今集・冬・六六八、為家）

〔それでなくてもそれか（月か）と見間違える、山の端の有明の月の光の中で降っている白雪よ。〕

32

山川(やまがは)に風のかけたるしがらみは、流れもあへぬ紅葉なりけり。

春道列樹(はるみちのつらき)

古今集・秋下（志賀の山越えにて詠める）

山あいの川に風がかけ渡している柵(しがらみ)は、流れきらない紅葉であった。

『能因歌枕』に、「山河とは、山にながる、川を云」、「しがらみとは、しばをしきてそれによこざまにからみて水をせくをいふ」とあります。

(1) a　明日香川しがらみ渡し塞(せ)かませば流るる水ものどにかあらまし（万葉集・一九七）

b　流れ行く我は水屑(みくづ)となり果てぬ君しがらみとなりて留(とど)めよ（大鏡、道真）

「風の」の「の」は主格、「かけたる」の「たる」は存続の助動詞「たり」の連体形です。「流れもあへぬ」の「あへ」は動詞「敢(あ)ふ」（下二段）の未然形で、補助動詞として、動詞に「完全に…しきる」の意を添えます（↓24）。「流れあふ」で、「完全に流れきる」の意、それに打消の「ぬ」（「ず」の連体形）が付いていますから「流れあへぬ」で

「完全に流れきらない」の意になります。「も」は「流れあふ」の間に挿入されたもので、「聞きも入れず」などと同様、否定の意を強めます。

歌末の「けり」は気づきを表し、「AはBなりけり」で、Aについて、新たにBであると認識したという、発見の意を表しますが、この句型には、二つの型があります。

(2) a　嵐吹く三室(みむろ)の山のもみぢ葉は龍田の川の錦なりけり（↓69）

b　河竹の夜ごとに燈(とも)す篝火は宿る蛍の光なりけり（二条院讃岐集）

すなわち(2)aは、「実像は虚像なりけり（実際のAが、まるでBのように見えた）」（紅葉が錦のように見えた）の意、bは逆に「虚像は実像なりけり（実際のBが、まるでAのように見えた）」（蛍が篝火のように見えた）の意です。abの二つの場合があるので注意が必要です。例えば次例は、「氷魚」と「氷」とどちらが実像でどちらが虚像でしょうか。

(3)　月清み瀬々の網代に寄る氷魚は玉藻に冴ゆる氷なりけり（金葉集・冬・二六八、経信）

掲出歌はbのタイプですね。このタイプでは見立ての歌として有名な、

(4)　秋風に声をほにあげて来る舟は天(あま)の門(と)わたる雁にぞありける（古今集・秋上・二一二）

などもあります。

掲出歌の見立ては、「風のかけたるしがらみ、まことに始ていひ出でたる妙所也」（宗祇抄）といわれています。認識の順序から言えば、「流れもあへぬ紅葉は、山川(やまがは)に風のかけたるしがらみなりけり。」となりそうなものですが、この歌の表現では、水の滞留を見て、その原因を探したところ、流れずに溜まっている紅葉に気づいた、ということでしょう。語が通常占める統語上の位置を故意に変更する表現技法がありますが（代換hypallageといいます）、特にそのように考える必要はないでしょう。念のため、「代換」の例をいくつかあげておきます。次例(5)aは本来「月こそ秋の光」とあるべきところ、bでは述語の相互入れ換え、cでは因果的な事態「浮雲消ゆ↓月澄む」を逆転して表現

しています。

(5)a　天の原思へば変はる色もなし秋こそ月の光なりけれ（新勅撰集・秋上・二五六、定家）

b　鐘消えて花の香は撞く夕べかな（都曲、芭蕉）

c　月澄めば四方の浮雲空に消えてみ山隠れに行く嵐かな（新古今集・雑上・一五二五、秀能）

紅葉の滞留の姿については、古注に、「ひまもなくおつる木葉をいへる也」（宗祇抄）、「川の面にみちたる紅葉にはあらで、浅き瀬にせかれたる木の葉の散かさなるをよめる也」（改観抄）、「ながれもあへぬは、古注に水のさかまく処は、紅葉のもどるやうなれば、といへり」（師説抄）など、様々に言われています。

詞書にある「志賀の山越え」は、『袖中抄』に「顕昭云、志賀山越とは〔京ノ〕北白河の滝のかたはらよりのぼりて、如意の峰越えに〔近江ノ〕志賀へ出道なり」とあります。

(6)　山水の絶え行く音を来て問へば積もる嵐の色ぞ埋める（拾遺愚草）

定家は掲出歌と同想を、次のように表現しています。

■本歌取り歌

・木の葉もて風のかけたるしがらみにさても淀まぬ秋の色かな（拾遺愚草）

〔木の葉で風がかけたしがらみに、それでも淀まない（で暮れてゆく）秋の色よ。〕＊本歌の「流れもあへぬ」を反転させた、本歌取りの基本的な手法です。

・山川に風のかけたるしがらみの色に出でても濡るる袖かな（壬二集）

〔山あいに流れる川に風がかけ渡している（紅葉の）柵のように、はっきり外に顕れて涙に濡れる（私の）袖よ。〕

・龍田川木の葉の後のしがらみも風のかけたる氷なりけり（続後拾遺集・冬・四七〇、家隆）

〔龍田川で木の葉が散った後の柵も、風が作った氷であった。〕＊本歌より少し後の季節に転じています。

・大井川風のしがらみかけてけり紅葉の筏（いかだ）ゆきやらぬまで（続後撰集・冬・四七四、教実）

〔大井川では（古歌に言う）「風の柵」をかけてしまったのだった。（筏状の）紅葉が流れて行かないほどに。〕

＊第二・三句を「風が柵をかけてしまったのだった。」と解すると、主節で「…の（主格）…終止形。」という中古には存在しない句型になってしまいます。作者、教実（のりざね）（一二一〇～三五年）の時代にはあり得ない語法ではありませんが。

33

ひさかたの光のどけき春の日に、静心（しづこころ）なく花の散るらむ。

紀友則（きのとものり）

古今集・春下（桜の花の散るを詠める）

日の光がのどかな春の日に、どうして落ち着いた心もなく桜の花が散っているのだろう。

「ひさかたの」は天に関連する「天」「月」「雲」などに係る枕詞です。「ひさかたの―光」の結びつきは、この歌によって有名ですが、実はたいへん珍しいもので、『万葉集』、八代集を通じてこの一例しかありません（八代集では「ひさかたの」は、「―あま（あめ）」が一七例、「―月」が一四例、「―雲」が五例などとなっています）。次例のように、枕詞だけで、その係り先の語の意を表す場合があります。

(1) a　あしひきの（＝山ノ）嵐吹く夜は君をしぞ思ふ（万葉集・二六七九）

b　あさなけに（＝朝ニ昼ニ）見べき君とし頼まねば思ひ立ちぬる草枕（＝旅）なり（古今集・離別・三七六）

c　かくれつつかくてややまむたらちねの（＝親ノ）惜しみもしけむあたら命を（和泉式部集）

d　このほどは知るも知らぬもたまぼこの（＝道ノ）行きかふ袖は花の香ぞする（新古今集・春下・一一三、家隆）

(1)a は「山」に係る枕詞「あしひきの」がそのまま「山の」の意として用いられています。同様に b は「草枕」で「旅」、c は「たらちねの」で「親」、d は「たまぼこの」で「道」を表しています。このような現象を「**枕詞の被枕吸収**」などというのですが、この歌でも「ひさかたの」を「天の」の意と考えて「ひさかたの光のどけき」を「天の光のどけき」のような意として読めるかも知れません。『能因歌枕』に「ひさかたとは、そらを云也」とあり、「ひさかたの」の被枕吸収の例としては、次のようなものがあります。

(2)　ひさかたの（＝月ノ）中に生ひたる里（＝桂）なれば光をのみぞ頼むべらなる（古今集・雑下・九六八、伊勢、詞書「桂に侍りける時に…」）

「光φ」は無助詞名詞で主格です。「のどけき」は形容詞「のどけし」の連体形で、「静かで穏やかなさま」をいいます。「あきらけし・さだけし・さやけし・しづけし・たひらけし・はるけし・ゆたけし」のような語幹末尾音に「け」を有する形容詞は、やがて「―けし」を「―かなり」に置き換えた形容動詞形に転じました（のどけし→のどかなり）。このような「―かなり」と対応する「―けし」型形容詞を「一次的ケシ型」、「寒けし⇔＊寒かなり」のように、「―かなり」と対応をもたない「―けし」型形容詞（しほどけし・つゆけし・ながけし・ねぢけし・むくつけし・をしけし」など）を「二次的ケシ型」と呼びます（蜂矢真郷（2001）「一次的ケシ型と二次的ケシ型」『国語語彙史の研究』20）。一次的ケシ型は、已然形「―けれ」が極めて稀であり、補助活用も和歌にしか用いられません。

(3)a　常よりものどけかるべき春なれば（後撰集・春下・一三六、実頼）

b　風の音はのどけけれども（秋篠月清集）

c　あめのしたのどけかれとや榊葉を三笠の山にさしはじめけん（千載集・神祇・一二六〇、清輔）

「静心」は「静かな心」「落ち着いた心」の意で、「心」の語頭「こ」の清濁は不明です。『異見』に「一つの語なればしづ心の心を濁て唱ふべし」といい、『日本国語大辞典［第二版］』は「しずごころ」で立項しています。『日葡辞書』には「Xizzucocoronai」とあって、これによれば「こ」は清音なのですが、語釈は「賤心」と混同した不審なものになっています。

（4）ことならば（＝同ジコトナラ、ドウセ散ルナラ）咲かずやはあらぬ（＝咲カズニハイナイカ）桜花見る我さへに静心なし（古今集・春下・八二、貫之）

「静心あり」という言いかたもあります。

（5）この衣（きぬ）の色白妙になりぬとも静心ある褻衣（けごろも）にせよ（和泉式部集）

この歌の語法上の最大の特徴は、『宇比麻奈備』が「何とてかくはてふ疑（ウタガ）ひの心おのづからこもれり」というように、「どうして」という疑問詞を補って解釈されるところにあります。「らむ」は推量（現在推量）の助動詞ですから、その推量の事態が「らむ」の直前にあるのは普通のことです。次例(6)で「らむ」によって推量されるのは、「らむ」の直前にある「子泣く」、「その母も我を待つ」という事態です。

（6）憶良らは今は罷（まか）らむ子泣くらむそれその母も我（わ）を待つらむそ（万葉集・三三七）

ところが、「らむ」によって推量される事態は、いつでも「らむ」の直前にあるとは限りません。(7)では、波線部分は眼前の事態で、「らむ」によって推量されるのは二重傍線部と考えられます（このような用法を「原因推量」といいます。→27）。

（7）春日野の若菜摘みにや白妙の袖ふりはへて人の行くらむ（古今集・春上・二二、貫之）

(7)ではともかくも「推量される事柄」があるわけですが、この掲出歌では、上の句は眼前の事態ですし、下の句も詞書に「桜の花の散るを詠める」と言う通り眼前の事態で、推量される事柄が見当たりません。

(8) ひさかたの光のどけき春の日に、静心なく花の散るらむ。

これについて、北原保雄(1993)「「らむ」留めの歌における既定と推量」(『小松英雄博士退官記念日本語学論集』)は、既定の事態A「光のどけき春の日なり」と、既定の事態B「静心なく花の散る」とが矛盾する事態であり、「らむ」はその「矛盾が共存する事態」を推量するのだとしています。既定の事態AとBとの齟齬が、「どうして」という解釈を生んでいるのです(「何トテト云事ヲ入テ見ル也」伝心抄、「何とてと云字をそへてみるが口伝也」幽斎抄、「上句下句の意たがふ趣向故、おのづから疑の心籠る也」続万葉論(賀茂真淵))。次例(9)は、「せめて逢うことのできるはずの今宵すらも、あなたはどうしていらっしゃらないのだろう」(新大系訳、傍線引用者)と訳されますが、「逢ふべかる」と「来まさざる」との間に齟齬が生じています。

(9) 恋しけく日長きものを逢ふべかる夕だに君が来まさざるらむ(万葉集・二〇三九)

このように、「どうして」が補われる「らむ」の歌の例をいくつかあげておきます(『古今集』だけでも相当数あります)。

(10) a 春の色の至り至らぬ里はあらじ咲ける咲かざる花の見ゆらむ(古今集・春下・九三)
b 秋風は身を分けてしも吹かなくに人の心のそらになるらむ(古今集・恋五・七八七、友則)
c あまのすむ里のしるべにあらなくにうらみんとのみ人のいふらむ(古今集・恋四・七二七、小町)
d 秋の野の草は糸とも見えなくに置く白露を玉と貫くらむ(後撰集・秋中・三〇七、貫之)

なお、「など」「なぞ」「なに」が言語上表示された例も存します(11)bは掲出歌と同想です)。

(11) a やどりせし花橘も枯れなくになど郭公声たえぬらむ(古今集・夏・一五五、千里)
b うちはへて(=引キ続イテ)春はさばかりのどけきを花の心やなにいそぐらむ(後撰集・春下・九二、深養父)

さて、「らむ」をめぐっては以上の次第なのですが、この掲出歌の場合には、既定の事態ではないと考え得る箇所が、実は一箇所だけ存するのです。それは「静心なく」という部分です。そこで、「らむ」は「静心なく」という部分を推量しているのだという説も出されています（三矢重松『高等日本文法』、松尾捨治郎『国語法論攷』、同『助動詞の研究』。この「新説」をめぐっては、松尾聰『改訂増補古文解釈のための国文法入門』（ちくま学芸文庫版、一四五～一五一頁）に詳しい説明があります）。ただ、⑽のように、「らむ」の疑問の焦点を見出すことができない歌が存すること（松尾聰同上書）、「らむ」の推量の焦点は、⑺のように係助詞や疑問詞によって示されなければならないだろうこと（野村剛史（1997）「三代集ラムの構文法」『日本語文法　体系と方法』ひつじ書房）などから、この「新説」は採りにくいように思います（新説に対する種々の批判は、色川大輔（2018）「想像焦点が移動する」（『国学院雑誌』119―12）に整理されています）。

「春の日に」の「に」は、意味上逆接の意（「…なのに」の意）に捉えられますが、あくまでも時間を表す格助詞です。それは、

⑿　九十歳の老人がフルマラソンを完走した。

の「が」が逆接として解されても（さらに言えば、述者の発話意図も逆接の意であったとしても）、形態上は主格の格助詞であるのと同じです。次例の「に」も、掲出歌と同様に、逆接の意が感じられますが、あくまでも時間を表す格助詞です。

⒀　つれづれと暮らしわづらふ春の日になど鶯のおとづれもせぬ（風雅集・春上・四七、道命法師）

「花の散るらむ」の「の」は主格の格助詞です。上代・中古では、主節中の主語に格助詞を表示してはならないという決まりがあるのですが（「男φありけり。」は可ですが、「＊男のありけり。」という文は存在しません。感嘆文にして「男のありける！」（男ガイルコトヨ！）という形なら可です）、「…の…連体形＋なり。」、「…の…らむ。」などは許される形です（ただし「…の…連体形＋なり」の「なり」と異なり、「…の…らむ」の「らむ」は普通連体形とされています（もち

ろん「…テイルダロウコトヨ!」という感嘆文というわけではありません)。小田勝(2014)「三代集における主節中の主格の「の」について」『岐阜聖徳学園大学紀要〈教育学部編〉』53)。

歌意について、「いそがはしげに散ぞと花にふかく恨をいひかけたる心也」(幽斎抄)、「花ばかりあはただしくちるをとがめていふ也」(三奥抄)、「何心もなく花の散ばおしき心なりといふ事なり」(龍吟明訣抄)、「をしきにつけてとがめいふ也」(宇比麻奈備)などは花が散るのを惜しんだ歌と解していますが、「時節到来すれば散物にて有ぞとをしへてよめる也」(幽斎抄)、「物のかぎりの時いたる心を観ずべきの義也」(後陽成抄)、「生死無常の観念の歌也」(鈔聞書)などは無常を読んでいます。

また、「又一説、落花を見る人の心のしづかならざるをいふ儀もあり」(色紙和歌)、「為家卿云、しづ心なきは花か人かと云所、好によるべし」(米沢抄)、「花の心か人の心かとの義、両説ともに用也」(後陽成抄)のように、「静心」がないのは花か人かという詮索もあったようですが、これは、「花の心とみるがまされる也」(幽斎抄)、「人の心にしてはらんの仮名すまず」(龍吟明訣抄)という通りでしょう。落花を見る人の「花時心不静」という心を詠んだ歌には、次のようなものがあります。

(14) a　春風の吹くたびごとに桜花心のどかに見るほどぞなき(元真集)

b　のどかなる折こそなけれ花を思ふ心のうちに風は吹かねど(続後拾遺集・春下・九三、和泉式部)

次のような歌がその達成の頂点の一つといえるでしょうか。

(15)　夢のうちもうつろふ花に風吹きて静心なき春のうたたね(式子内親王集)

■本歌取り歌

・いかにして静心なく散る花ののどけき春の色と見ゆらん(拾遺愚草)

〔どうして、落ち着きなく散る花が、のどかな春の色と見えるのだろう。〕＊この歌では、「いかにして」という疑問詞が表示されています。

・ひさかたの光のどかに桜花散らでぞにほふ春の山風（新後撰集・春下・八〇、家隆）

〔日の光がのどかで、桜の花が散らずに美しく咲いている。春の山風（も穏やかに吹いている）よ。〕＊「散らない桜」に転じています。

34 誰をかも知る人にせむ。高砂の松も昔の友ならなくに。

藤原興風（おきかぜ）

古今集・雑上（題知らず）

誰を知り合いだと思おうか（いや、誰も知り合いだと思わない）。高砂の松も昔からの友ではないのだから。

年老いて取り残された私の周囲にはもう友はいなくなった、あの長寿の高砂の松だって友というわけにはいかず、いったい誰を友と思ったらよいだろうか、という老愁を述べた歌です。「年月は昨日ばかりの心地して見馴れし友のなきぞ多かる」（拾遺愚草）ということですね。第一句、第二句は、文字通りには「誰を知り合いにしようか」ということですが（「む」は意志の助動詞で、いわゆる「意志の疑問文」です）、「知り合いにする（＝変化させる）」ということではなくて、「知り合いだと思おう（判断しよう）か」ということだろうと思います。

(1)　児（ちご）をわりなうらうたきものにし給ふ御心なれば（源氏物語・松風）

右例も、「児を、らうたきものなりと思ふ御心」と読めます。「誰をかも」の「か」は反語、「ならなくに」は14番歌と異なり、順接でしょう。

(2) 人やりの道ならなくにおほかたは行き憂しと言ひていざ帰りなん（古今集・離別・三八八）

古注では、「高砂」について、

A 普通名詞…「宗長聞書に、……又此高砂は山の惣名なるべしとあり。此義然べし」（幽斎抄）、「此高砂名所にあらず。山の惣名にいふは、砂の高きといふこと也」（師説抄）。

B 固有名詞（播磨の名所）…「高砂とはたかき山をもいへども、誰をかもの歌は、播磨の高砂也」（後陽成抄）、「此たかさごの松ははりまのくにの高砂なり。山の惣名の高砂にはあらず。顕昭の云、はりまのくに高砂に尾上のさと、いふ所の浜に有松也といへり」（三奥抄）。

という対立、「なぜ松は友ではないのか」について、

A 松と幼なじみではないから…「松は久物なれば、友と思べけれど、それも前より契たる事のなければ甲斐なしと云也」（経厚抄）。

B 松は人間ではないから…「松は久しき友といはんとすれば、これもまた人間にてなければ真実の友にてはなきなり」（後陽成抄）、「吾とひとしく老たる松も、猶ことかはすものならねば、むかしの友とすべきにあらぬは、と打侘たる也」（異見）。

C 松の方が長生きだから…「まつは千年を経もの人はほどなく終るものなれば、我友ならぬといふ義也」（師説抄）。

D 松の方が自分より若いから…「あまりにわが身の老たりといはんとて、松さへ我にくらぶれば猶此比の物也といふ心なり」（三奥抄）。

E 松は仁徳を具えたものだから…「松は雨露霜雪におかされず、君子仁徳をそなへたる者なれば、夫も我身の友

にはあらず」（天理本聞書）。

などの説がみえます。次のような歌もあります。

(3) 我のみと思ひ来しかど高砂の尾上の松もまた立てりけり（後拾遺集・雑三・九八五）

「昔の友」というのは「昔からの友」ということで、この「の」は「よりの（＝カラノ）」の意です。(4)の「の」は時間的な「よりの」、(5)は空間的な「よりの」の意です。

(4) a いかばかりの昔の仇敵（あたかたき）にかおはしけむとこそ思ほゆれ。（源氏物語・真木柱）

b なかなかまことの昔の近きゆかりの君達は（源氏物語・夕霧）

(5) a 宮（＝大宮）の御消息にて、「……」など［源氏二］聞こえ給ひて（源氏物語・葵）

b いかで聞かむと思ふほどに、京のたよりあるに（大和物語・四）

後世、「対レ松争レ齢」といった歌題も作られます。

■本歌取り歌

・知る人もうとくなり行く世の中に色も変はらぬ高砂の松（竹風和歌抄）

〔知っている人も疎遠になって行く世の中で、色も変わらない高砂の松よ。〕

・山深み松は昔の友ならでなれゆく風の音ぞさびしき（草庵集）

〔山奥深い所で、松は昔からの友ではないので、聞き慣れてゆく松風の音は寂しい。〕＊「…み」が「…が…なので」の意ではなく、単純な連用修飾語を作ることがあります（小田勝『実例詳解古典文法総覧』（和泉書院）五一六頁）。ここもその例とみました。

35

人は、いさ、心も知らず。ふるさとは、花ぞ昔の香ににほひける。

紀貫之

古今集・春上（初瀬にまうづるごとに宿りける人の家に、久しく宿らで、ほど経て後にいたれりければ、かの家の主、「かくさだかになん宿りはある」と言ひ出だして侍りければ、そこに立てりける梅花を折りて詠める）

人については、さあ、心も分からない。昔なじみのこの里は、梅の花が昔どおりの香りで美しく咲いているのだった。

「人は」は「人の心については」の意で、「知らず」の主語ではありません。「知らず」の主語は作者で、「作者が、人の心を、知らない」という格関係です。「人」は具体的には詞書にある宿の主人を指すのですが、これを「人」と表現したことで、人間一般への認識も表されて、歌意が深くなりました（このように、故意に意味範囲の広い（または狭い）ことばを用いる表現技法を「提喩（シネクドキー synecdoche）」といいます）。第三句以下との対比によって、「心も知らず」というのは「昔の（ままの）心かどうか分からない」という意味に理解されます。

なお、この「宿の主人」は、諸氏が言われるように、女性でしょう。それは、これも言われるように、詞書の「言ひ出だす」という表現からも推測されるのですが、そもそも無沙汰の責は作者にあり、それを「人は、心も知らず」と（もちろん冗談で）切り返したのですが、この家の主人は歓待（友情）の気持ちは既に表しているのですから、この「心」はどうしても愛情の意として相手をからかったものと読まなければならないでしょう。下句は「おまえの色香もまだ抜けていない、と女あるじを適当にからかっている。」（安東次男『百首通見』ちくま学芸文庫）という読解もあります。

「いさ」は下に「知らず」を伴って「さあ、どうであろうか」の意を表す副詞で、「さ」は清音です。濁音の「いざ」は人を誘うときに発する語で別語です。後世「いざ知らず」などと言うのは、この両者を混同したものです。ただ、次例のような「いさ」は感動詞というべきで、掲出歌の「いさ」も感動詞と考えることもできます。とにかく、「人はいさ。」というカタマリではありません。

(1)a　花はいさ（＝花ノコトハ、サア、分カラナイガ）そこはかとなく見渡せば霞ぞかをる春の曙（式子内親王集）

b　年を経ていつもながむる秋なれどいさ（＝イヤモウ）まだかかる月をこそ見ね（雲居寺結縁経後宴歌合）

「ふるさと」には、(2)a「旧都・奈良」、b「自分の生まれ育った土地」、c「以前自分が住んだ所、なじみのある所」、d「亡屋」の意味があります（eはbの特異な例で「三途の川」でしょうか）。

(2)a　ふるさととなりにし奈良の都にも色は変はらず花は咲きけり（古今集・春下・九〇）

b　心ゆも我（あ）は思はずきまたさらに我（わ）がふるさとに帰り来むとは（万葉集・六〇九）

c　またさらに憂きふるさと（＝昔平家ノ人々ガ住ンデイタ邸ノ跡）をかへり見て心とどむることもはかなし（建礼門院右京大夫集）

d　ふるさとは庭も籬（まがき）も苔むして花橘に花ぞ散りける（拾遺愚草）

ふるさとは散るもみぢ葉にうづもれて軒のしのぶに秋風ぞ吹く（新古今集・秋下・五三三、俊頼、詞書「障子の絵に、荒れたる宿に紅葉散りたる所を詠める」）

e　彼（か）の岸（＝彼岸、涅槃ノ境）にこの度（たび）（＝死ヌ時）渡せ法（のり）の船生まれて死ぬるふるさとの川（拾遺愚草）

ここでの「ふるさと」は、詞書によれば、初瀬に詣でる度に泊まっていた家を指すので、cということになります。『幽斎抄』は「貫之宿坊に中絶して来りたるを、あるじ恨て如此やどりはかはらぬといへり」と言っていますが、『異見』に「此宿は宿坊なりと古抄につきていへるは非也。はつせにまうづるごとにやどりけるひとの家とある語勢、おのづから道のあひだなることしるし」という通りで（『赤染衛門集』には「初瀬にまうでし道に、泊まりたる家の」という詞書をもつ歌がみえます）、この家を「ふるさと」と表現したのも（これも「提喩」といえます）、『異見』は「さきざきやどりし人の家を打まかせて故郷としもいへるに、親しむこゝろおのづからあらはれて、もとよりへだてぬ中なる事しらるる也」と言っています。ただし、もっと大きくaの「旧都・奈良」を指すという説もあります（島津忠夫『百人一首』角川ソフィア文庫）。

詞書の「初瀬にまうづるごとに宿りける人の家」というのは、「[初瀬にまうづるごとに宿りける人]の家」ではなく、「初瀬にまうづるごとに宿りける［人の家］」と読みます。例えば次例(3)aは「うるはしき人」がいて、その人の調度（家具）ということではなく、「うるはしき調度」ということです。このように読む連体修飾語は、古文では数多くみられます。

(3)
a　まことにうるはしき［人の調度］の飾りとする、定まれるやうあるものを（源氏物語・帚木）
b　あはれなるもの　孝ある［人の子］（枕草子・一一四）
c　親のまもりける［人のむすめ］に、いと忍びに逢ひて（古今集・恋四・七四五・詞書）
d　いとまばゆき［人の御おぼえ］なり。（源氏物語・桐壺）
e　引き上ぐべき［物の帷子］などうち上げて（源氏物語・帚木）

「にほふ」というのは、現代語では主に嗅覚に用いますが、古くは「美しく照り映える」意を表します（→61。語源は「丹（に）（＝赤い色）＋秀（ほ）・穂（＝抜きん出て表れる、外に現れる）＋ふ（動詞の語尾）」であるとする説があります）。ここでは「香に」とあるので香気がするの意も含んでいるでしょうが、「香に」の「に」を付帯状況を表す格助詞（「…で」の意）とみて、「香ににほひける」は「香りがしている状態で、美しく咲いている」と解釈されます。

(4) a　ただ翁びたる声に（＝デ）額（ぬか）づくぞ聞こゆる。（源氏物語・夕顔）
b　狩衣に（＝デ）馬に乗りたる僧の（今鏡）

故郷や家は古びても（また、人の心は離れても）、花は昔のままであるというのは貫之が好んで詠ったもので、『貫之集』には次のような歌があり、eなどはまるで掲出歌を「主人」の側から詠ったかのような歌です。

(5) a　故郷を今日来て見ればあだなれど花の色のみ昔なりけり
b　故郷に咲けるものから桜花色は少しもあれずぞありける
c　あだなれど桜のみこそ故郷の昔ながらのものにはありけれ
d　見しごとくあらずもあるかな故郷は花の色のみあれずはありける
e　見し人も来ぬ宿なれば桜花色も変はらず花ぞ散りける

『土佐日記』でも「ある人」の歌として、次の歌が載せられています。

(6)　君恋ひて世をふる宿の梅の花昔の香にぞなほ匂ひける

また、この歌は唐の劉廷芝（りゅうていし）の「年年歳歳花相似　歳歳年年人不レ同」（「代悲白頭翁」『唐詩選』）と類想であることも指摘されています。詞書が示す詠歌事情を離れれば、広く、帰郷した者の述懐としても読むことができるようです。

36　夏の夜（よ）はまだ宵ながら明けぬるを、雲のいづこに月宿（やど）るらむ。

清原深養父（ふかやぶ）

古今集・夏（月のおもしろかりける夜、暁方（あかつきがた）に詠める）

夏の夜はまだ宵のままで明けてしまったが、雲のどこに月は（今）とどまっているのだろう。

「まだ」は副詞で「宵ながら」を修飾しています（副詞はこのように体言を修飾することもあります。現代語でも「まだ中学生だ」などと言います）。「体言＋ながら」は、「条件を変えず、その状態のままである」の意を表します。

（1）a　旅の御姿ながらおはしたり。（竹取物語）

b　冬ながら空より花の散りくるは雲のあなたは春にやあるらむ（古今集・冬・三三〇、深養父）

c　家ながら（＝家ニイルママデ）別るる時は山の井の濁りしよりもわびしかりけり（拾遺集・雑恋・一二二九、貫之）

「ながら」は接続助詞とされますが、体言に付く「ながら」は接尾辞とも考えられます。「明けぬるを」の「を」は接続助詞で、順接でも逆接でも読めそうですが、逆接の意に取りました。「宵」は、「ゆふべ」に始まり「あした」に終わる夜の時間帯を、「ゆふべ→よひ→よなか→あかつき→あけぼの→あした」と分けた二番目の時間帯ですから、「宵ながら明く」というのは、随分早く夜が明けてしまったことになります。次のように、宵のままで明けてほしいと願う歌がありますが、

（2）　頼めぬに君来やと待つ宵の間の更けゆかでただ明けなましかば（新古今集・恋三・一二〇五、西行）

掲出歌は、まさにそうなった（気がする）というわけですね。

「月φ」は無助詞名詞で、主格です。「らむ」は現在推量の助動詞で「今ごろ…ているだろう」の意を表します。この「らむ」は、品詞分解を載せてある百人一首の学習参考書などでは、疑問詞「いづこ」を受けていることを理由に「連体形」と説明されていますが、係助詞「か」の無い、疑問詞だけの疑問詞疑問文の結びは（疑問詞が「など」である場合を除いて）一般に終止形ですから（→27）、この「らむ」は終止形と考えるべきだと思います。

「宿る」は、「宿（やど）」（恐らく「屋＋戸」の意）とは無関係の語で（上代では「ヤド（乙）ル」「ヤド（甲）」とドの音が別音でした）、ある期間一定の場所にとどまっていることをいいます。したがって「宿泊する」、「住む」の意のほか、「水の面（おも）に宿れる月の影」（新古今集・賀・七二二）は「映る」、「深山木に宿りたる蔦」（源氏物語・宿木）は「寄生する」などの意になります。掲出歌は、「亡き魂（たま）や宿りて（＝亡キ霊魂ガトドマッテ）〔私ヲ〕見給ふらむ」（源氏物語・東屋）などと同様、「とどまる」の意です。

歌の主旨について、古注では、「心は、只夏の夜のとりあへず明ぬる事をかくよめり」（幽斎抄）というものと、「心はたゞ月にあかぬよし也」（古今集両度聞書）、「月にあかぬ所から云たる歌也」（後水尾抄）というものとがみえます。

月の位置について、

A　月はまだ沈まず中空にある…「山のはまで行つかずして、いづこの雲間にて月は明ぬらんと云心也」（経厚抄）、「なほ中空に照月は、雲のいづくにかかくれやすらんといへり」（異見）。

B　月はもう沈んでしまった…「まだよひぞと思へば明ぬる程に、月はいまだ半ばにもあらんと見るに、月も入ぬればかくよめる也」（幽斎抄）、「やがて夜あけてあへなう月のかくれぬるが、いと口をしさのあまりによまれたる歌也」（燈）。

という二説がありますが、これは、「やどるとはそこにとゞまりて明る心也」（経厚抄）ということで、Aでしょう。

『源氏物語』夕顔巻の、

(3)　山の端の心も知らで行く月はうはの空にて影や絶えなむ

という歌も思い起こされます。次例は掲出歌と同趣旨です。

(4)　明けにけりまだ短夜に捨てられて急がぬ月の空に残れる（竹風和歌抄）

「雲」については、「雲に用なし。空と見る師伝也。空のいづくも也」（師説抄）のように、この「雲」に特に意味はなく「空のどこに」の意であるという説もありますが、これは『鈔聞書』が「あまりにはやく明たれば、いづこにか月のあるぞと見まはしたるに、半天にも西山にも月のなきによりて、雲の内などに心を付たるなり。此故に、雲といふ字に用ある也。」と批判しています。

春の朧月夜、秋の皓々たる月、冬の冴えわたる月に比べ、夏の月が詠まれるのは珍しいことで、古今集の夏部で月の歌は掲出歌の一つだけです。夏の月光を詠んだ珍しいものとしては興風（34番作者）の次のような歌があります（この歌は塚本邦雄『新撰小倉百人一首』（講談社文芸文庫）に教えられました）。

（5）夏の月光惜しまず照るときは流るる水にかげろふぞ立つ（興風集）

■本歌取り歌

・折しもあれ雲のいづくに入る月の空さへ惜しきしののめの道（拾遺愚草）

〔ちょうど時も時、（恋人との名残のみならず）雲のどこかに入る月の空までも惜しい朝の帰り道よ。〕

・宵ながら雲のいづこと惜しまれし月を長しと恋ひつつぞ寝る（拾遺愚草）

〔古歌で「宵のまま（明けてしまい）雲のどこに」と惜しまれた（短夜の）月を、長い夜だと思って恋人を思いながら寝ることだ。〕＊定家にはほかに「夏の夜はまだ宵のまとながめつつ寝るや川辺のしののめの空」（千五百番歌合）などの作があります。

・夏の夜は雲のいづくにやどるとも我が面影に月は残さむ（秋篠月清集）

〔夏の夜の月は雲のどこに宿るとしても、私の記憶の中に月は残そう。〕

・明けわたる雲のいづくに入りやらで山の端かこつ夏の夜の月（明日香井和歌集）

〔夜が晴々と明けて雲のどこにも入ることができないで、山の稜線の（低い）せいにする、夏の夜の月よ〕

・時鳥まだ宵ながら明くる夜の雲のいづくに鳴き渡るらん（後鳥羽院御集）

〔時鳥は、まだ宵のままで夜が明けた（空の）雲のどこに鳴きながら飛んでいるのだろう。〕＊本歌の「月」を「時鳥」に置き換えています。

37

白露に風の吹きしく秋の野は、貫(つらぬ)きとめぬ玉ぞ散りける。

文屋朝康(ふんやのあさやす)

白露に風がしきりに吹く秋の野では、貫き通してとめていない玉が散っているのだった。

後撰集・秋中（延喜の御時、歌召しければ）

「白露に」の「に」は動作の向けられる対象を表す格助詞、「風の」の「の」は主格を表す格助詞です。「吹きしく」の「しく」は「頻(し)く」で、「しきりに…する」の意を表します。「吹き敷く」ではありませんが、定家の次の歌では、「吹き頻く」に「吹き敷く」を掛けているでしょうか。

(1)　秋風は紅葉を苔に吹きしけどいかなる色とものぞかなしき（拾遺愚草員外）

風の吹き方について、古注では、「野辺(ノベ)の秋風のひまなく吹わたるに、草葉(クサバ)の露も随(シタガ)ひて毎(つね)にこぼるる秋の野のさまをめでたく模(ウツ)し出したり」（宇比麻奈備）、「常にこぼるゝ、など、絶ずそよめくさまならんや。さるべき朝けなどに吹しきりたる一時のけしき也」（異見）と小異を見せています。「白露に風の吹きしく」というのは、「［草の上の］白露に」ということで、『龍吟明訣抄』が「文中に草となけれども、是非有やうに見ゆるなり」という通りです。

「野は」は「野［に］は」の意で、係助詞を用いることで格助詞「に」が潜在しています（→17）。「貫きとめ」というのは、糸（紐）を通して玉をつなぎとめること、それが「ぬ」（打消の助動詞「ず」の連体形）で打ち消されています。草の上の露を糸で貫いた玉と見る見立ては類型的なもので、作者朝康には(2)ａのような歌もあります。

(2)ａ　秋の野に置く白露は玉なれや貫きかくる蜘蛛の糸すぢ（古今集・秋上・二二五）

ｂ　秋の野の草は糸とも見えなくに置く白露を玉と貫くらん（後撰集・秋中・三〇七、貫之）

「涙＝露＝玉」と見立てるのも常套的なものです。

(3)　草葉には玉と見えつつ侘び人の袖の涙の秋の白露（新古今集・秋下・四六一、道真）

掲出歌と(2)ａの歌とについて、「片や急破の瞬間を、片やたまゆらの中に見える永遠の相を、かなり意識的に詠分けている。」（安東次男『百首通見』ちくま学芸文庫）、「「つらぬきかくる」風情は可憐だが、「つらぬきとめぬ」は美しいものに理不尽な荒々しい力が加えられているのが、一層あわれである。「秋の野に」が清少納言好み、「白露に」が紫式部好みといったら言い過ぎだろうか。」（久保田淳「百人一首を味わう」『百人一首必携』別冊国文学17）といった評が、詠み達者によってなされています。私も掲出歌を読むと、塚本邦雄の「烈風のなかの撓める硝子」（『装飾樂句』）という歌を思い出します。露が風に吹かれる一瞬を詠った歌には、次のようなものがあります。

(4)ａ　秋風になびく浅茅の末ごとに置く白露のあはれ世の中（新古今集・雑下・一八五〇、蟬丸）

ｂ　あはれいかに草葉の露のこぼるらむ秋風立ちぬ宮城野の原（新古今集・秋上・三〇〇、西行）

詠作の方法としては、物の一部をクローズアップして表現したもので、私（小田勝（2017）「和歌のレトリックの体系」『國學院大學紀要』五五）が「焦点化」と呼んだものに当たります。次のような作例があります。

(5)　霜まよふ空にしをれし雁が音の帰る翼に春雨ぞ降る（新古今集・春上・六三、定家）

後撰集の詞書は、『異見』に「此歌、新撰万葉（＝上巻ハ寛平五年（八九三）ノ序）に出たるに今延喜の御時とあるはおぼつかなし」という通り誤りで、『寛平御時后宮歌合』に出詠された歌です。

■本歌取り歌

・武蔵野や人の心のあさ露につらぬきとめぬ袖の白玉（新勅撰集・恋三・八五八、九条道家）
〔武蔵野よ。恋人の心は薄情で、朝露に貫きとめていない袖の涙の玉が散るのだった。〕＊本歌自体「玉」に涙の喩を見ることができますが、この「袖の白玉」ははっきり「涙」の喩です。本歌に涙を配した所が秀逸ですが、初句のすわりが悪いように思われます。

・真葛原露も玉まく夕風に貫きとめぬ秋ぞ散りける（逍遥集）
〔真葛原の、露も玉のように丸くなる夕風で、貫きとめていない秋が散ったことだ。〕＊「秋ぞ散りける」というのは、面白い表現です。これは、抽象名詞や非固形的な名詞を、形体を有する固形に擬する表現で「実体化表現」といいます。松永貞徳の『逍遥集』には、「すき間なき槙の板屋にふるあられ音は枕に砕けてぞ散る」のような作例があります。

38

忘らるる身をば思はず。誓ひてし人の命の惜しくもあるかな。

右近（うこん）

拾遺集・恋四（〔題知らず〕）

（あなたに）忘れられる我が身を（何とも）思わない。誓ってしまった人の命が惜しいことよ。

「忘らるる」の「忘ら」は四段活用の「忘る」の未然形です。「忘る」は中古には下二段活用が一般的になるのですが（百人一首の54番歌「忘れじの」、58番歌「忘れやはする」は下二段活用です）、ここでは古い四段活用が用いられています（助動詞「る」に続く時に、「忘らる」という四段の形が後世まで残りました）。「るる」は受身の助動詞「る」の連体形です。「をば」の「ば」は係助詞の「は」で、格助詞「を」に付くときは濁音化します。

(1)　黄葉（もみち）をば［乎婆］取りてそしのふ（万葉集・一六）

「てし」は「完了の助動詞「つ」の連用形＋過去の助動詞「き」の連体形」です（百人一首の14番歌に「にし」（助動詞「ぬ」＋助動詞「き」）の形がありました）。「人の命の」の最初の「の」は連体格、二番目の「の」は対象格（「惜し」の対象を表す）です。「惜しくもあるかな」は「惜しきかな」の「惜しき」の中に係助詞「も」を介入させて「惜しくもあり」の形にしたものです（↓23）。この「も」は「…も…かな。」の句型で一つの感動表現を作るものですから、現代語にすれば「惜しいことよ。」であって「惜しくもあることよ。」ではありません。

『拾遺集』には「題知らず」としかありませんが、『大和物語』八四段には、「男の「忘れじ」と、よろづのことを誓ひけれど、忘れにける後（のち）に言ひやりける［歌］」と説明されています。「誓ひてし人の命の惜しくもある」というのは、神への誓いを破った神罰で命を落とすことが惜しいということです。「かくちぎる人のわすれ行をうらみずして、猶其人を思ふ心尤哀にや侍らん」（宗祇抄）のように、忘れられてもなお男の身を思いやっていると読むのはいかがでしょうか、「女は男の身勝手を威（おど）し文句すれすれでからかっている」（高橋睦郎『百人一首』中公新書）と読むべきかと思います。『大和物語』には、男の「返しは、え聞かず。」とあります。

なお、二句切れにせず、「忘らるる身をば思はず」の「ず」を連用形にして「誓ひてし」に掛けて読んだ場合、誓ったのは女、「誓ひてし人」の「人」は男になりますが（「忘れられることになる自分を何とも思わずに（男に対して）愛を誓った、その相手である男の命が……」と読むことになります）、なぜその「人」（＝男）の命の惜しくもある」のか、説明できなくなります。

■本歌取り歌

・身を捨てて人の命を惜しむともありし誓ひのおぼえやはせん（拾遺愚草）

〔我が身を捨ててあの人の命を惜しんでも、あの人は以前の誓いを覚えているだろうか。〕＊本歌を別の視点から見た皮肉な内容に転じています。

39

浅茅生(あさぢふ)の小野の篠原(しのはら)、忍ぶれど、あまりて、などか、人の恋しき。

参議等(ひとし)

後撰集・恋一（人につかはしける）

小野の篠原の「しの」ということばのように、堪えしのんでいるけれども、（あなたへの思いは）あふれ出て、どうして、（こんなにも）あなたが恋しいのか。

「浅茅生」の「生(ふ)」は「草などの生えている所」の意で、「浅茅の生えている所」、「蓬生(よもぎふ)」「笹生(ささふ)」「芝生(しばふ)」などと同じ語構成です（「杉生(すぎふ)」という語もあります）。

(1) 浅茅生の露けくもあるか秋来ぬと目にはさやかに見えけるものを（千載集・秋上・二二七、守覚法親王）〈敏行（18番歌の作者）の有名な「秋来ぬと目にはさやかに見えねども風の音にぞおどろかれぬる」（古今集・秋上・一六九）の本歌取り歌〉

「浅茅生の」は「小野」に係る枕詞としても用いられ、

（2）浅茅生の小野の芝生の夕露にすみれ摘むとて濡るる袖かな（続古今集・春下・一六一、後嵯峨上皇）

掲出歌もそうであろうと考えましたが、浅茅生を実景であると見る説もあります。いずれにしても、「浅茅生の小野の篠原」は、これで一つの慣用的な形式になっていて、

（3）浅茅生の小野の篠原うちなびき遠方人（をちかたびと）に秋風ぞ吹く（拾遺愚草）

掲出歌は、次例同様、「篠原」の「しの」から「忍ぶ」を導く序詞として用いています。

（4）浅茅生の小野の篠原忍ぶとも人知るらめや言ふ人なしに（古今集・恋一・五〇五）

これは、いわゆる「同音繰り返し」型の序詞で、前に18番歌、27番歌にみられました。

掲出歌の初二句については、無心の序とする説と、有心の序とする説とがあります。

A　無心の序…「上二句序也」（経厚抄）、「初二句は序にして、只しのぶといはんため也」（異見）。

B　有心の序…「浅ぢふのをのゝしの原は、しのぶれど、いはん序にして、しかも比なり。はじめ浅かりし思ひの、年ふるまゝにふかく成て顕るゝ心なり。野には惣じて浅茅といふもの、生るがはじめ也。ほどふれば亦しのといふもの、生る、其時、人の目にはたつ物なれば、それになずらへよせたり」（三奥抄）、「しの原もしげきものなれば心なきにもあらざるべし」（鈔聞書）。

「忍ぶれど」は上二段活用の動詞「忍ぶ」の已然形に逆接の接続助詞「ど」が付いたものです。「忍ぶ」は「耐える・隠す」の意です（同音の「偲ぶ」（ただしこちらは、上代では「偲ふ」と「ふ」が清音でした）は四段活用で「慕う・賞美する」の意です（↓84）。「忍ぶ」（上二段）と「偲ぶ」（四段）とは活用型からもはっきり区別されるのですが、「ひそかに思い慕う」の意が両方にまたがるために中古以降混同され、中古以降の「しのぶ」は上二段でも四段でも「耐える・隠す、慕う・賞美する」の意がごちゃ混ぜになります）。「あまりて」は「溢（あふ）れ出て」、「忍ぶれど、「忍ぶに」あまりて」ということで、「堪え忍んでも（思いは）外に溢れ出て」の意です。

(5) a　忍ぶれど忍びあまりぬ今はただかかりけりてふ名をぞ立つべき（和泉式部続集）

b　忍び給へど、御袖より〔涙ガ〕あまるも所せうなむ。（源氏物語・須磨）

「など」は理由を問う疑問の副詞、「か」は疑問の係助詞、「恋しき」は「か」の結びの連体形で、文全体が疑問文になっているわけですが、この疑問文は「自問」です（「などか恋しき、とうたがふなり」古注、「みづからとがむるこゝろなり」三奥抄、「みづからいぶかしむ也」宇比麻奈備）。「人の」の「の」は対象格（「恋しき」の対象を表す）です。この「人」というのは恋しい人を指すわけですが、詞書に「人につかはしける」とあって、歌を贈った相手を指すのですから、この「人」は二人称の「あなた」ということです。次例のaの「人」は一人称、bは二人称、cは三人称を指した例です。

(6) a　「山路分け侍りつる人（＝私）は、ましていと苦しけれど、…」とて、屏風をやをら押し開けて〔薫ハ大君ノ許ニ〕入り給ひぬ。（源氏物語・総角）

b　前世の契りありければ、人（＝アナタ（維盛））こそ憐(あはれ)み給ふとも（平家物語・維盛都落）〈維盛ノ妻カラ維盛ヘノ詞〉

c　あはれ人（＝アノ人ガ）今日の命を知らませば難波の蘆に契らざらまし（能因集、詞書「嘉言、対馬にて亡くなりにけりと聞きて」）

作者「等」はふつう「ひとし」と読まれていますが、『袋草紙』の「諸集人名不審」には「源等(トゝノフ)」とあります（新日本古典文学大系、三六四頁）。

■本歌取り歌

＊「浅茅生・小野・篠原」と「あまりて」とを使った詠作は数多くあります（定家には、「なほざりの小野の浅茅に置く露も草葉にあまる秋の夕暮れ」（続後撰集・秋上・二七二）、「夕されば萩の下露吹く風のあまりて染むる小野の

篠原」（内裏歌合）など）。ここでは次のものをあげておきましょう。

・忍びわび小野の篠原置く露にあまりて誰をまつ虫の声（続後撰集・秋中・三七八、家隆）
〔（恋心を）堪えかねて、小野の篠原に置く露も（涙も）あふれて、誰を待つのか、松虫の声（がする）。〕

・浅茅生の小野の白露吹く風にあまりて月の影ぞこぼるる（続後拾遺集・秋下・三四七、兼実）
〔小野の白露が吹く風に耐えられないで月光（が映じた露の玉）がこぼれ落ちる。〕

40 忍ぶれど、色に出でにけり、わが恋は。「ものや思ふ」と、人の問ふまで。

平兼盛（かねもり）

拾遺集・恋一（天暦御時歌合）

包み隠しているけれど、顔色に顕（あらわ）れてしまったなあ、私の恋は。「もの思いをしているのか」と、人が尋ねるほどに。

『新抄』が「三二四五一とつゞきたり」と指摘するように、歌全体の語序を正せば、「③我が恋は、①忍ぶれど、④ものや思ふと、⑤人の問ふまで、②色に出でにけり。」のようになります。「色に出づ」というのは、外面（顔色や態度）に顕れることをいいます。

(1) a　何しか恋の色に出でにける（万葉集・三〇三五）

b　我が恋を忍びかねてはあしひきの山橘の色に出でぬべし（古今集・恋三・六六八、友則）

「忍ぶれど」は前の39番歌に出ました。「出でにけり」の「に」は完了の助動詞「ぬ」の連用形、「けり」は気づき・

詠嘆の意を表します（→6）。「ものや思ふ」は、「や」が疑問の係助詞で、平叙文「もの思ふ」に対する疑問文になっています。「人の」の「の」は主格の格助詞、歌末の「まで」は副助詞で、程度を表します。

「忍ぶれど、色に出でにけり」という表現の根底には、「忍ぶ」方が「色に出で」るよりも良い、という価値観があります。

(2)　躬恒　辛きをも憂きをも言はで思はんと色に出でんといづれまされり
　　忠岑　憂きことを言ひてしるしのなきよりは心に籠めてあるはまされり（忠岑集）

掲出歌は、天徳四年（九六〇）の内裏歌合（『拾遺集』の詞書にある「天暦」というのは「村上天皇の御代」ということを、それを代表する年号でいったものです）の最後の番（二十番）で右歌として、左の壬生忠見の「恋すてふ……」の歌（→41）と番えられて、判者が優劣を決しかね、村上天皇のご意向をうかがって、ようやくこの歌を勝ちとした、という話で有名です。判詞には次のようにあります。

少臣奏云、「左右歌伴以優也、不レ能三定二申勝劣一」、勅云、「各尤可二歎美一、但猶可二定申一」云、小臣譲二大納言源朝臣一、敬屈不レ答、此間相互詠揚、各似レ請二我方之勝一、少臣頻候二天気一、未レ給二判勅一、令三密詠二右方歌一、源朝臣密語云、「天気若在レ右歟」者、因レ之遂以レ右為レ勝、有レ所レ思、暫持疑也、但左歌其（甚カ）好矣。（少臣（＝左大臣実頼）奏シテ云ハク、「左右ノ歌伴ニ以テ優ナリ、勝劣ヲ定メ申ス能ハズ」、勅シテ云ハク、「各尤モ歎美スベシ、但シ猶定メ申スベシ」テヘレバ、小臣、大納言源朝臣（＝源高明）ニ譲ル、敬屈シテ答ヘズ、此ノ間相互ニ詠ミ揚グ、各我ガ方ノ勝ヲ請フニ似タリ、少臣頻ニ天気ヲ候ヘド、未ダ判勅ヲ給ハズ、密カニ右方ノ歌ヲ詠ゼシム、源朝臣密カニ語リテ云ハク、「天気、若シ右ニ在ルカ」テヘリ、之ニ因リテ遂ニ右ヲ以テ勝ト為ス、思フ所有リ、暫ク持疑ナリ、但シ左ノ歌甚ダ好シ。）〈石田吉貞氏の訓読を参考にした〉

■本歌取り歌

・憂き身には絶えぬ嘆きに面慣(おもな)れて物や思ふと問ふ人もなし（新後撰集・恋一・七八一、鴨長明）
（辛いことの多い我が身には絶えることのない嘆きで沈んだ顔を（周囲の者は）見慣れて、（恋の悩みが顔色に顕れても）「もの思いをしているのか」と尋ねる人もいない。）

41 恋すてふ我が名は、まだき立ちにけり。人知れずこそ思ひそめしか。

壬生忠見(みぶのただみ)

拾遺集・恋一（天暦御時歌合）

恋をしているという私の噂は、早くも立ってしまったことだ。人に知られないように思いはじめたのに。

天徳四年の内裏歌合で、前の40番歌と番(つが)えられた歌です。「恋すてふ」の「てふ」は「といふ」が約まったもの（→2）、「まだき」は副詞で「早くも」の意、「にけり」は前の40番歌にありました。

「人知れず」の「知れ」は下二段活用の未然形、「知る」は四段活用の場合は「知る」の意ですが、下二段活用の場合は受身または使役の意を含み、「知られる」「知らせる」の意を表します（「しれつ、とは、しられつ、といふ事也」能因歌枕）。

(1) a 人知れぬ我が通ひ路の関守はよひよひごとにうちも寝ななん（古今集・恋三・六三二、業平）

b 春の野にあさる雉(きぎし)の妻恋(つまごひ)に己(おの)があたりを人に知れつつ（＝知ラセテイル）（万葉集・一四四六）

この歌の「人知れず」は「思ひそめしか」を修飾しているので、「人知れず」の「ず」は連用形です。「思ひそめ」の

「そめ」は動詞「初む」（下二段、「…始める」の意）の連用形、歌末の「しか」は過去の助動詞「き」の已然形で、「こそ」の結びです。下句は倒置で、逆接の意で上句に係ります。

(2)　思ふてふこと（＝言葉）をぞ妬く古しける君にのみこそ言ふべかりけれ（後撰集・恋三・七四一、忠岑）

『宇比麻奈備』などは「此歌の終りのかは濁る也」と言っていて、「し（過去の助動詞「き」の連体形）＋が（接続助詞）」と理解するようですが、この解は文法史的にあり得ません。接続助詞の「が」は成立が遅く、通説では院政時代に成立したもの（私見では平安中期に萌芽がみえる）と考えられ、天徳の時代に接続助詞の「が」の明確な例が、しかも和歌に現れること、「こそ」の結びがその「が」の中で流れることは、あり得ません。

作者名「壬生」の読みについては30番歌を御覧ください。

42　契りきな。かたみに袖をしぼりつつ、末の松山波越さじとは。

清原元輔

後拾遺集・恋四（心変はり侍りける女に、人に代はりて）

約束したね。互いに（涙で濡れた）袖を何度も絞っては、末の松山を波が越す（ように、心変わりをする）ことはしないようにしようと。

「契りきな」の「き」は過去の助動詞「き」の終止形、「な」は「花の色は移りにけりな」（↓9）と同じ詠嘆の終助詞ですが、ここでは念を押す意を表しています。この反対は「契らずな（＝約束シナカッタネ）」です。

(1) 契らずな枕に留めん（=留マルデアロウ）移り香を絶えなん後の形見なれとは（千五百歌合、小侍従）

「かたみに」は「互いに」の意の副詞です。

問題はその次の「袖をシホリつつ」の「しほり」です。この問題を最初に指摘したのは小西甚一（1966）「「しほり」の説」（『国文学言語と文芸』49）で、『増鏡』の「泰時も鎧の袖をしほる。」の用例を根拠に、「鎧の袖」は「絞る」ことはできないので、これは「しほる」（「湿らす」の意）であって、古典文中の「そてをしほる」というのも、その大部分は「しぼる」（袖を絞る）ではなく「しほる」（袖を湿らす）と解するのが適切であろうとしました。岩佐美代子（2011）「「しほる」考」（『和歌文学研究』102）はこの説によってこの歌を「しほる」と読むことを主張しています。一方、長谷川哲夫『百人一首私注』（風間書房）は、

(2) a たたぬよりしぼりもあへぬ衣手にまだきなかけそ松が浦波（後拾遺集・別・四八七）

b かかりける涙と人も見るばかりしぼらじ袖よ朽ちはてねただ（千載集・恋二・七〇七、雅兼）

c 逢ふことのかたみと思へば君ゆゑに濡れぬる袖をえこそしぼらね（太皇太后宮亮平経盛朝臣家歌合）

d しのばずはほさでも袖を見すべきにしぼりぞかぬる夜半の狭衣（新千載集・恋一・一〇七三、俊成）

など、意志的な動作を表して、「袖を絞る」と解さざるを得ない例をあげ、一方で、

(3) a 旅衣すそのの露にしほるるを重ねて濡らす村時雨かな（月詣和歌集）

b いかばかり朝明の霧にしほるらん袖に棹さす宇治の川をさ（内裏歌合建暦三年八月、家隆）

のように「しほる（湿・霑）」の語はたしかに存在するけれども、平安・鎌倉時代の「しほる」はすべて下二段活用のもので、四段活用の「しほる」の確実な例は存在しないことを指摘しました。この歌の「しぼりつつ」の「しぼり」は四段活用ですから、長谷川氏に従って、「絞る」とみたいと思います（↓22）。次のような表現も、「湿る」よりも「絞る」の方がふさわしいように思われます。

(4)　草枕［アナタハ］露ばかりにや濡れにけん留まれる［私ノ］袖はしぼりしものを（玉葉集・旅・一一七七、伊勢、詞書「…草枕露かからんと思はざりしをと申しつかはして侍りける返し」）

「越さじ」の「じ」は打消意志（「…しないようにしよう」の意）と考えましたが、主語は「波」なので、「波越させじ」でないと理屈に合わないという考え方もあり得ましょう。下句は、

(5)　君をおきてあだし心を我が持たば末の松山波も越えなむ（古今集・東歌・一〇九三）

を踏まえたもので、起こり得ないことをあげて「決して心変わりはしない」の意を表しています（「此山を浪のこえん時わが契はかはらんといひし事あり」幽斎抄、「人の心のたがふを、松山に浪こゆるとはよみならはせり」三奥抄）。『顕注密勘』（『古今集』の顕昭注）の一〇九三番の注には、次のようにあります。

「末の松山波越ゆる」といふことは、昔男、女に末の松山を指して、かの山に波の越えん時ぞ忘るべきと契りけるが、ほどなく異心付きにけるより、人の心変はるをば「波に越ゆ」といふなり。彼、山にまことに波の越ゆるにはあらず。あなたの海のはるかにのきたるに、立つ波のかの松山の上に越ゆるやうに見ゆるを、あるべくもなきことなれば、まことにあの波の山を越えむとき、異心はあるべしと契れるなり。

「末の松山波も越えなむ」というのは、「烏の頭が白くなり、馬に角が生えたら」（『史記』刺客列伝の燕の太子丹の故事）や「川が逆流し、川の石が天に昇って星にならない限り」（神功皇后紀）、「バーナムの森が動き出さない限り」（シェークスピア『マクベス』）、「山は裂け海はあせなむ世なりとも」（金槐集）などと同様、起こり得ないことを表す表現ですが、「末の松山」には「行く末までも」や「待つ」、「波越さじ」には「涙に濡れじ」の意も響いて、艶なる詞といえましょう。いくつかの作例をあげておきます。(6)dのように、「松山」と言わなくても、「波越ゆ（越す）」だけでこの意を表すことができます。

(6)a　知るや君末の松山越す波になほも越えたる袖のけしきを（秋篠月清集）

b　松山と契りし人はつれなくて袖越す波に残る月影（新古今集・恋四・一二八四、定家）

c　いかにせん命も知らず松山の上越す波に（＝相手ノ心変ワリニモカカワラズ）［私ノ］朽ちぬ思ひは（続後拾遺集・恋三・八八二、実朝）

d　鶴（つる）のゐる松とて何か頼むべき今は梢に波も越えなん（新拾遺集・恋四・一二五一、待賢門院堀河）

小林千草『百人一首を読む』（清文堂）は、「歴史地理学者の吉田東伍は、貞観（じょうがん）一一年（八六九）五月二六日、陸奥国に大地震があり、津波が〝末の松山〟に迫ったが結局ここを越えなかったことが、この歌の背景にあると論じた（一九〇六年『歴史地理』第8巻第12号）。ただ、私は、あり得ない大津波が生じて、五月二六日、〝末の松山〟を越えて襲って来たのだと思う。」と言います。実際に越えたかどうかは別にして、

(7)　人の心変はりて侍りけるころ、絵に松の波越したるを見て書きつけける　　　伊勢

松かけて頼めしことはなけれども波の越ゆるはなほぞかなしき（続古今集・恋四・一二九四）

のように、末の松山の絵には波が越した様子が描かれていたようです。

倒置になっていて、第二句～第五句が第一句に係ります。

歌意については、古注では次のような諸説がみえます。

A　相手を諭す・咎める…「さてもかくあだにかはる物を、たがひに袖をしぼりて浪こさじと契けるよと、少はぢしむる（＝戒メル、タシナメル）様にいへる也」（宗祇抄）、「契りては有つるなといひさとすこゝろなり」（三奥抄）、「今さらかゝるべしやはと、とがむる也」（異見）。

B　相手に反省させる…「有つる契を治定して、人にかへりみ思はしむるなり」（改観抄）。

C　後悔の意…「はぢしむる義もちひず。後悔の義師説也」（師説抄）。

掲出歌と全く関係ありませんが、「末の松山」といえばこの歌でしょう、ということであげておきます。

(8)　霞たつ末の松山ほのぼのと波にはなるる横雲の空（新古今集・春上・三七、家隆）

43　逢ひ見ての後の心にくらぶれば、昔はものを思はざりけり。

権中納言敦忠

（あなたと）契りを結んでからの気持ちに比べると、それ以前はもの思いをしなかった（のと等しい）ことだ。

拾遺集・恋二（〔題知らず〕）

「昔」とあるので、「昔はといへる所後朝の歌にはあるべからず」（改観抄）という考えかたも出るわけですが、この歌は『拾遺抄』（『拾遺集』の基盤となった、藤原公任撰の私撰集です）にも出ていまして、その詞書には、「はじめて女のもとにまかりて、またの朝につかはしける」とあります。「あはざりしきのふ迄を昔といひ、後の心は今朝の心なり」（三奥抄）ということでしょう。「あえて「昔」としたのは、逢瀬を基点に過去の気持と現在の心境とではあまりに隔たっているとする気持からであろう。」（鈴木日出男『百人一首』ちくま文庫）という指摘もあります。「昔」に以前の女性遍歴まで含め、「あなたに逢ったあとの心は、昔と比較にならぬ。昔に物思いがあったとはいえない――これは、いうならば女殺しの文句である。」（橋本武『解説百人一首』ちくま学芸文庫）という読みかたもあります。

「あひ見ての」の「あひ」は、「相」（〔互いに〕の意）とも「逢ひ」とも取れますが、後者でしょう。「逢ひ見て」は「逢ひ見る」の連用形「逢ひ見」に接続助詞「て」が付いたもので、これを体言相当の語句として連体格助詞の「の」

で受けて、「後の心」に係る連体修飾語としているのです。「の」はこのように、「…て」句にも付きます。

(1) a 飲みての［弓能］後は（万葉集・八二一）

b 女宮に物語など聞こえ給ひてのついでに（源氏物語・浮舟）

c 大輔などが若くてのころ（源氏物語・東屋）

d 成信の中将出家してのつとめて（公任集・詞書）

「くらぶれば」は、動詞「くらぶ」（下二段）の已然形に接続助詞の「ば」が付いたもので「くらべると」の意、「後の心に［昔ノ心ヲ］くらぶれば」です。

全体の歌意として『天理本聞書』の所説をあげておきます。

心は、あはぬさきはいかにともして一たび逢はばやの心ひとつ也。逢て後は、心の替もやせん人にさまたげられやせん憂名やたゝん、くるを待帰ををしみとだえを恨互の命を思ひ、さまざまのくるしみあれば昔の思は数ならずと云心也。

同想歌に次のようなものがあります。

(2) a なかなかに見ざりしよりも相見ては恋しき心増して思ほゆ（万葉集・二三九二）〈ほか七五二、二五六七など〉

b 逢ふまでの命もがなと思ひしはくやしかりける我が心かな（新古今集・恋三・一一五五、小大君）

■本歌取り歌

・逢ひみての後の心をまづ知ればつれなしとだにえこそ恨みね（拾遺愚草）

〔あなたと契りを結んだ後の気持ちを最初から知っているので、（逢えないあなたを）冷淡だと恨むことはできない。〕＊本歌の「対偶」をとれば、こういうことになります。「逢ひ見ての後こそ恋はまさりけれつれなき人を今は恨みじ」（後拾遺集・恋二・六七四）も同想です。

44
逢ふことのたえてしなくは、なかなかに、人をも身をも恨みざらまし。

中納言朝忠（あさただ）

拾遺集・恋一（天暦御時歌合に）

契りを結ぶということがまったくないならば、かえって人をも自分をも恨まないだろうに。

「天暦御時歌合に」ということで、例の、40番歌「忍ぶれど」、41番歌「恋すてふ」と同じ時（天徳四年の内裏歌合）の歌です。

「逢ふことの」の「の」は主格の格助詞で、「なくは」に係ります（「逢ふことの絶えて」ではありません）。「たえて」は副詞で、下に打消の語を伴って「まったく（…ない）」の意、「たえてし」の「し」は強意の副助詞です（「たえて□無くは」の□のところに「し」を挿入したもので、「しなく」（「しない」の連用形）ではありません。「しない」という語形は古典語にはありません）。

「…なくは…まし」というのは、男性が「もし私が女なら…」と仮定して述べるように、事実と異なることを仮定してその帰結を述べる表現で、「反実仮想」と呼ばれるものです（最近の現代語文法では「反事実条件文」などともいわれます）。「…ましかば（ませば）…まし」の形で、条件句と帰結句の双方に助動詞「まし」を置くのが標準型ですが、帰結句に「まし」があれば、仮定条件句には「まし」がなくても反実仮想表現となります。

(1) a　吹く風にあつらへつくるものならばこの一本（ひともと）はよきよと言はまし（古今集・春下・九九）

b　今日ここに見に来ざりせば梅の花ひとりや春の風に散らまし（金葉集・春・一九、経信）

(1)aは風によけて吹けとは言えないの意、bは要するに皆で集まって梅の花を見ているということです（bの「せば」の「せ」は、ふつう過去の助動詞「き」の未然形とされています。そうすべき確実な根拠もないのですが、「降りにせば」（万葉集・三二二四）、「我が行けりせば」（万葉集・一四九七）、「流れざりせば」（古今集・三〇二）のような承接例から、サ変動詞とみることはできませんし、少なくとも相互承接上、助動詞「ぬ」「り」「ず」に下接する助動詞であるということにはなります。また「…ましかば（ませば）…べし」というのも反実仮想の一つの句型です）。

掲出歌の反実の含意は、この歌をA「未逢恋（いまだあはざるこひ）」の歌ととれば、「世の中には「逢ふ」ということがあるから、つれない相手を恨んでいる」、B「逢不逢恋（あひてあはざるこひ）」の歌ととれば、「契りを結んだために、冷たくなった相手を恨んでいる」ということになります。『天暦御時歌合』で番えられた歌は、

(2)　君恋ふとかつは消えつつ経るものをかくても生ける身とや見るらん

という「未逢恋」を詠んだものであり、『拾遺集』の配列から考えてもAの歌であろうと思われますが、百人一首ではBと解するのが普通のようです。

「なくは」は形容詞「無し」の順接仮定条件を表す形です。動詞の順接仮定条件は、

(3)　春まで命あらば、必ず来む。（更級日記）

のように「未然形＋ば」で表しますが、**形容詞の順接仮定条件**は「―く＋は」の形で表します。この「は」は、上代の万葉仮名文献で「婆」のような濁音仮名が用いられた例がないこと、鎌倉時代の文書や室町時代の抄物に「なくわ」のような表記がみられること、室町末期の宣教師による日本語のローマ字表記で「naquua」のように「ua」で表記されることなどから、動詞の「未然形＋ば」と異なり、清音の「は」です。したがってこの「は」は係助詞「は」と考えられ、

(4)Ａ　形容詞の順接仮定条件は、動詞と異なり、「形容詞の連用形＋係助詞「は」」で表す。

と捉えられることになります。ところが、次のような例は、この「は」が接続助詞であることを示しています。

(5)　舟とむるをちかた人のなくはこそ明日帰り来む夫（せな）と待ち見め（源氏物語・薄雲）

なぜなら、「は」が係助詞なら「こそ＋は」の順になるはずだからです。「こそ」は係助詞「は」に対して前接して「こそ＋は」（つまり右例なら「なくこそは」）の形となり、接続助詞「ば」に対して後接して「ば＋こそ」の形になります。

(6)　来たりとも言はぬぞつらきあるものと思はばこそは身をも恨みめ（和泉式部続集）

したがって(5)の「なく＋は」の「は」は、接続助詞「ば」（の清音化したもの）と考えなければならないことになります（「抜いて」と「脱いで」はともに接続助詞「て」、「をば」（→38）の「ば」は係助詞「は」の濁音化したものとみるのですから、このような扱いもそれほど無理なものではないでしょう）。中古以降の強意の助詞「し」は条件句内にしか現れない（「しも」など他の助詞と複合したものは除く。単独の「し」の場合）ので、この歌の「たえてしなくは」という句型も「は」が接続助詞であることを示しています。すなわち(4)Ａは次のように改められることになります。

(4)Ｂ　形容詞の順接仮定条件は、「形容詞の未然形＋接続助詞「ば」の清音化した「は」」で表す。

しかし、一方で、形容詞の仮定条件を表す「―く＋は」の「く」は、

(7)　よろしうは起きさせ給へ。（落窪物語）

のようにウ音便化した例があって、この例は「―く」が連用形であることを示しています（形容詞のウ音便は連用形にしか起きません）。さて、困りました。このような次第で、形容詞の順接仮定条件は、(4)Ａの捉えかたと、(4)Ｂの捉えかたとが同時に成立して、そのどちらであるとも決定できないのです（なお、形容詞の活用表で、未然形の欄に「―く」を書くか否かは、一に、形容詞の順接仮定条件を、(4)Ａとみるか(4)Ｂとみるかにかかっています。形容詞の未然形の「―く」

は、形容詞の順接仮定条件を(4)Bのように捉えた場合以外の用法はありません)。なお次例のように、連用修飾の「―く」の後に係助詞「は」が挿入されることがあり、この場合の「―く」は当然に連用形です（これは仮定条件を表すものではありません）。

(8)a　はしたなくはもてなし給はぬ御気色を（源氏物語・葵）

b　人目にことことしくは、ことさらにしなし給はず。（源氏物語・宿木）

「なかなかに」は副詞（形容動詞「なかなかなり」の連用形とも）で、「かえって」の意で「恨みざらまし」に係ります。

(9)　いといたく面瘦せ給へれど、なかなかいみじくなまめかしくて（源氏物語・夕顔）

普通は「逢うことがない」ことを恨むだろうが、その予測に反して（＝かえって）「逢うことがない」ほうが恨みがないと言っているわけです。

なぜ反実仮想で表現するのか、その表現意図には大きく次の二つのものがあります（中西宇一『古代語文法論　助動詞篇』和泉書院）。A現実が不満で、その反対の事態への希求を表現するもの。B現実と異なる困った事態を仮想することで、現実への満足を表現するもの。

(10)a　はしきやし栄えし君のいましせば昨日も今日も我を召さましを（万葉集・四五四）

b　げにかう〔源氏ガ〕おはせざらましかば、いかに心細からまし。（源氏物語・若紫）

(10)aは「君」がいらっしゃらない現実が不満で、条件部分（「君のいます」）が希望として述べられています。一方のbは現実の満足を表現するために、あえてその現実と反対の事態を仮想しているわけです。掲出歌の場合は現実には不満なのでしょうが、その反対の事態を希求しているわけでもないので、もう一つの型ということになるでしょう。Cあり得ない状態を仮想して、その状態下でなければ解決できないと述べることで、現実の事態の困難さを表現するもの、とでも言ったら良いでしょうか。在原業平の「世の中にたえて桜のなかりせば春の心はのどけからまし」（古今集・春上・五三）もこのC型ですね。

「恨む」は現代語では「恨まない」のように五段活用ですが、古典語では上二段活用で、「恨みず」となります（四段活用が一般化するのは近世以降のことです）。

この歌の初句「逢ふことの」は音読すると「オーコトノ」です。したがって、カルタ取りにおいて第一声が「オー」と読み上げられる歌は、「大江山…」（60）と「おほけなく…」（95）とこの歌ということになります。

45　「あはれ」とも言ふべき人は思ほえで、身のいたづらになりぬべきかな。

謙徳公（藤原伊尹）

拾遺集・恋五（もの言ひ侍りける女の、後につれなく侍りて、さらに逢はず侍りければ）

「かわいそうだ」と言うはずの人（がいると）は思われないで、この身はきっとむなしく死んでしまうに違いないなあ。

「言ふべき人」の「べき」は助動詞「べし」の連体形（ここでは当然の意）、「思ほえで」は動詞「思ほゆ」（下二段、「自然に思われる」の意）の未然形に打消接続の接続助詞「で」が付いたものです。「『あはれ』とも言ふべき人」というのは、私（歌の作者）が他人に対して「あはれ」と言うのではなくて、「私のことを「あはれ」とも言ふべき人」ということです。ですから訳文の「『かわいそうだ』と言うはずの人」は、「『かわいそうだ』と言ってくれるはずの人」

とした方が分かりやすいかもしれません。例えば、

(1) しのぶべき人もなき身はあるをりに（＝生キテイル時ニ）あはれあはれと言ひやおかまし（後拾遺集・雑三・一〇〇八、和泉式部）

も「（死後に）私のことを偲んでくれるはずの人」の意です。もちろん、

(2) 行く末は我をもしのぶ人やあらむ昔を思ふ心ならひに（新古今集・雑下・一八四五、俊成）

のように言えば、はっきりしますけれども。

「あはれ」とも言ふべき人」には、次の二つの説があります。

A 世の中の人…「此いふべき人はおもほえでとは、公界（＝世間）の他人の事也」（宗祇抄）、幽斎抄。

B 相手の女…「此人は、思ふ人をさしていふなるべし」（米沢抄）。

これに応じて「思ほゆ」の内容も、

A あはれとも言ふべき人は［ありとも］思ほえで。

B あはれとも言ふべき人は［あはれと言ふべしとも］思ほえで。

の二説になるでしょうか。ここではAの解を取りましたが、もちろんこのように思ったのも相手の女が冷たくなったからで、

・大やうに世上の人を我をあはれといはん人なしといふやうにいひなして、下の心は、おもふ人ひとりをさしつめてうらむる心也。（色紙和歌）

・そなたより外にわれをあはれといふべき人はおぼえぬに、そなたさへ心のかはりたれば、世の中にてあはれといふべき人はおぼえずと、うらみなげきたる歌也。（雑談）

のようにも読めるところです。

「身の」の「の」は主格の格助詞、「なりぬべきかな」の「ぬべき」は、完了の助動詞「ぬ」に推定の助動詞「べし」が付いたもので、完了の助動詞「つ」「ぬ」が推定・推量の助動詞とともに用いられて——つまり「ぬべし」「つべし」「なむ」「てむ」などの形で——動作・状態が確実に起こる（存在する・完了する）ことを強く推測する意を表します。このような「ぬ」「つ」の用法を**確述**といい、「きっと…に違いない」などと訳します（↓63）。

(3)　これをかぐや姫聞きて、我は皇子に負けぬべしと、胸うちつぶれて思ひけり。（竹取物語）

右例は「私は皇子にきっと負けるに違いない」と訳されます。「ぬ」は「つ」と共起することはないのですが、「ぬべし」の場合は、

(4)　世の例にもなりぬべかりつる身を（源氏物語・藤裏葉）

のような例が存し、これは「ぬべし」が複合辞として成立している証拠といえます。

「いたづらになり」というのは、「徒には、此歌には死をいへり」（宇比麻奈備）ということですが、『異見』は「身のいたづらになるとは、すべてかひなき死をとぐるをいふ。只、死する事をいふとおもへるは、たがへり」と説明しています。

この歌について『三奥抄』は「心かはれる女にうらみたること葉なくしてよめる、感情浅からず」と言っています。「……定家も、この歌から『源氏物語』の柏木の心情を思いうかべていたかもしれない。」（島津忠夫『新版百人一首』角川ソフィア文庫）ともいわれます。また、恋歌を離れて、人生の述懐歌としても読める歌です（歌ではこういうこともあり得るもので、例えば俊頼の「数ならで世に住の江の澪標いつを待つともなき身なりけり」（新古今集・一七九二）は、堀河院艶書合で恋歌として詠まれたものですが、新古今集には雑下の巻に述懐歌として撰入されています）。

■本歌取り歌

・哀れとも言ふべき人は先立ちて残る我が身ぞありてかひなき（新拾遺集・哀傷・八六二）

（「かわいそうだ」と言うはずの人は先に亡くなって、残るこの身は生きていても甲斐がない。）

46

由良(ゆら)のとを渡る舟人楫(かぢ)を絶え、行方(ゆくへ)も知らぬ恋の道かな。

曾禰好忠(そねのよしただ)

新古今集・恋一（題知らず）

由良の瀬戸を渡る舟人が櫂(かい)を失い、行き先が分からないように、行く末の分からない恋の道よ。

「由良のと」は記紀歌謡以来、紀伊国、紀淡海峡の由良が有名ですが、作者が丹後掾(たんごのじょう)であったことから、この歌では丹後国の由良（京都府宮津市）であるともいわれます。

Ａ　紀伊…「由良は紀国也」（天理本聞書）、「由良渡は紀伊国なり」（幽斎抄）、「ゆらの戸丹後にもあれども、これは紀州」（師説抄）

Ｂ　丹後…「きの国に由良ある事勿論なれど、曽丹集を見るに、丹後掾にてうづもれ居たることを述懐してよめる歌おほければ、此由良は丹後の由良にて、……」（改観抄）

どちらにせよこの歌の解釈には無意味な詮索ですが、あえて言うなら、詠歌史上の地名であるところの「由良」を歌ったもの、すなわちＡと解すべきではないでしょうか。実景として詠っているのではないでしょう。「と」は古注には「戸と云は海の道の筋を云。則舟路也」（経厚抄）のような説明も見えますが、現在では、「と」は「門(と)」で、水流の出入りする所（水門(みと)、瀬戸(せと)）の意と解されています。狭くなって流れが速いので、危険なわけです（「此所は常ならぬ難渡也」米沢抄、「由良とは難儀のわたり也」天理本聞書、「此所はなみあらき所なるべし」幽斎抄）。

「ゆら」という語音について、

・ことにゆらの門をいふは、波にゆらる、舟のやすからぬといはんとてなり。（三奥抄）

・（由良がどこかというよりも―引用者注）大切なのはむしろユラという音ではないか。ゆらゆらと揺れる気分が恋の不安定感に通じ、…（高橋睦郎『百人一首』中公新書）

・「由良の戸」でなければならなかったのは、上述の頭韻のためでもあり、ユラという音調が、ユラユラ揺れ動いて定まらぬ〝かぢ〟無し舟の心もとなさのムードにぴったりだったからであろう。（橋本武『解説百人一首』ちくま学芸文庫）

のような読解がみられますが、このような読みかたが十世紀後半の作品に適用できるかは慎重である必要があるでしょう。古代語で「ゆら」といえばまず「玉や鈴が触れ合って鳴る音」、そして「気持ちがゆったりとしているさま」「髪が豊かであるさま」を表すものです。『万葉集』などにみる「…もゆらに」というのは、じゃらじゃらと音を立てるということですし、

(1)　女の尻（しり）に立ちて、ゆらゆらとこの蛇（くちなは）の行けば（宇治拾遺物語・四―五）

というのも、ゆったりとしたさまを表したもので、掲出歌の「ゆら」に不安感を読むのは無理であろうと思います。古典語の動詞「揺らぐ」は「玉や鈴などが触れあって音を立てる」（『日本国語大辞典［第二版］』）の意で「ぐらつく」の意はなく、動詞「揺（ゆ）る」も「揺れる」の意は中古に存しないようです。上代・中古で「揺れる」「不安定に動揺する」の意は、動詞「あゆく」「たゆたふ」で表しました（なお、「ゆた」というのは「のんびりする」の意で、上代の「ゆたにたゆたに」（万葉集・一三五二）はその意味で用いられていますが、「たゆた（に）」の所に「たゆたふ」が感じられて、やがて「ゆたのたゆたに」（古今集・五〇八など）は心の動揺を表すものとして用いられるようになりました）。

「由良のとを」の「を」は通過点を表す格助詞（現代語の「道を歩く」などの「を」です）、「舟人φ」は無助詞名詞で主格です。「楫を絶え」は、「絶え」が自動詞なのに（他動詞形は「絶やす」です）「…を」句を取っていますが、古代語では、自動詞と考えられる語形が「…を」句をとることがあるのです。

(2) わびぬれば身をうき草の根を絶えて誘ふ水あらばいなんとぞ思ふ（古今集・雑下・九三八、小町）

(3) a いざ寝よと手を携(たづさ)はり［手乎多豆佐波里］（万葉集・九〇四）

b 女郎花多かる野辺に宿りせばあやなくあだの名をや立ちなむ（古今集・秋上・二二九）

c 暁の鴫の羽がきに目をさめてかくらむ数を思ひこそやれ（赤染衛門集）

d 道(だう)をなり（＝仏道ヲ成就シ）、また三悪道を離れむこと疑ふべからず。（今昔物語集・四—一九）

e 多くの年を積もれり。この故に鬢髪(びんはつ)長きなり。（今昔物語集・四—二九）

f からくして命を助かりて、越中の国に着き侍りぬ。（撰集抄・七—一四）

次例も現代語では「大口をあけて」というでしょう。

(4) 虎、大口をあきて踊りて、男(をのこ)の上にかかるを（宇治拾遺物語・一二—一九）

これを「楫緒絶え」と読む説もあるのですが、少なくとも「…を＋自動詞」という句型は成立します。次例は「楫緒」という名詞が存在する証拠です。

(5) 契りこそ行方も知らね由良の門や渡る楫緒のまたも結ばで（夫木和歌抄、為家）

「を」を間投助詞とみる説もありますが、文中に間投助詞の「を」が現れるのは命令・希求・願望・意志の文に限られるので、従いにくいように思います。

「楫を絶え」は——こう読むならば——、「かぢうしなへる舟のごとく」（天理本聞書）、「かぢをとりうしなひたらんずる舟人は」（色紙和歌）、「楫(カジ)を失(ウシナ)ひたらん舟は」（宇比麻奈備）ということで、「楫を捨て舟に任するよし也」（経厚抄）、「楫を折たる意なるべし」（異見）ではないでしょう（後者の意ならそれこそ他動詞で「楫を絶やし」とあるべきところです。右注の「捨て」「折たる」は前者の意味で言っているとも考えられますが）。上句は、「行方も知らぬ」を導く有心の序詞になっています。自らの意志で行方を制御することができない状態をいっているわけです。「楫」は船を漕ぐ櫓（ろ）や櫂（かい）のことで、楫を使って船を進ませる（＝漕ぐ）わけですが、楫を使うことを「楫をトル」（万葉集・三九六一）、「楫をヒク」（万葉集・一二二二）などと言います。「かぢ」「かい」ともに上代からありますが、『時代別国語大辞典上代編』には「カヂ・カイ両語の間の意味の違いは未詳。」とあります（「かい」は上代では単独母音が語中にある珍しい語です）。「か」が「舟を動かす具」の意の語根で、「水夫（かこ）」というのも「楫（か）＋子（こ）」でしょう。

第五句「恋の道」は恋の進展を道に喩えた表現で、「道」は「渡る」「行方」との縁語です。同想の先行歌に、次のようなものがあります。

(6)　白波の寄する磯間を漕ぐ舟の楫取りあへぬ恋もするかな（後撰集・恋二・六七〇、大伴黒主）

最後に、歌の主題の提示のしかたについて。歌の主題はどこで分かるかということですが、「我が恋は…」のように初めから提示されているものもありますが、掲出歌や右の(6)のような歌は、結句に至って突然主題が提示されるという構造で、私が「本旨待機」と呼んでいるものです。この型の例をいくつかあげてみましょう。サプライズド・エンディングぶりをご確認ください。

(7) a　日を寒み氷もとけぬ池水や上はつれなく深き我が恋（順集・正保版本）

b　葦垣にひまなくかかる蜘蛛のいのものむつかしくしげる我が恋（金葉集・恋下・四四六、経信）

c　風吹けばたぢろく宿の板蔀（いたじとみ）破れにけりな忍ぶ心は（散木奇歌集）

d　百千鳥（ももちどり）声の限りは鳴きふりぬまだおとづれぬものは君のみ（恵慶集）

e　嵐吹く峰の紅葉の日に添へてもろくなりゆく我が涙かな（新古今集・雑下・一八〇三、俊成）

f　たらちねの親の飼ふ蚕の繭ごもりいぶせくもあるか妹に逢はずして〈拾遺集・恋四・八九五〉

g　鳥屋返り我が手馴らししはし鷹の来ると聞こゆる鈴虫の声〈後拾遺集・秋上・二六七、詞書「鈴虫の声を聞きて詠める」〉〈第四句までは「鈴」の序〉

■本歌取り歌

・梶を絶え由良の湊に寄る舟の便りも知らぬ沖つ潮風〈新古今集・恋一・一〇七三、良経〉
〔櫂を失い、由良の湊に寄ろうとする舟が沖の潮風に吹かれて術を失っているように、〈私もあの人に〉近寄る術がない。〕

・由良のとを夜渡る月に誘はれて行方も知らず出づる舟人〈続後拾遺集・秋下・三三四、源家長〉
〔由良の瀬戸を、夜空を渡る月に誘われて、行方も知らず漕ぎ出す舟人よ。〕

・梶を絶え行末も知らず由良のとを渡る舟路の春の霞に〈草根集〉
〔櫂を失い行方も分からない。由良の瀬戸を渡る舟が春の霞の中で。〕

47

恵慶法師

八重葎茂れる宿のさびしきに、人こそ見えね、秋は来にけり。

拾遺集・秋〈河原院にて「荒れたる宿に秋来」といふ心を人々詠み侍りけるに〉

幾重もの葎が茂っている家で、さびしい家に、人は見えないが、秋は来てしまったのだった。

「八重葎」は無助詞名詞で主格、「茂れる」の「る」は存続の助動詞「り」の連体形です。『能因歌枕』には「やへむぐらとは、あれたる所にはひかゝれるをいふ」とあります。「宿のさびしき」は**同格構文**です。同格構文というのは「名詞＋の＋準体言△」の句型で、準体言の下（△）に助詞「の」の上にある名詞と同じ語が想定される句型をいいます。すなわち「宿のさびしき」は「宿のさびしき［宿］」と考えられ、「宿デさびしい宿」と解釈します。

(1)　女君のいと美しげなる、生まれ給へり。（源氏物語・橋姫）

は、「女君で、たいそうかわいらしい様子の女君が、生まれなさった。」です。「さびしき［宿］に」の「に」は場所を示す格助詞で、「秋は来にけり」の場所を示しています。

「人こそ見えね」の「ね」は打消の助動詞「ず」の已然形です。この「人こそ見えね」は挿入句で、このような文中の「こそ…已然形」は一般に逆接の句を作ります（↓41）。

(2)a　春の夜の闇はあやなし梅の花色こそ見えね香やはかくるる（古今集・春上・四一、躬恒）

b　かの高安に来て見れば、［女ハ］はじめこそ心にくもつくりけれ、今はうちとけて手づから飯匙（いひがひ）とりて笥子（けこ）のうつはものに盛りけるを見て（伊勢物語・二三）

c　かの須磨は、昔こそ人の住み処（すみか）などもありけれ、今はいと里離（さとばな）れ心すごくて、海人（あま）の家だにまれに、など聞き給へど（源氏物語・須磨）

したがって、掲出歌は次のような構造であるということができます。

(3)　［八重葎しげれる宿のさびしき［宿］］に、（人こそ見えね）秋は来にけり。

「人こそ見えね」というのは、わざわざ「見えね」と表現することによって、いないはずの「人」が一度呼び出されて、それが打ち消されるという効果があります。定家の次の歌では、花や紅葉が一瞬、浦の夕暮れに現出して、それが打ち消されています。

（4）見わたせば花も紅葉もなかりけり浦の苫屋の秋の夕暮れ（新古今集・秋上・三六三）
このような手法を「**修辞否定**」といいます（野内良三『日本語修辞辞典』国書刊行会）。

次例のように、似た内容でも、「春」となると、またずいぶん趣が違って感じられます。
（5）訪ふ人もなき宿なれど来る春は八重葎にもさはらざりけり（新勅撰集・春上・八、貫之）
掲出歌は、廃屋・廃園の風景に美を見ているのか否か曖昧ですが、やがて良暹法師（70番歌の作者）の、
（6）板間より月の洩るをも見つるかな宿は荒らして住むべかりけり（詞花集・雑上・二九四）
のような〝隠者の美意識〟が開拓されてゆきます。

■本歌取り歌

・煙絶えものさびしかる庵には人こそ見えね冬は来にけり（好忠集）
〔煙が絶えもの寂しい庵には、人は見えないが、冬がきてしまったのだった。〕
・八重葎茂れる宿に吹く風を昔の人の来るかとぞ思ふ（好忠集）
〔八重葎が茂っている家に吹く風（の気配）を、昔なじみの人が来るのかと思う。〕＊恵慶、曾禰好忠ともに生没年未詳ながら、両者は親交のあった同時代の歌人です。

48　風をいたみ、岩うつ波のおのれのみ砕けてものを思ふころかな。　源重之

詞花集・恋上（冷泉院、春宮と申しける時、百首歌奉りけるに詠める）

風が激しいので、岩をうつ波が自分だけ砕け散るように、私だけ（心が）砕けてもの思いをするこのごろよ。

「風をいたみ」の「…を…み」は「…が…なので」の意を表す語法で（→1）、「砕けて」に係ります。「岩φ」は無助詞名詞で目的格、「波の」の「の」は主格の格助詞です。「砕けて」の「砕け」は動詞「砕く」（下二段）の連用形で、自動詞です。他動詞の「砕く」は四段活用です。ここは「砕きて」ではないので、自動詞で解釈する必要があります。

次にあげるように、毀損を表す動詞には、自動詞が下二段、他動詞が四段というものが多くあります。

欠く・切る・砕く・裂（さ）く・萎（しを）る・解く・抜く・濡る・剝（は）ぐ・拉（ひし）ぐ・乱る・焼く・破（やぶ）る・割る・折る

第一句、第二句が「おのれのみ砕けて」を導く序詞になっています。有心の序で、「心は、うごかぬ岩ほを人の心によそへ、くだけやすきなみを我身になずらへていへる也。序歌には侍れど、是は心ことに侍にや。尤おもしろくこそ」（宗祇抄）、「風のつよきをもつて恋の切なることになずらへたり」（三奥抄）、「微動だにしない「岩」と、砕け散る「波」の関係が、おのずと相手と自分の絶望的な関係を示している」（鈴木日出男『百人一首』ちくま文庫）という通りでしょう。

「おのれのみ」の「のみ」は限定を表す副助詞で、自分だけ砕けて、岩（恋の相手）は砕けないの意を表します。「風をいたみ岩うつなみのおのれのみ」という脚韻が響きますが、おそらく偶然だろうと思います。脚韻——というよりも「語末同音語の故意の重出」というべきでしょうが——と思われる作例をあげておきます。

(1) a　恋しき|に憂き|もつらき|も忘られて心なき|身になりにけるかな（長秋詠草）

b　悪しき|だになき|はわりなき|世の中によき|（＝斧）を取られて我いかにせん（宇治拾遺物語）

c　筑波山|端（は）山（やま）|繁山（しげやま）|しげけれど思ひ入るにはさはらざりけり（新古今集・恋一・一〇一三、源重之）

d　山里は葦垣|まがき|（＝籬）岩垣|もただ一むらの葛の下風（雪玉集）

それから、

(2) ほのぼのと、をちの外山に、来鳴くなくなり、しばし語らへ、ねぐら定めて（竹園抄）

のように句末と次の句頭とが同韻（同じ母音）であるものを「五音連声」といいますが、百人一首歌には(2)のような例はなく、第三句〜第四句（み〜く）以外が同韻の掲出歌が最多の連声数になっています。

■本歌取り歌

・おのれのみ砕けて落つる岩波も秋吹く風に声変はるなり（拾遺愚草員外）

〔自分だけ砕けて落ちる岩波も、秋に吹く風のために波音が（寂しい音に）変わるようだ。〕

49　御垣守衛士の焚く火の、夜は燃え昼は消えつつ、物をこそ思へ。

大中臣能宣

詞花集・恋上（題知らず）

御垣守（宮中の諸門を警護する人）である衛士が焚く篝火が、夜は燃え昼は消えるように、（私の恋の炎も）夜は燃え昼は消え（るようにし）て物思いをしているよ。

「御垣守φ」は無助詞名詞で、次例と同様、下の「衛士」と同格で、「御垣守デアル衛士」ということです。

(1) 女君の御乳母子φ、侍従とてはやりかなる若人、［女君ノ態度ヲ］いと心もとなうかたはらいたしと思ひて（源氏物語・末摘花）

「衛士の」の「の」、「焚く火の」の「の」はともに主格の格助詞です。「焚く火が『夜は燃え、昼は消えつつ』であるように、『夜は燃え、昼は消えつつ』物をこそ思へ」ということで、前の48番歌と同様の構成になっています。

(2) a　風をいたみ岩うつ波のおのれのみ砕けてものを思ふころかな

b　御垣守衛士の焚く火の夜は燃え昼は消えつつ物をこそ思へ

「つつ」は、『宇比麻奈備』が「よるはもえつゝ、昼は消つゝ、といふべきを、下につゝ、といひて、上へもかよはする」と指摘する通り、上の「夜は燃え」にも係ります。「昼は消えつつ」については、古注には次のような二説がみえます。

A　昼は意気消沈している…「昼は心の消わたりて悲きと云よし也」（経厚抄）、「昼は魂のきえ入るやうに打しめりて物をおもふ也」（新抄）、「ひるは生る心ちもなきやうに覚るをいふ」（三奥抄）、宇比麻奈備、異見。

B　昼は人目を忍んでいる…「ひるは消とは、思を休たる様也。……人めをつゝみ思ひけちたる心、なをくるしさまさるべくや」（宗祇抄）、「わが人めをよくる故にひるは火の消るやうなれども」（幽斎抄）、雑談。

この歌の趣旨は恋の心を昼夜対照したもので、次のような類歌があります。

(3) a　音にのみきくの白露夜はおきて昼は思ひにあへず消ぬべし（古今集・恋一・四七〇、素性法師）

b　うらみてもしほのひる間はなぐさめつ袂に浪のよるいかにせん（続後撰集・恋三・八三九、深養父）

c　いかにして夜の心をなぐさめむ昼はながめにさても暮らしつ（千載集・恋四・八四〇、和泉式部）

歌末の「思へ」は、「こそ」の結びの已然形です（命令形ではありません）。

■本歌取り歌

・御垣守衛士の焚く火はよそなれど問へかし人の燃ゆる思ひを（後鳥羽院御集）

〔御垣守である衛士が焚く篝火は（私とは）関係ないけれど、尋ねてくれよ。私の燃える思い（の火）を。〕

50 君がため惜しからざりし命さへ、「長くもがな」と思ひけるかな。

藤原義孝（よしたか）

あなたゆえに惜しくなかった命までも、「長くあればなあ」と思ったよ。

後拾遺集・恋二（女のもとより帰りてつかはしける）

この歌は、「君がため」はどこに係るのかというのが最大の問題でしょう。(1)「君がため→惜しからざりし」、(2)「君がため→長くもがな」、(3)「君がため→思ひけるかな」の三箇所が考えられます。しかし、(2)(3)を採ると、「惜しからざりし命」の句が説明もないまま登場することになり、なぜ命が惜しくないのか分からないことになります（「惜しからざりし」は、「惜しから（形容詞「惜し」の未然形）＋ざり（打消の助動詞「ず」の連用形）＋し（過去の助動詞「き」の連体形）」です）。やはり「［君がため惜しからざりし］命」という名詞句とみるべきでしょう。

「惜しからざりし命」は、古注では次の三説がみえます。

A　逢えるなら命は惜しくない…「一度の逢事もあらば、命にもかへんとおもひしを」（宗祇抄）、「あひ見る事にかへば、いのちも惜まじと思しを」（米沢抄）、「あはぬさきは命にもかへて一度あはばやと思しが」（天理本聞書）、三奥抄、改観抄、宇比麻奈備。

B　相手がつれなくて（逢えないくらいなら）死んだ方がましだ…「君がつれなかりし故、生がひもなしとおもひしに」（新抄）、「人にあはずして物を思はむよりは、とくして命もたえよかし、と思ひけるに」（古注）。

C　恋人のためなら命など惜しくない……「君が為ならんには、露をしからじとのみ思ひなしつる命さへ、一たびあかぬ契につれて、千年もがなとまでおもひなりぬるといへり。……こは、只その人ゆゑは命もをしからぬをいふにて、逢事にかへん、かへざるのうへにかゝれる歌にはあらず」（異見）。

Aの気持ちを詠んだ歌に、

(1) a　思ふには忍ぶることぞ負けにける逢ふにし代へばさもあらばあれ（新古今集・恋三・一一五一、業平）

b　命やは何ぞは露のあだものを逢ふにし代へば惜しからなくに（古今集・恋二・六一五、友則）

Bの気持ちを詠んだ歌に、

(2)　ひたぶるに死なば何かはさもあらばあれ生きてかひなきもの思ふ身は（拾遺集・恋五・九三四）

のような例があります。「ため」は、Aは目的、Bは原因、Cは利益ということになりましょうか。15番歌の初句「君がため」の「ため」は利益の意でした。さて、A説では、「君がため」を「君に逢うためなら」と解釈するわけですが、これは無理があろうと思います。現代語で考えても、(3)のように、「君に逢ふがため」を「君がため」とは出来ましょうが、(4)のように、「君がためならば」を「君がため」とはしにくいだろうと思います。

(3) a　留学に行くために、貯金する。

b　留学のために、貯金する。

(4) a　留学に行くためなら、お金は惜しくはない。

b　留学のためなら、お金は惜しくはない。

c　?留学のために、お金は惜しくはない。

また、Cの意なら「君がためには」などとありたく、結局Bのように解するのが最も穏やかなように思います。「あなたゆえに恋死にしてもかまわないと思っていた命」というような意味で、「あなたゆえに惜しくなかった命」と訳しました。

「命さへ」の「さへ」は添加の副助詞で「…までも」の意、二人の仲はもちろん、この惜しくなかった命までも長くあってほしい、ということでしょうか。「長くもがな」の「もがな」は事物・状態の存在を希求する意を表す終助詞です（↓25）。

掲出歌が詠う思いは誰もが抱く感情なので、同想の歌もみられるところです。

(5) a　昨日まで逢ふにし代へばと思ひしを今日は命の惜しくもあるかな（新古今集・恋三・一一五二、頼忠）

b　逢ふまでは身をもかへむと思ひしを今は命の惜しくもあるかな（檜垣嫗集）

第五句の「思ひけるかな」は、『後拾遺集』や『百人秀歌』では「思ひぬるかな」に、また作者の家集である『義孝集』では「思ほゆるかな」になっています。作者「藤原義孝」はふつう「よしたか」と読まれていますが、『袋草紙』の「諸集人名不審」には「藤義孝（ノリタカ）」とあります（新日本古典文学大系、三六四頁）。

■本歌取り歌

・君がため命をさへも惜しまずはさらにつらさを嘆かざらまし（拾遺愚草）

〔あなたのために命までも惜しまずに死んだならば、もう恋のつらさを嘆かなかっただろうに（実際は、命を惜しんでいるので、恋のつらさを嘆いている）。〕

・逢へばまづ惜しからざりし命より長くもがなと思ふ夜半かな（逍遥集）

〔逢うと真っ先に、惜しくもなかった命よりも、「長くあればなあ」と思う夜半よ。〕＊「夜が長くあってほしい」と転じたところが秀逸です。

51 「かく」とだにえやはいぶきのさしも草、さしも知らじな。燃ゆる思ひを。

藤原実方（さねかた）

せめて「このように」とだけでも言うことができるか（いや言えない）。（だから、あなたは）それほどとも知らないだろうね。伊吹山のさしも草のように燃える思いを。

後拾遺集・恋一（女にはじめてつかはしける）

「かく」というのは指示副詞で「このように」「こんなに」の意です。古典語における指示代名詞がコ・ソ・カ（ア）の三系列であるのに対し（ただし上代はコ（直示）とソ（非直示）の二系列です）、指示副詞はカ系統とサ系統の二系列であることが特徴的で（→8）、カク系統は直示と文脈指示を、サ系統は文脈指示・観念指示・曖昧指示を表します（岡﨑友子（2002）「指示副詞の歴史的変化について」『国語学』53―3）。ここの「かく」は直示（現場指示）でしょう。「…とだに」の「と」は引用の格助詞、「だに」は「せめて…だけでも」の意の副助詞です。

「えやは」の「え」は、不可能を表す「え…ず」というときの「え」（可能を表す副詞）で、これに反語を表す係助詞「やは」が付いて、「えやは…肯定形」の形で「…できようか、いやできない」の意を表します。

(1)　色ならば移るばかりも染めてまし思ふ心をえやは見せける（＝見セルコトガデキルカ、イヤデキナイ）（後撰集・恋二・六三一、貫之）

「いぶき」は、「言ふ」と「伊吹」の掛詞です。上からは「えやは言ふ」、下には「伊吹のさしも草」と続く「連鎖・

複線叙述型」の掛詞（↓9）で、次のような構造になっています。

(2) かくとだにえやはいふきのさしも草さしも知らじな燃ゆる思ひを

「…とだけでも言うことができようか」のような訳をよく見ますが、「えやは言はむ」ではないので、そのようには訳せません。「えやは言ふ」について、古注では次の二説があります。

A 一言も言えない…「思事を心に籠ていはねば」（経厚抄）、宗祇抄、雑談、「こは、いまだ一言もいひ出ぬにて、いひ尽さゞるをいふにはあらず」（異見）。

B 言い尽くせない…「限をいわんと思へども、さしむかへばかくともえやはいはぬと也」（師説抄）、「詞はかぎり有物にて思ふ心のかぎりなければ、かくとだにもえいひやらぬ也」（三奥抄）、「から文に、言（コト）不（ズ）レ尽（ツクサ）意（ヰ）てふが如し」（宇比麻奈備）。

また、「伊吹」について、例によって（↓34・46）所在地の詮索があります。

A 下野国（経厚抄、天理本聞書、師説抄、三奥抄、峯のかけはし、異見）

B 近江国（米沢抄小書、後陽成抄、雑談）。

「さしも」の「さ」は指示副詞で「燃ゆる」を指す文脈指示です。いわゆる後方照応で、「燃ゆるとしも知らじな」ということです。後方照応の文脈指示の「さ」の例をあげておきます。

(3) a いかでさすらむ、［男達ガ］穂をうち敷きて、並みをるもをかし。（枕草子・二一〇）

b 我ならぬ人もさ（＝「あはれは長月の有明の月にしかじ」ト）ぞ見む長月の有明の月にしかじあはれは（続後撰集・秋下・四四六、和泉式部）

ただし第五句は倒置ですから、正順「燃ゆる思ひを、さしも知らじな。」に戻せば「さ」は前方照応ということになります。「しも」は強意の副助詞「し」（↓16）に係助詞「も」が付いたもの、「知らじな」の「じ」は打消推量の助動詞、「な」は詠嘆の終助詞（→9）です。

「燃ゆる思ひ」という表現は、「思ひ」の「ひ」に「火」を掛けたものだといわれます。

(4)a　あやしくも我が深山木の燃ゆるかな思ひは人につけてしものを（詞花集・恋上・一八七、忠通）

　b　ものをのみ思ひの家を出でてこそのどかに法の声も聞こゆれ（続後拾遺集・釈教・一二七五、和泉式部）〈「火の家＝火宅」〉

(4)では「ひ」が掛詞になっていることが明確です。ただ、——例えば「嘆き」の「き」に「木」を掛ける慣用などとは異なり——「燃ゆる思い」というのは、「思い」と表記する現代人にも分かりやすい表現です。レイコフ&ジョンソンは、従来文章技法としてのみ考えられていた隠喩（メタファー）が、実は我々の「概念の認知」そのものの根幹をなしていることを発見し、これを「概念メタファー（conceptual metaphor）」と呼びました（一九八〇年。邦訳『レトリックと人生』大修館書店、一九八六年）。例えば、我々は、

(5)a　勇気が〈あふれる／湧く／*漏れる／*溜まる／*滲む〉。

　b　不満が〈??あふれる／*湧く／漏れる／溜まる／滲む〉。

のように表現します。これは我々が認知の根幹で、「勇気は上向きの水、不満は下向きの水」と捉えているのだ、と考えたわけです。「恋の炎、恋心に火が付く、恋しい気持ちが冷める、恋心が再燃する」などの表現から、現代人は「恋心は火」だと捉えているだろうと思います。古代人の心性はわかりませんが、次の歌をあげておきます。

(6)　思ひには大空さへや燃えわたる朝立つ雲を煙にはして（新撰万葉集）

詞書の「女にはじめてつかはしける」というのは、その女性に対するアプローチの最初ということで、作者の生まれて初めての経験という意味ではありません。作者の家集『実方集』には、掲出歌のほか、類似した次の歌も見えます。

(7)　恋しともえやはいぶきのさしも草よそに燃ゆれど甲斐なかりけり

■本歌取り歌

・今日もまたかくやいぶきのさしも草さらば我のみ燃えやわたらむ（新古今集・恋一・一〇一二、和泉式部）

〔今日もまたこのように（冷淡に）言うのか。それならば伊吹山のさしも草のように、私だけ（恋の炎で）燃え続けるのだろうか。〕＊和泉式部には大同の「人もまたかくやいぶきのさしも草と思ふ思ひの身はこがしけり」（和泉式部続集）という歌もあります。

・知られじな霞の下にこがれつつ君にいぶきのさしもしのぶと（拾遺愚草）

〔知られないだろうな。霞の下で恋いこがれ続けて、あなたに、伊吹山のさしも草ではないが、さしも（このように）忍んでいると。〕

・逢ふことはいつといぶきの峰に生ふるさしも絶えせぬ思ひなりけり（新古今集・恋二・一一三一）

〔逢うことはいつという（のか）。伊吹山の峰に生えているさしも草のように、絶えることのない（恋の）思いの火なのだった。〕

・さしも草さしももゆてふ春にあひてえやはいぶきの山の白雪（為家集）

〔さしも草が燃えるように、このように萌える（芽ぐむ）という春に会って、何も言えない伊吹山の白雪よ。〕

52　「明けぬれば暮るるものとは知りながら、なほ恨めしき朝ぼらけかな。

藤原道信(みちのぶ)朝臣

後拾遺集・恋二（女のもとより雪降り侍りける日帰りてつかはしける）

「（夜が）明けてしまうと、（また、日が）暮れるものだ」とは分かっていながらも、やはり恨めしく思われる夜明け方よ。

「明けぬれば」の「ぬれば」は、助動詞「ぬ」の已然形に接続助詞「ば」の付いたもので、恒常条件（「…すると（いつも）…」の意）を表します。「暮るるもの」の「暮るる」は動詞「暮る」（下二段）の連体形、「もの」は「と」の上での断定辞の非表示（↓8）で、「暮るるもの［なり］」とは知りながら」のように読みます。

(1) 心がへするものにもが（＝アノ人ト心ノ取リ替エガ出来タラナア）片恋(かたこひ)は苦しきもの、と人に知らせむ（古今集・恋一・五四〇）

現代語で「…ものだ」「…ことだ」を比べてみると、次のようです。

(2) a　学生は勉強する{ものだ／*ことだ}。（一般的な当為・本性）
b　君、こういう時にはすぐ謝る{ものだ／*ことだ}。（一般的な当為）
c　とにかく今は一生懸命勉強する{*ものだ。／ことだ}。（個別的な当為）
d　あの頃、ここで{よく／*一度}喧嘩をしたものだ。（過去の習慣／過去の一回的経験）

古代語の詳細は未詳ですが、ここでの「…もの［なり］」も(1)aのような「一般的本性」として表現されています。

なお、糸井通浩（1981）「基本認識語彙と文体」（『国語語彙史の研究』2）は、次例(3)のような古典文の「…ものなり／ことなり／わざなり／さまなり」で終わる文を、それぞれ「モノ認識」「コト認識」「ワザ認識」「サマ認識」としてその認識の様相を論じています。

(3) a　女は心高くつかふべきものなり。（源氏物語・須磨）…モノ認識

b　この容貌（かたち）のよそへは、人腹だちぬべきことなり。（源氏物語・玉鬘）…コト認識

c　かやうに面痩（おもやせ）て見え奉り給はむも、なかなかあはれなるべきわざなり。（源氏物語・若菜上）…ワザ認識

d　三昧堂（さんまいだう）近くて、鐘の声、松風に響きあひてもの悲しう、岩に生ひたる松の根ざしも心ばへあるさまなり。（源氏物語・明石）…サマ認識

作者の家集『道信集』には「明けぬれば帰るものとは知りながら」となっていて、これが初案なのかもしれませんが、これでは詩的情趣が感じられません。

「知りながら」の「ながら」は接続助詞で、ここでは逆接を表します。

(4) a　年を経て消えぬ思ひはありながら夜の袂（たもと）はなほ氷りけり（古今集・恋二・五九六、友則）

b　もとの品高く生れながら身は沈み（源氏物語・帚木）

「なほ」は「それでもやはり」の意の副詞。「朝ぼらけ」については、『日本国語大辞典［第二版］』（「あさぼらけ」の「語誌」）に次のようにあります。

「あけぼの」が、平安時代には散文語で、中世には和歌にも用いられるようになるが、「枕草子―一・春はあけぼの」以降春との結びつきが多いのに対し、「あさぼらけ」は主に和歌に用いられ、挙例の「古今―冬・三三二」のように秋冬と結びつくことが多い。「あさぼらけ」の方が「あけぼの」よりやや明るいと見る説もあるが判然

としない。（傍線、引用者）

「朝ぼらけ」は百人一首中に三首あって、31番歌は「古今集・冬」、64番歌は「千載集・冬」、そしてこの歌も恋二の歌ですが、詞書に「雪降り侍りける日」とあります。

歌意は、「あけてはくるゝならひなれば、又夕暮をまちてもあふべけれども、たゞ今の別に、朝ぼらけはつらしといふ也」（古注）の通りです。

■本歌取り歌

・明けぬれば暮るるはやすくしぐるれどなほ恨めしき神無月かな（壬二集）

〔（夜が）明けてしまうと（日は）暮れやすく、時雨が降るけれど、やはり恨めしく思われる十月よ。〕

・いかにせむただそのままの朝ぼらけ暮るるものとも誰頼みけん（壬二集）

〔どうしよう。ただそのままの（恋人と逢えないままの）朝ぼらけ（になった）。（夜が明けてしまうと、日が）暮れるものだとも、誰が頼みにしたのだろう。〕

・咲きぬればかつ散る花と知りながらなほ恨めしき春の山風（続後撰集・春下・一三〇）

〔「咲いてしまうと、一方で散る花だ」と分かっていながらも、やはり恨めしく思われる春の山風よ。〕

53

「嘆きつつひとり寝（ぬ）る夜の明くる間（ま）は、いかに久しきものとかは知る。

右近大将道綱母（みちつなのはは）

拾遺集・恋四（入道摂政（＝兼家）まかりたりけるに、門（かど）を遅く開けければ）

「嘆き嘆きしながら一人で寝る夜が明けるまでの間は、どれほど長いもの」と（あなたは）知っているか（いや、知らないだろう）。

「嘆きつつ」の「つつ」は反復・継続を表す接続助詞、「ひとり」はここでは副詞的に用いて「ひとりで」の意で、ともに「寝る」に係ります。「寝る」は動詞「寝（ぬ）」（下二段）の連体形で「ぬる」（「ねる」ではありません）、「夜の」の「の」は主格の格助詞、「かは」は反語です。

出典である拾遺集の詞書に「門を遅く開けければ」とある所、作者の著した『蜻蛉日記』では「暁がたに門をたたく時あり。さなめり（＝兼家ガ来タヨウダ）と思ふに、憂くて、開けさせねば、［兼家ハ］例の家とおぼしき所にものしたり。」と、結局最後まで門を開けなかったと記しています。このことについて、『異見』は、「蜻蛉日記に……つひに明ずしてかへしまゐらせて……書るは、ひが事也。……此おそく明るはとあるにも、明て入奉し事いちじるし。つひに明ざるを、遅く明るといふべけんや」と言っていますが、これは『異見』の方が誤りです。古典語で「遅く開く」というのは「開けない」という意味を表します。次例をご覧ください。

(1) 夜明けぬれば、介、朝（つとめて）遅く起きたれば、郎等粥を食はせむとてその由を告げに寄りて見れば、［介ハ］血肉（ちじし）にて死にて臥したり。（今昔物語集・二五―四）

(1)の傍線部を「（介が、朝）遅く起きた」と読むと、下の波線部に「介は血まみれになって死んでいた」とあることと噛み合いません。介は既に死んでいたのですから、介は朝起きることはできなかったはずです。すなわち古典文における「**遅く…**」は、「遅く…した」のではなく、「その時間になっても…しない」という意味を表すのです（岡崎正継（1973）「「御導師遅く参りければ」の解釈をめぐって」『今泉博士古稀記念国語学論叢』桜楓社）。次例の傍線部の「遅く…」は、いずれも波線部で「…しない」の意であることが分かります。

(2) a　大納言の遅く参り給ひければ、使を以て遅き由を関白殿より度々遣はしけるに（今昔物語集・二四―二三）

b　遅く内裏(うち)にも参らせたまふとて、御使(つかひ)しきりなり。（栄花物語・八）

c　鶯の遅く鳴くとて詠める

つれづれと暮らしわづらふ春の日になど鶯のおとづれもせぬ（風雅集・春上・一七、道命法師）

d　菊の花をかしき所ありとて去(い)ぬる人の、遅う帰るに言ひやる

きくにだに心はうつる花の色を見に行く人は帰りしもせじ（赤染衛門集）

e　この児(ちご)の遊びに出でて往(い)ぬるが、遅く帰りければ、あやしと思ひて出でて見れば、足形(あしかた)、後ろの方(かた)から、踏みて行きたるにそひて、大きなる犬の足形ありて、それよりこの児の足形見えず。山ざまに行きたるを見て、「これは虎の食ひて行きけるなめり」と思ふに、せん方(かた)なく悲しくて（宇治拾遺物語・一二―二〇）

「この詞書によれば、女は男を待たせることは待たせたが、門を開けることは開けた。……『拾遺集』の編者は以上の背景（引用者注、『蜻蛉日記』の記述のこと）を知った上で、詞書を創作して情のこわい女を可愛い女に改変している。」（高橋睦郎『百人一首』中公新書）というのも、拾遺集の詞書の「遅く…」を誤読しています。

同じような状況を和泉式部は次のように歌っています。

(3) a　やすらひに槇(まき)の戸をこそ鎖(さ)さざらめいかであけつる冬の夜ならん（和泉式部集）

b　長しとてあけずやはあらん秋の夜は待てかし槇(まき)の戸ばかりをだに（後拾遺集・雑二・九六七）

aは待つ夜の恨みで、戸を鎖していなければ開くのは自然なのに「いかで」というところが絶妙です。bは詞書に「門遅く開くとて、帰りにける人のもとにつかはしける」とあります。

■本歌取り歌

・秋の田の庵(いほ)守る夜半の明くる間はいかに露けき月とかは知る（影供歌合、弁内侍）

〔秋の田の庵を見張っている夜が明ける間は、どれほど露が深く、どれほど長く月が出ているか知らないだろう。〕

54 「忘れじ」の行く末までは難(かた)ければ、今日を限りの命ともがな。

儀同三司母(ぎどうさんしのはは)(高階貴子)

新古今集・恋三(中関白(=道隆)通ひ初(そ)め侍りけるころ)

「忘れないようにしよう」との(あなたのことばの)将来までは(頼みにすることが)難しいので、今日を最後とする命であってほしいなあ。

「忘れじ」(「じ」は打消意志の意)というのは相手の言葉を引用したものです。引用されたことばが文の構成要素として収まると、名詞的な振る舞いを強いられます。これを「引用実詞」といいます。

(1) a 「忘れじ」の言の葉いかになりにけむ頼めし暮れは秋風ぞ吹く(新古今集・恋四・一三〇三、宜秋門院丹後)

b 「さはりあれば。のち必ず」のなぐさめよ幾度(いくたび)聞きて幾夜待つらむ(風雅集・恋二・一〇六九、為子)

c 「かばかりも[私ヲ]思ひけるよ」のあはれより我も心を許し立ちぬる(風雅集・恋三・一一六二)

d 何によりさして教へしほどなりや「惑ふ」は(=アナタガ「惑ふ」トイウノハ)いづち行かまほしきぞ(敦忠集)〈「…惑ひぬるかな」トアル歌ヘノ返歌〉

e 山里に訪ひ来る人の言草(ことぐさ)は「この住まひこそうらやましけれ」(新古今集・雑中・一六七一、慈円)

「「忘れじ」の行く末」というのは、このように、引用されたことばを名詞として用いたものです。「ともがな」の「もがな」は事物・状態の存在を希求する意を表す終助詞です（↓25）。「ともがな」の上には名詞句が置かれるので、

⑵　うたたねのこの世の夢のはかなきに覚めぬやがての命ともがな（後拾遺集・哀傷・五六四、実方、詞書「子におくれて侍りける頃、夢に見て詠み侍る」）

掲出歌は、Bではなくて、Aのように読みます。

A　「「今日を限り」の命」ともがな

B　「今日」を、「限りの命」ともがな

そして「今日を限り」というのは、これが一つのまとまりで、格助詞「を」の力で、「今日を限り（トスル）」の意味が含まれます（↓75）。「今日を限り」という言いかたには、次のような例もあります。

⑶　ひとへに思ひやりなき女房などは、今日を限りに思し捨てつるふるさとと思ひ屈んじて（源氏物語・葵）

次のような句型も、恐らくBではなくて、Aの型で読むのではないかと思います。

⑷a　あり経るも憂き世なりけり長からぬ人の心を命ともがな（金葉集・補遺歌・六九〇、相模）

b　風吹けば藻塩の煙かたよりになびくを人の心ともがな（詞花集・恋上・二二八）

「と」は諸注の（私が見た限り）すべてで「格助詞」としていますが、

⑸a　君がため惜しからざりし命さへ長くもがなと思ひけるかな。（↓50）

b　暮れにだに、心静かにもがな。（うつほ物語・国譲中）

のように「もがな」の上には活用語の連用形が現れますから、「と」は断定の助動詞「たり」の連用形とみた方がよいように思います。「…を…名詞＋断定辞」の句型があることは、次のような例からも知られます。

⑹　ながらへばさりともとこそ思ひつれ今日を我が身のかぎりなりける（小侍従集）

もちろん「もがな」は格助詞にも付きますが、

(7)a　ここにこそ、今宵の物には、不死薬をもがなと思へ。（うつほ物語・楼の上下）

b　男も女も、いかでとく京へもがなと思ふ心あれば（土佐日記）

ここの「ともがな」の「と」は格助詞「と」の用法には合わないように思います。次例の「に」も、「梶柄（＝楫ノ握リ）でありたい」の意ですから、断定「なり」の連用形とみるべきでしょう。

(8)　たまきはる命に向かひ恋ひむゆは（＝恋スルヨリハ）君がみ舟の梶柄にもが（万葉集・一四五五）

また、次例でも「の」は主語ですから、「と」は断定辞ということになりましょう。

(9)　むばたまの夜半のけしきはさもあらばあれ人の心の春日ともがな（後拾遺集〈新編国歌大観本〉・恋二・六八四）

〈人の心が春の日（のように長く）あってほしいなあ〉

ついでに「もがな」の副助詞（a）、接続助詞（bc）への接続例をあげておきます。

(10)a　よき月日逢ふよしあれば別れ路の惜しかる君は明日さへもがな（赤人集）

b　梅の花しましは咲かず含みてもがも（万葉集・一八七一）

c　心なき秋の月夜のもの思ふと眠も寝られぬに照りつつもがな（古今和歌六帖）

「今日を限りの命ともがな」というのは、「行末まではかはらぬやうにてあれかし、といふ心、此内に籠れる也」（鈔聞書）ということでしょうし、「まことに死なばやと思ひ入しには非ず。かへりて、うれしきあまりを打出たりとはいふべし」（異見）、「歓喜に溢れた」（『秦恒平の百人一首』平凡社）のようにも読まれています。

■本歌取り歌

・忘れじの行く末かはる今日までもあれば逢ふ世をなほ頼みつつ（壬二集）

〔「忘れないようにしよう」と誓った将来が（その約束と）変わっている今でも、生きていれば逢える（その

日をやはり頼みにし続けている。〕

・忘れじの行く末かたき世の中に六十路なれぬる袖の月影（新勅撰集・雑一・一〇八七、源家長）

〔「忘れないようにしよう」との将来は（頼みにすることが）難しい世の中で、六十年慣れてしまった袖の（涙に映る）月光よ。〕

55

滝の音は絶えて久しくなりぬれど、名こそ流れてなほ聞こえけれ。

大納言公任（きんたふ）

拾遺集・雑上（大覚寺に人々あまたまかりけるに、古き滝を詠み侍りける、初句「滝の糸は」）。千載集・雑上（嵯峨の大覚寺にまかりて、これかれ歌詠み侍りけるに詠み侍りける、初句「滝の音は」）。

滝の音は絶えて久しくなってしまったが、評判は（世に）流れて、今でも聞こえていることだ。

二つの勅撰集に重出する歌で、拾遺集（の多くの諸本）では初句は「滝の糸は」になっています。「糸とさへ見えて流るる滝なれば」（貫之集）、「流れ寄る滝の糸こそ弱からし」（同）など、滝（の流れ落ちる水）を糸と表現するのは常套的なもので、「滝の糸」というのは、「波の花」などと同様の言いかたです。『異見』は、「拾遺に、初句を、滝の糸は、とあるは、あやまり也。此あやまりをいたみて、わざと再び千載集には入られたるにや」といい、『宇比麻奈備』では、「拾遺に、滝の糸とあるは、絶ての言にはよしあれど、一首の様おと、ぞあるべき」と言っています。両集の詞書にいう大覚寺でのことは、藤原行成『権記』長保元年（九九九）九月十二日の条にみえ、その「金吾（＝公任）

詠云、滝音能（たきのおとの）、絶弖久（たえてひさしく）成奴礼東（なりぬれど）、名社流弖（なこそながれて）、猶聞計礼（なほきこえけれ）」によれば、初句は「滝の音の」だったということになります。

「滝」は上代では「急流」の意で（「タギ」とギが濁音だったかともいわれます）、現在の「滝（＝瀑布）」のことは「垂水（たるみ）」といったのですが、中古以降は現在の滝（崖から垂直に落ちる水）を表すようになります。『日葡辞書』には「taqi　大量の水がそこから落下する絶壁のような所。」（邦訳による）とあります。

「なりぬれど」の「ぬれ」は完了の助動詞「ぬ」の已然形、「ど」は逆接の接続助詞です。「名こそ流れて」は「評判が世に流伝して」の意で、「滝」の縁語になっています。

(1)　卯の花の咲かぬ垣根はなけれども名に流れたる玉川の里（金葉集・夏・一〇一、忠通）

「たきのおとはたえて」もそうですが、「…なりぬれどなこそながれてなほきこえけれ」には「な」の頭韻が——まるで水が流れるかのように——響きます。頭韻には、

(2)a　あかでのみ経（ふ）ればなりけりあはぬ夜もあふ夜も人をあはれとぞ思ふ（新勅撰集・恋三・八二二、醍醐天皇）

b　わすれなばわれもわするるわざもがなわが心さへつらくもあるかな（赤染衛門集）

c　八千代経むやどににほへるやへ桜八十氏（やそうぢ）びとも散らでこそ見れ（高陽院七番歌合）〈判詞（経信）で「句のかみごとに、や文字や多からん」と言われています〉

d　あれわたるあきの庭こそあはれなれまして消えなむ露の夕暮れ（新古今集・雑上・一五六一、俊成）

のようなものがありますが（恐らく右の例は故意でしょう）、掲出歌のように、下の句の「◎○○◎○○○　◎○○○○○○」の◎の部分を同音にすると、非常にリズミカルに響きます（(3)bは二文字「おも」の頭韻例、cは全句頭が「こ」の頭韻ですが下の句にこのリズムが置かれています）。

(3)a　来ても見よ同じみ空の月なれどあきはあかしのありあけの月（拾玉集）

b　あらたまの年の幾年(いくとせ)暮れぬらんおもふおもひのおもがはりせで（拾遺愚草）

c　この山に木(こ)の実もりはむ木(こ)の葉猿(ざる)こずゑこづたふこゑ聞こゆなり（為忠家初度百首）

歌に人生訓を読み込むのは古注の特徴ですが、古注の多くはこの歌を「人はたゞなのとまる道を思ふべきの心も侍るにや」（宗祇抄）のように読んでいます。『師説抄』によると、「嵯峨の西方寺の庭に此滝を移したる也。此名こそながれての歌より、此滝を名こそのたきといまにいふなり」とのことです。同時代に同じ滝を見ての赤染衛門の詠、後の西行の詠があります。

(4) a　大覚寺の滝殿を見て

あせにける今だにかかり滝つ瀬のはやく来てこそ見るべかりけれ（赤染衛門集）

b　大覚寺の滝殿の石ども閑院に移されて、跡もなくなりたりと聞きて、見にまかりたりけるに、赤染が、今だにかかりと詠みけん思ひ出でられて、あはれに覚えければ

今だにもかかりといひし滝つ瀬のその折までは昔なりけん（山家集）

■本歌取り歌

・み吉野の山より落ちし滝の糸の絶えて久しく氷るころかな（兼好法師集）

〔吉野山から流れ落ちていた滝の糸が流れなくなって、長らく氷るころだよ。〕

・今宵なほ名こそ流れて滝の糸の絶えぬ光も月にそひけり（雪玉集）

〔今夜やはり評判は（世に）流れて、滝の糸の絶えぬ光も月光とともにあるのだった。〕＊二首とも「滝の糸」で本歌取りしています。

56 あらざらむこの世のほかの思ひ出に、今ひとたびの逢ふよしもがな。

和泉式部

生きてはいないあの世での思い出として、もう一度（あなたに）逢う方法があればなあ。

後拾遺集・恋三（心地例ならず侍りける頃、人のもとに遣はしける、末句「逢事もがな」）

「…のほか」というのは、「…ではない物（所・事）」という意味です。

(1)a　さもこそは都のほか（＝都デハナイ所）に宿りせめうたて露けき草枕かな（後拾遺集・羇旅・五三〇）

b　山陰や岩もる清水音さえて夏のほかなる（＝モウ夏デハナイ（ト思ワレル））ひぐらしの声（千載集・夏・二一〇、慈円）

したがって、「この世のほか」というのは「この世ではない世」、すなわち「あの世」ということで、「あらざらむこの世のほか」は「連接剰語」です（↓1）。

(2)　なほ残れ明けゆく空の雪の色この世のほかの後のながめに（拾遺愚草、良経）

「されば、よろづに見ざらん世までを思ひ掟てんこそ、はかなかるべけれ」（徒然草・二五）というのも「死んだ後の世」のことです。「む」は推量とも婉曲ともいわれますが、単に未実現の事態であることを表示したもので、現代語では時の助動詞を付けない動詞のハダカの形がこれに相当します。例えば、

(3)a　もう、「検査を受けつる人」はこちらに、これから、「検査を受けむ人」はあちらに

というのは、現代語で、

(3)b　もう検査を受けた人はこちらに、これから検査を受ける人はあちらに

となるでしょう。古典語の「受けむ」が現代語では「受ける」に対応するわけで、「む」が訳せないのではなく、対応する現代語がゼロ形式なので、現代語に訳すと無形になるのです。ただし、掲出歌の「む」は終止形として、初句切れとも考えられます。その場合は推量の意を添えて訳されます（「ざらむ」は「じ」と異なり、打消意志を表すことは出来ないので、この「む」を意志に取ることはできません）。

「思ひ出に」の「に」は格助詞で、ここでは「…として」の意と考えられます。次のような例があります。

(4)a　右近は、何の人数（ひとかず）ならねど、なほその（＝夕顔ノ）形見と見給ひて、らうたきものに思したれば、古人（ふるひと）の数に仕うまつり馴れたり。（源氏物語・玉鬘）

b　亀山院の御位のころ、傅（めのと）にて侍りし者、六位に（＝六位蔵人トシテ）参りて（とはずがたり）

c　過ぎてゆく秋の形見にさを鹿のおのが鳴く音もをしくやあるらむ（新古今集・秋下・四五二、長家）

d　朽ちもせぬその名ばかりを留め置きて枯野のすすき形見にぞ見る（山家集）〈「形見とぞ見る」新古今集・哀傷・七九三〉

「もがな」は事物・状態の存在を希求する意を表す終助詞です（↓25）。詞書の「心地例ならず」というのは、「我身の消べき心ち」（宗祇抄）ということでしょうが、『龍吟明訣抄』は「これは、わが娘の煩ひたる時、何とぞ本復もせよかしと母の心にてなげき入たる也。但し夫保昌にしたがひ丹後国へ下り居、むすめは都にゐて煩ひたる由、かくよみて上せたるよし正説なり」としています。

いよいよ和泉式部が登場し、次の歌は紫式部です。石田吉貞『百人一首評解』（有精堂）は、この歌の所で、次のように述べています。

さてここから、撰者が特に注意して並べたものかどうか知らないが、平安朝の花ともいうべき女流歌人のオンパレードがはじまる。和泉式部・紫式部・大弐三位・赤染衛門・小式部内侍・伊勢大輔・清少納言、これだけの豪華な顔ぶれを並べて、われわれは、道長時代の荘厳華麗さをしのぶことができるのであるが、どうやら、少々贅沢すぎる気さえする。

57 「めぐりあひて見しやそれ」ともわかぬ間(ま)に、雲隠れにし夜半(よは)の月かな。

紫式部

新古今集・雑上（はやくより童(わらは)友達に侍りける人の、年ごろ経て行き会ひたる、ほのかにて、七月十日ごろ、月に競(きほ)ひて帰り侍りければ）

「めぐりあって見たのは月だったのか」とも分からない間に、雲間に隠れてしまった夜の月よ。

この歌は、「と」の受ける内容はどこまでかという点で、次の二つの読みかたが考えられます。

A 「めぐりあひて見しやそれ？」とも分かぬ間に、雲隠れにし夜半の月かな。

B めぐりあひて、「見しやそれ？」とも分かぬ間に、雲隠れにし夜半の月かな。

とはいえ、AとBとで最終的な歌意に大きな差はないようです。Aでは「めぐりあひて」の「て」が同時、Bでは継起を表すくらいでしょうか。Bのように読む場合、「て」は、(1)のように、逆接の意も含んで「雲隠れにし」に係ることになります。

(1)　阿闍梨などにもなるべき者にこそあなれ。行ひの労(らう)は積もりて、公(おほやけ)に知(し)ろしめされざりけること。（源氏物語・若紫）

今は、線状的に解釈されるAを取りました。

「めぐりあひて」というのは、表面上は「月に」です。「見しやそれ」の「し」は過去の助動詞「き」の連体形で、準体言として「見たモノ」の意、「や」は疑問の係助詞、「それ」は「月」を指す文脈指示で、「と」の上での断定辞の非表示（↓8）で、全体として「見し〔モノ〕や、それ（＝月）〔ナリシ〕？」という、過去の事態を問う疑問文ということになります。

「わかぬ」の「わか」は動詞「分く」（四段）の未然形、「ぬ」は打消の助動詞「ず」の連体形、「雲隠れにし」の「にし」は14番歌に出ました。

詞書によれば、この歌での「月」は「友達」の比喩（隠喩）で、「雲隠れにし」というのは友達が帰ってしまったことを指します。『色紙和歌』は「月を見るとてはやくたちかへりしかば」と言っていますが、これは、詞書の「月に競ひて（＝月ト競争スルカノヨウニ）」を誤読したものでしょう。「競ふ」は「競争する、張り合う」の意で、その対象を「に」格に取ります。

(2)　雁がねは風に競ひて過ぐれども我が待つ人のことづてもなし（新古今集・五〇〇）

十日余りの月は夜の一〇時～一一時頃には沈んでしまいます。

「見しやそれともわかぬ間に」というのは、単に「短時間で」ということの誇張表現でしょうが（「その人やらんとさだかにもわかぬ程にかへりければ」経厚抄、「すこし計の対面ときくべし。その人ともみわかぬなどときくはあしきなり」雑談）、「見わすれておもてがわりすれば、それかあらぬかといふ心也」（師説抄）、「見しやそれともといふ中に、面がはりしてねびまさりたらん匂ひも、おのづから聞えて、いとめゝしうなつかしき歌也」（異見）のような読みかたもあるようです。「夜半」は『能因歌枕』に「よひをば、さよといふ。よなかをば、よはといふ。」とあります。第五句の「夜半の月かな」は、『新古今和歌集』や『紫式部集』では「夜半の月影」になっています。

掲出歌は全体が隠喩で出来ていて（万葉集のいわゆる「譬喩歌（ひゆか）」ですね）、詞書がなければ月が友達の隠喩であることは分からないわけですが、詞書がなくても月が人の隠喩であることは読めるでしょう。例えば次例でも、これが秋部にあろうと恋部にあろうと（実際は「恋四」所収です）、この「月」には当然「ほのかに見た人（の面影）」を読み取る必要があります。

(3) 天の川川辺の霧の中分けてほのかに見えし月の恋しさ（新千載集・恋四・一五一六、平兼盛）

次例なども同様です。

(4) 越えぬまは吉野の山の桜花人づてにのみ聞きわたるかな（古今集・恋二・五八八、貫之）

■本歌取り歌

・めぐり来（こ）し月に問はばや去年（こぞ）の今日雲隠れにし人の行方（ゆくへ）を（鈴屋集）

〔めぐって来た月に尋ねたい。去年の今日いなくなってしまった人の行方を。〕

58 有馬山、猪（ゐ）名（な）の笹原、風吹けば、いで、そよ、人を忘れやはする。

大弐三位（だいにのさんみ）

後拾遺集・恋二（かれがれなる男の「おぼつかなく」など言ひたりけるに詠める）

有馬山、猪名の笹原は、風が吹くと「そよ」と音を立てる、（その音の通り）そうよあなたを忘れはしない。

自分が足遠になったくせに、女の愛情を疑って来たので、言い返した歌です。「あるいは男は疑うポーズを取っているのにすぎないのだろうか。」（久保田淳「百人一首を味わう」『百人一首必携』別冊国文学17）とも言われますが。

上の句は「いで、そよ」に係る序詞ですから、「風吹けば、人を忘れやはする」という構文ではありません。「風吹けば」の係り先は「いで、そよ（と音を立てる）」の部分で、擬声語の下の述語が表示されていないのです。序詞なのでこのような係りかたもあるのですが、もともと擬声語はそれだけで述語になり得ます。現代語の、

(1)　寒いから、こたつで、ごろごろ。

のように（古典語では「内はほらほら、外はすぶすぶ」（古事記）のような例があります）。「いで」は感動詞、「そよ」は風の音の擬声語（「《サヤの母音交替形》葉などが動いてかすかに立てる音」『岩波古語辞典［補訂版］』）。これをもとに動詞「そよぐ」（→98）が作られます）と応答の感動詞（以下「応答詞」と呼びます）「そよ」との掛詞です。応答詞「そよ」は、

(2)　思ふこと籠めては苦し花薄穂に出でて言はむそよと答へよ（万代集）

のように、同意・肯定の気持ちの時に発する語です。第五句の「やは」は反語で（→51）、「私はあなたを忘れはしない」の意です。したがって、掲出歌は、

(3)　そうですよ、あなたを忘れません。

と言っているわけです。ここで、分かりにくいのは、詞書の「おぼつかなく」に対して(3)のように表現されていることで、現代人にとっては「いいえ、あなたを忘れません。」のように言いたいところです。これには、次のようなことも考えられるでしょうか。古典語の否定疑問文に対する応答詞が、現代日本語のように相手の質問に対する同意・不同意によって決定される（「来なかったか？」に対して、「はい、来ない。」「いいえ、来た。」と答える）のか、英語のよ

うに答えが肯定文であるか否定文であるかによって決定されるのかは不明なのですが（古典語では反語と解釈されない否定疑問文の例がたいへん見出だしにくいためです）、すくなくとも近世では、後者（英語式）であったようなのです（岡村芳江（1961）「否定問ひかけに対する応答間投詞」『未定稿』9、中村幸弘（2006）「否定疑問文と、その応答詞」『国学院大学大学院紀要　文学研究科』37）。

(4) a 「ここへ廿四五な男は参りませぬか」といへば、「アイ、来ました」（咄本『無事志有意』一七九八年刊）

b 「土産(みやげ)はなきか」と問へば、「いや、ござらぬ」といふ。（咄本『鹿の巻筆』一六八六年刊）

現代語では(4)aは「いいえ、来ました」、bは「はい、ありません」と答えるところでしょう。この歌の「忘れやはする」は反語で、意味上は否定なのですが、表層上の文の形は肯定文なので、相手に対する同意・不同意に関わらず、肯定文「忘れやはする」に連動して応答詞「そよ」が選択されているのかもしれません。

和歌における擬声語「そよ」には、次の二つの使われかたがあります。A「音信」「来訪」（または、それがないこと）の喩、B風の、人間の気持ちに対する同意。(5)は風が、(6)は風の音としての「そよ」が音信・来訪を意味するものとして用いられています。(7)は風の音「そよ」を、作者の気持ちに対して風がそうですよと同意してくれていると聞きなすものです。

(5) a 荻の葉に人頼め(だの)なる風の音を我が身にしめてあかしつるかな（後拾遺集・秋上・三二一）

b 風の音をそれかと待ちし夕暮れもげにいつまでの庭の荻原（竹風和歌抄）

c 宮城野のもとあらの小萩露を重み風を待つごと君をこそ待て（古今集・恋四・六九四）

(6) a いつしかと待ちし甲斐なく秋風にそよ（＝来訪シテ良イヨ）とばかりも荻の音せぬ（後拾遺集・雑二・九四九、源道済、詞書「秋を待てと言ひたる女に遣はしける」）

b 世の常の秋風ならば荻の葉にそよ（＝行クヨ）とばかりの音はしてまし（新古今集・恋三・一二一二、詞書

「三条院、皇子の宮と申しける時、久しく問はせ給はざりければ」）

c　宵々に分け来し人は音もせでそよと聞ゆる荻の上風（南宮歌合）

(7) a　風吹けばまがきのほかの荻なれど我が思ふことはそよと言ふなり（為忠家初度百首）

b　来もあへずそよとぞ荻のこたふなる同じ心に風や吹くらむ（久安百首）

c　ひとりしていかにせましとわびつればそよとも前の荻ぞ答ふる（大和物語・一四八）

恋と風は、額田王の「君待つと我が恋ひをれば我が宿の簾動かし秋の風吹く」（万葉集・四八八）以来の伝統といえます。

掲出歌の「そよ」も、上の句から続く擬声語としてはBの用法で、作者の下の句の気持ちに風が同意する音を立てているということでしょう。それに作者の応答詞「そよ」を掛けて下に続けたわけです。

「有馬山φ」は無助詞名詞で、広く場所を提示したもの、「猪名の笹原φ」もまた無助詞名詞で狭く場所を提示したものとみられます。言われるように（田中順二・久保田淳など）、詞書にある「男」に関係のある地名なのでしょう。「猪名に否（いな）を掛けて」（安東次男『百首通見』ちくま学芸文庫）、「「有馬山猪名の」とすることで、「有り」と「否」とを効かせ」（高橋睦郎『百人一首』中公新書）のような解は、ア行の「い」（否）とワ行のヰ（猪名）とが別音であった作者（作者は九九九年頃の生まれ）には無理な解です。

「風φ」は無助詞名詞で主格です。上句について、これを無心の序とするものと、有心の序とするものと説が分かれるのですが、私は風の音を作者への同意と聞きなしたものと考えるので、Bを採りたいと思います。

A　無心の序…「たゞそよといはむため計の序也」（宗祇抄）、宇比麻奈備、「上句は、只そよといはん序のみ。……畢竟、さやうそうかと同心する意を風の音によせたるのみ」（異見）。

B　有心の序…(1)「さゝ原に風の吹たえぬごとく君をばわするまじきよしなり」（米沢抄）、後陽成抄。(2)「風がそよとふくも、君が来りたまふあしおとのやうにおぼゆれば、更にわすれぬものをといふ心也」（師説抄）。(3)「有馬山をおとこによせ、いなのさゝ、生をわが身になずらへて、おとこの物いひおこせたるを風のふくにたとへたり」（三奥抄）。

「下の句も何のふかき心もなく、忘やはする、忘れぬといひたるまでにて、いでそよ、の詞も、さのみ用たらぬ歌のやうにおもひ候へば、秀歌といふべき事とはおもはれ侍らず」（雑談）のような酷評がある一方で、「茫々たる情景の想いの中にその人を忘れかねている寂寞（じゃくまく）たるつぶやきのあわれを聞くべきであろう」（阿部俊子「鑑賞」『１００人で鑑賞する百人一首』銀の鈴社）、「此百首ノ中ニ女メキタル歌ノ最上也」（『百人一首芝釈』碧沖洞叢書85）という評もあります。

■本歌取り歌

・もろともに猪名の笹原道絶えてただ吹く風の音に聞けとや（拾遺愚草）

〔一緒にいた猪名の笹原の道がなくなるように、あの人の訪れが絶えて、ただ猪名の笹原を吹く風のように風の噂で聞けというのか。〕＊「ゐな」の「ゐ」に「ゐる」を掛けています。

・有馬山夕越え来れば旅衣袖に露散る猪名の笹原（続後拾遺集・羇旅・五六二）

〔有馬山を夕方越えて来ると旅衣の袖に（風が吹いて）露が散る（そして、心細さで涙が落ちる）猪名の笹原よ。〕＊本歌の「風」を「袖に露散る」で表しています。

・有馬山猪名の柴屋に月漏ればいでゆゑもなく袖ぞ濡れける（林葉和歌集、詞書「有馬にまかりて塩湯浴（あ）み侍りしに、月明かりし夜」）

〔有馬山、猪名の柴屋に月光が漏れてくるので、有馬の出で湯ではないが、さあ訳もなく涙で袖が濡れることだ。〕＊歌の出来はともかく、本歌の「いで」の使い方が面白いのであげました。

59 やすらはで寝なましものを、小夜更けて傾くまでの月を見しかな。

赤染衛門

後拾遺集・恋二（中の関白（＝道隆）、少将に侍りける時、はらからなる人（＝作者ノ姉妹）にもの言ひわたり侍りけり。頼めて（＝訪問ヲ当テニサセテ）来ざりけるつとめて、女（＝はらからなる人）に代はりて詠める）

（来ないと分かっていたら）ためらわずに寝てしまっただろうに、夜が更けて西に傾くまで月を見ていたことよ。

「やすらはで」の「やすらは」は動詞「やすらふ」（四段）の未然形で「ためらう」「躊躇する」の意（古語にも「ためらふ」という語がありますが、古語の「ためらふ」は「気持ちを鎮める」という意味です）、「で」は打消接続の接続助詞で、全体で「ためらわないで」。「やすらふ」というのはまた、月の縁語でもあります（「やすらはで、の初句は、かたぶきたる月の縁也」異見）。「寝なましものを」の「寝」は動詞「寝」（下二段）の連用形、「な」は完了の助動詞「ぬ」の未然形、「まし」は反実仮想の助動詞で（→44）、第一句・第二句は、

⑴　［来ずと知らましかば］やすらはで寝なましものを

のような条件句（角括弧の部分）が省略された形です。

「小夜」は『能因歌枕』に「よひをば、さよといふ。よなかをば、よはといふ。」とあります。「傾くまでの」の「まで」は限度を示す副助詞で、「の」は連体格の格助詞です。副助詞には格助詞に前接するものと後接するものとがあって、副助詞「ばかり」「まで」は格助詞に対して前接します。「傾くまでの月を見る」という連体修飾は、「傾くまで

月を見る」という連用修飾と同意です。次例の傍線部は「あたり思はず月を眺めん」ということです。

(2) 播磨潟灘（なだ）のみ沖に漕ぎ出でてあたり思はぬ月を眺めん（山家集）

類例をあげます。

(3) a 昔、男、人知れぬもの思ひけり。（伊勢物語・五七）＝人知レズ

b おぼえぬ山がつになりて、四方（よも）の海の深き心を見しに（源氏物語・絵合）＝オボエズ

c 行ひせし法師の、いささかなる世に恨みをとどめて漂ひ歩きしほどに（源氏物語・手習）＝イササカ

d あやしくにはかなる猫の時めくかな。（源氏物語・若菜下）＝ニハカニ

e よしなき命を亡ぼすなり。（今昔物語集・二七―三四）＝ヨシナク

歌の解釈に異説はありません。「待とはいはで月をみてやすらひ居たるさま、あはれに情ふかし」（雑談）、「只月に託（コセ）て末をいへるに味ひ有」（宇比麻奈備）などと評されています。『三奥抄』は、「有明の月をまち出づる哉とよめるに相似たる也」と言っています（↓21）。なお、「この歌と全く同じものが、『馬内侍集』に「こよひかならずこむとてこぬ人のもとに」という詞書で収められていること、そして『古来風躰抄』の『後拾遺集』秀歌例でも、俊成はこの作者を馬内侍と記していること」（久保田淳「百人一首を味わう」『百人一首必携』別冊国文学17）が問題視されています。

■本歌取り歌

・やすらはで寝なまし月に我なれて心づからの露のあけぼの（拾遺愚草員外）

（ためらわずに寝てしまったらよかった（のに寝ないで見てしまった）月に私は馴れて、自らの意志で（寝ずに）露深い曙（を見ている）。）

・誰故か傾くまでの月影に寝なまし人の衣打つらむ（続千載集・秋下・五五五）

（誰のために、西に傾くまでの月の光の中で、（ためらわずに）寝てしまったらよい人が（寝ずに）衣を打って

いるのだろう。」

60　大江山、生野の道の遠ければ、まだふみも見ず、天の橋立。

小式部内侍（こしきぶのないし）

金葉集・雑上（和泉式部、保昌（やすまさ）に具して丹後国に侍りけるころ、都に歌合のありけるに、小式部内侍歌よみにとられて侍りけるを、中納言定頼局（つぼね）のかたにまうで来て、「歌はいかがせさせ給ふ、丹後へ人は遣はしてけんや、使ひまうで来ずや、いかに心もとなく思すらん」など、たはぶれて立ちけるを引きとどめて詠める）

大江山を越えて行き、生野の道が遠いので、まだ踏んで見ていない、天の橋立を（まだ母からの文（ふみ）も見ていない）。

「大江山ヲ行く―いくの」の部分が連鎖の掛詞、「まだ踏みも見ず」と「まだ文も見ず」が重義の掛詞（↓9）になっています。『宗祇抄』に、「大江山いく野、みなはしだての道すがらの名所なり」とあります。「道の」の「の」は主格の格助詞、「遠ければ」は形容詞「遠し」の已然形に接続助詞「ば」が付いたもので確定条件（「遠いので」の意）を表します。「踏みも見ず」の「見る」は、現代語の試行を表す「…てみる」のような補助動詞ではなく、独立動詞として「（天の橋立を）見る」の意で用いられたものでしょう。「うち出でて見れば」（4）、「漕ぎ出でて見れば」（76）も同様です。「天の橋立」は無助詞名詞で、倒置として述語「ふみも見ず」に対する目的格です。「天の橋立」というのは地名ですけれども、「橋立」というのは本来「立っている橋」ということで、天と地の通路をいいました。裏の意味である「まだ文も見ず」は、文字通り「母からの手紙を見ていません」という意味でしょうが（「ふみも見ぬとは行ず也」天理本聞書、「遠きさかひなれば、母のかの国に下りし後いまだ文のかよひさへなし」三奥抄）、「まだ」というあたり、『異見』が言うように、「そうですよ、歌を教わろうと使いを出したのに、使いが帰って来ないので困っています」と冗談で返したものかもしれません（「道の遠ければ、其つかはしける使もやすくはえかへりまうでこねば、いまださる文をも見侍らずといへり。……戯れを戯れのま、にうけ流したるがおかしき也」異見）。また、「詠進歌のことから離れて、母親のところへ行ってみたいな、と裏に心をこめているところが初々しい。機知即妙なだけの歌でもなさそうである。」（安東次男『百首通見』ちくま学芸文庫）という評もあります。

出典の詞書にある「歌合」というのは、記録が見当たらないようです。作者をからかった中納言定頼は64番歌の作者です。

■本歌取り歌

・ふみも見ぬ生野のよそに帰る雁霞む波間のまつと伝へよ（拾遺愚草）

〔踏んでもみず、そこからの手紙も見ない生野の遠い所に帰る雁よ、波間に霞んでいる（天の橋立の）松ではないが、手紙を待っていると（生野の人に）伝えてくれ。〕

・大江山生野の道もまだ見ねばただ恋ひわたる天の橋立（雅有集）

〔大江山、生野の道もまだ見ないので、ただ恋い慕い続ける天の橋立よ。〕

61

いにしへの奈良の都の八重桜、今日九重ににほひぬるかな。

伊勢大輔（いせのたいふ）

詞花集・春（一条院御時、奈良の八重桜を人の奉りけるを、その折、御前に侍りければ、その花を題にて歌に詠めと仰せごとありければ）。金葉集・三奏本・春（奈良の八重桜を内にもて参りたるを、上御覧じて歌と仰せごとありければ、つかうまつれる）。

昔の奈良の都の八重桜が、今日、九重（宮中）で色美しく咲いていることよ。

「いにしへ」は、「往に（往ぬ）＋し（き）＋方」で、「昔」の意の名詞です。「昔、男ありけり。」のような「昔」と異なり、単独で副詞的に用いられることは少ないようです（『源氏物語』に「いにしへ盛りと見えし御若髪も、年ごろに衰へゆき」（初音）の例があります。工藤力男「むかし・いにしえ」『日本語に関する十二章』和泉書院）。「八重桜φ」は無助詞名詞で、述語「にほひぬるかな」に対する主格です。「八重桜」というのは、『徒然草』に「八重桜は奈良の都にのみありけるを、このごろぞ世に多くなり侍るなる。」（一三九段）とあるように、昔は奈良でしか見ることができないものだったのでしょう。「九重」は宮中の意（「こゝのへとは、おほみやなり」能因歌枕）、これに「此処の辺（＝この辺り）」を掛けたとする説がありますが（「けふ九重を、今日此処といひかけたり」（峯のかけはし）、三奥抄、宇比麻奈備など）、「初学に、古へといひて今日こゝとうけたり、と云るは非也。只けふ九重といへるのみ。九重やがて此所なるを、何ぞわづらはしくいひかくべけん。さてはことわりも重りて、さやかならぬ歌となる也」（異見）のように否定する説もあります。「九重に」に「に」は場所を表す格助詞。「にほふ」というのは、「美しく照り映える」意を表します（→35。「此にほひは香にはあらず。色のにほふなり」改観抄）。

この歌は、「いにしへといふに対してけふといひ、八重に九重を対してよみたり」（三奥抄）というように、言葉を対照させたのが趣向で、逆に言えばこの対照の妙のほかには特に内容があるわけではありません。詞書によれば八重桜が献上された時の衆目の中での即詠で、『伊勢大輔集』（彰考館本）の詞書、女院（＝上東門院彰子）の中宮と申しける時、内におはしまいしに、奈良から僧都の八重桜を参らせたるに、「今年の取り入れ人は今参り（＝新参ノ女房）ぞ」とて、紫式部の譲りしに、入道殿（＝道長）聞かせ給ひて、「ただには（＝歌ヲ詠マズニハ）取り入れぬものを」と仰せられしかば

によれば、この取り入れの役は紫式部が作者に譲ったもので、道長が歌を詠ませたとあります。

特に、「八重桜とをきてけふ九重といへる当座のことわざ、神変の粉骨也」（宗祇抄）、「やへといひて九重といへる所、作者の力の程見えたり」（天理本聞書）というように、「八重」から「九重」と数字を重ねたところが眼目といえましょう（「奈良」に「七」が響いているとすれば七→八→九になります）。数字を洒落のようにして重ねた歌の例をあげます。

(1) a　武隈（たけくま）の松は二本（ふたき）を都人いかがと問はばみきと答へむ（後拾遺集・雑四・一〇四一）

b　九重の八重山吹は知りたれどとへと言へとは君ぞ教へし（相如集）

次例のように、関連のある語を、洒落のようにして重ねることもあります。

(2) a　さりともとまつを頼みて月日のみすぎのはやくも老いぬべきかな（広田社歌合、実定）

b　時ならで柞（ははそ）の紅葉散りにけりいかに木（こ）の下（もと）さびしかるらん（拾遺集・哀傷・一二八四、村上天皇）

c　今日もまた午（うま）の貝こそ吹きつなれひつじの歩み近づきぬらん（千載集・雑下・一二〇〇、赤染衛門）

d　今日よりはたつ夏衣うすくともあつしとのみや思ひわたらむ（詞花集・夏・五一、増基法師）

e　笛竹をねぐらにならす鶯はさへづる声もことにやあるらん（夫木和歌抄、待賢門院堀河）

62
夜をこめて鳥の空音ははかるとも、よに逢坂の関は許さじ。

清少納言

後拾遺集・雑二（大納言行成、［作者ノ許デ］物語などし侍けるに、「内の御物忌に籠もれば」とて急ぎ帰りて、つとめて、「鳥の声にもよほされて」と言ひおこせて侍りければ、「夜深かりける鳥の声は函谷関のことにや」と言ひに遣はしたりけるを、たちかへり「［関ハ関デモ］これは逢坂の関に侍り」とあれば詠み侍りける）

夜が深いうちに、鶏の鳴きまねの声は（あなたを）だまそうとしても、決して逢坂の関（の番人）は（あなたを）許さないだろう。

「夜をこめて」の「こめ」は他動詞の「籠む」の連用形で、「夜が籠もる（＝夜が深い）状態にして」、すなわち「夜が深いうちに」という意味になります。

(1) a　夜をこめて明石の瀬戸を漕ぎ出づれば遥かに送るさを鹿の声（千載集・秋下・三一四、俊恵法師）
　b　夜をこめて置きける露の玉くしげあけてののちぞ秋と知りぬる（公任集）

「夜を籠めて＝夜籠もりて」のように、他動詞の「…にして」が、「…になって」の意を表すことがあります。

(2) a　人をしづめて（＝人ガ寝静マルノヲ待ッテ）出で入りなどし給へば（源氏物語・夕顔）
　b　夜になして（＝夜ニナルノヲ待ッテ）京には入らむと思へば（土佐日記）
　c　天俄に霧ふり、くれをなして（＝暗クナッテ）、高祖逃るることを得たりといへり。（六代勝事記）

d　長月のつごもりに、月たてて（＝翌月ニナッテカラ）とおぼしきにや（一条摂政御集・詞書）

「鳥の空音」は「鳥の鳴きまね」、動詞「はかる」は「だます」の意で、

(3) a　立つ波を雪か花かと吹く風ぞよせつつ人をはかるべらなる（土佐日記）

b　ある人の、世に虚言(そらごと)を構(かま)へ出だして、人をはかることあらんに、すなほにまことと思ひて、言ふままにはかららるる人あり。（徒然草・一九四）

のように、「騙す対象」を「を」格にとります。したがってこの歌の格関係は、

(4) 夜をこめて鳥の空音ガ［あなたヲ］はかるとも、よに逢坂の関ガ［あなたヲ］許さじ。

のようになると考えられます（『後拾遺集』、『八代抄』、『百人秀歌』では本文が「鳥の空音にはかるとも」になっています。その場合は「空音デ、空音ニヨッテ」の意となります）。「とも」は逆接の仮定条件（「…としても」の意）、「よに」は副詞で、打消の語（ここでは歌末の「じ」）と呼応して「決して」の意を表します。「じ」は、Aのように「許す」主体を作者ととると打消意志、「逢坂の関」ととると打消推量ということになります。

A　「おろかなる女は男のことよきにたばかられて、あふまじき人にあふものもあれども、われはさやうに空ごとするおとこなどにははからるまじ、といへる心也」（三奥抄）

B　「函谷にてこそ鳥のまねをしてたばかるとも、相坂の関は深夜とをるをば許すまじきぞと云下句也」（経厚抄）

格関係を(4)のように理解するなら、「じ」は打消推量（「…ないだろう」の意）ということになります。『史記』孟嘗君列伝の次のような故事（「鶏鳴狗盗」の故事）を踏まえたもので、この故事を知らないと読めない歌です。

(5) 囚㆓孟嘗君㆒、謀欲㆑殺㆑之。……孟嘗君得㆑出、即馳去。……孟嘗君至㆑関、関法、鶏鳴而出㆑客。孟嘗君恐㆓追至㆒。客之居㆓下坐㆒者、有㆓能為㆒鶏鳴。而鶏尽鳴。遂発㆑伝出。（（秦昭王ハ）孟嘗君ヲ囚(とら)ヘ、謀(はか)リテ之(これ)ヲ殺サント欲(ほっ)ス。……孟嘗君出(い)ヅルヲ得テ、即チ馳セ去ル。……孟嘗君関ニ至レドモ、関ノ法、鶏鳴イテ客ヲ出ダス。孟嘗君追

フモノノ至ランコトヲ恐ル。客ノ下坐ニ居ル者、能ク鶏鳴ヲ為スモノ有リ。而ウシテ鶏尽ク鳴ク。遂ニ伝ヲ発シテ出ヅ。」（新釈漢文大系による）

詠歌事情は詞書にある通りですが、『枕草子』の「頭弁の、職に参り給ひて」の段（一二九段）には後日談を含め、より詳しく書かれています。そこでは「心かしこき関守侍り（＝（鳥ノ空音ニ騙サレナイ）シッカリシタ関守ガオリマス）」という言葉が添えられていますから、ここからも「許さじ」の「じ」は打消推量と考えるべきでしょう。「あふ坂の関はゆるさじとは逢事をゆるさじと也」（宗祇抄）ということですが、これは『宇比麻奈備』が「ともに風流人にてかゝるたはむれごとも有し也」という通り、戯れごとでしょう。

■本歌取り歌

＊掲出歌の本歌取りというよりも、鶏鳴狗盗の故事の本説取りとしての「鳥の空音」を詠んだ歌をあげます。

・関の戸を鳥の空音にはかれども有明の月はなほぞさしける（拾遺愚草）

〔関所の扉を鶏の鳴きまねでだまし（て開けさせ）たが、有明の月は依然として射している。〕

・おのれ鳴け急ぐ関路の小夜千鳥とりの空音も声たてぬ間に（拾遺愚草）

〔おまえが鳴け。急いで通りたい関所の小夜千鳥よ。（孟嘗君の食客が）鶏の鳴きまねをする前に。〕

＊ほかに「夜を重ね心の関のかたきかな我がねは鳥の空音ならねば」（六百番歌合、有家）、「行く秋も鳥の空音をならひてや惜む関路を夜半に越ゆらん」（壬二集）などがあります。

63 今はただ、「思ひ絶えなむ」とばかりを、人づてならで言ふよしもがな。

左京大夫道雅

後拾遺集・恋三（伊勢の斎宮わたりよりまかり上りて侍りける人（＝三条天皇皇女、当子内親王）に忍びて通ひけることを、おほやけ（＝三条天皇）も聞こしめして、守り女など付けさせ給ひて、忍びにも通はずなりにければ、詠み侍りける）

今はただ、「（あなたを）きっぱりと諦めてしまおう」とだけを、人づてでなく言う方法があればなあ。

「今は」は「逢うことを禁じられた今は」ということ、「ただ」は限定の意を表す副詞で、この「今はただ」はどこに係るのかという問題があります。それに応じて「と」の引用の範囲が異なることになります。(1)aは「今はただ」が「思ひ絶えなむ」に係る解釈、bは「言ふ」に係る解釈です。

(1) a 「今はただ、思ひ絶えなむ」とばかりを、人づてならで言ふよしもがな。

　b 今はただ、「思ひ絶えなむ」とばかりを、人づてならで言ふよしもがな。

どちらであるのか決定するすべがありませんが、両者で結果的な歌意にそれほど差はありません（どちらか決定できないのもそのためでしょう）。

「思ひ絶えなむ」の「なむ」については、まず、次のような例を確認しましょう。

(2) かの浦に静やかに隠ろふべき隈侍りなむや。（源氏物語・明石）

この「侍りなむや」の「な」は完了（発生）の意を表す助動詞「ぬ」（→9）の未然形ですが、ここでは、完了や発生の意味はありません。これは「確かにあるでしょうか」のような意を表すと考えられます。このように、「つ」「ぬ」が非過去の事態に用いられるとき、動作・状態が確実に起こる（存在する・完了する）ことを強く推測する（意志する）意を表すと考えられ、このような表現を**確述**といいます（→45）。確述の表現は、ふつう「確かに（きっと・必ず）…に違いない（しよう）」と訳されます。次例(3)は助動詞「む」が推量の場合、(4)は意志の場合です。

(3) a　かくても、おのづから、若宮など生ひ出で給はば、さるべきついでもありなむ（＝シカルベキ機会モキットアルニ違イナイ）。（源氏物語・桐壺）

b　さりとも、鬼なども我をば見許してむ（＝鬼ナドモ私ヲキット見逃スニ違イナイ）（源氏物語・夕顔）

(4) a　などてか、候はざらむ。ぬし、おはせずとも［私ハ御身ノ許ニ］候ひなむ（＝キット参上シマショウ）。（大和物語・一五七）

b　「ただことばにて申せよ」と言ひければ、「いとよく申してむ（＝キット申シ上ゲマショウ）」と言ひければ（大和物語・一五七）

ほかに、「む」が仮定を表す場合(5)や、勧誘を表す場合(6)もあります。

(5) ［源氏ヲ］絶えて見奉らぬ所にかけ離れなむも（＝キット遠ザカッテシマウトシタラ、ソレモ）、さすがに心細く［中務君ハ］思ひ乱れたり。（源氏物語・末摘花）

(6) 実因僧都、源信内供に言はく、「今は疾くこそ始め給ひてめ。なんぞ遅くなるぞ」と。（今昔物語集・一四―三九）

「思ひ絶えなむ」の「なむ」は、右の(4)と同じもので、「確述の「ぬ」＋意志の「む」」です。ここでは「きっぱりと…しまおう」と訳しました。

第三句の「とばかりを」は助詞だけで一句になっています。句が引用の「と」で始まる場合、このようなことが起こり得ます。

(7)a　夢の世はとふ人あらじとばかりのみちのしるべを待ちやつけけむ（玉葉集・雑四・二三三八、定家）

b　いかにして我が思ふほどは数ならずとばかりだにも君にしらせん（壬二集）

このようなことが起こるのは、引用の「と」は格助詞であるものの、自立的で、文頭・句頭にも立つことができるからです。

(8)a　「落窪の君の手（＝筆跡）にこそ」と［三の君ガ少将ニ］のたまふ。少将、「とは誰をか言ふ」（落窪物語）

b　「しろうるり」といふ名をつけたり。「とは何物ぞ」と人の問ひければ（徒然草・六〇）

c　とはいかに今日は卯月の一日かはまだきもしつる衣更へかな（今昔物語集・二八―一二）

次例の「と」は、「日は暮れぬと」ではなく、第四句につけて「と思ふは山の」と読みます（「日は暮れぬと」と読むと、字余り句には必ず単独母音を含むという「字余りの法則」（→1）に反してしまいます）。

(9)　ひぐらしの鳴きつるなへに日は暮れぬと思ふは山のかげにぞありける（古今集・秋上・二〇四）

次例も同様に、「と」が句頭に立っています。

(10)a　我ばかりもの思ふ人はまたもあらじと思へば水の下にもありけり（伊勢物語・二七）

b　瓜つくる高麗のすきものと思はれて大和に辛くなれる我が身ぞ（経衡集）

c　思ひ出づやと見れば人はつれなくて心弱きはわが身なりけり（落窪物語）

d　ただならじとばかりたたく水鶏ゆゑあけてはいかにくやしからまし（新勅撰集・恋五・一〇二〇、紫式部）

e　都人さびしき宿の松風に月をば見るかとだに問へかし（後鳥羽院御集）

「…とばかりを」というのは「…とだけを」ということですが、「色々と言いたいことはあるけれども、最低限その一言ぐらいは」という言いかたをしただけで、本当にそう伝えたいと思っているわけではありません（本当の願いは「多くのことを言ふよしもがな」でしょう）。

(11)　いづかたへ行くとばかりは告げてまし問ふべき人のある身と思はば（後拾遺集・雑二・九二四、和泉式部）

「よしもがな」は25番歌にありました。

■本歌取り歌

・忘れねよこれは限りぞとばかりの人づてならぬ思ひ出も憂し（拾遺愚草）

〔忘れてしまえよ。「これが恋の終わりだ」とだけでも人づてでな（く直接言うことができな）い思い出もつらい。〕

64 朝ぼらけ、宇治の川霧絶え絶えに、あらはれわたる瀬々の網代木。

権中納言定頼（さだより）

千載集・冬（宇治にまかりて侍りける時詠める）

夜が明けるころ、宇治川の川霧がとぎれとぎれになって、だんだんあたり一面に現れてくる、あちこちの浅瀬にかけた網代木よ。

31番歌と初句が同一です。「川霧φ」は無助詞名詞で述語「絶え絶えに」に対する主格です。『能因歌枕』に「川霧とは、かはのうへにたつきりを云」とあります。「絶え絶えに」は、形容動詞「絶え絶えなり」の連用形で、「とぎれとぎれに」の意、「たえだえ」だけで副詞としても用いられます。

(1)　時雨れつる名残の雲も晴れやらでたえだえ見ゆる峰のもみぢ葉（続後拾遺集・秋下・三九五）

掲出歌の「絶え絶えに」は、上からは述語、下へは「あらはれわたる」に係る連用修飾語になっています。次例の傍線部と同じ構造です（↓9）。

(2) a 隔てつる山の夕霧晴れにけり梢あらはに出づる月影（前長門守時朝入京田舎打聞集）

b 刈萱（かるかや）の乱るる野辺を分け行けば袖ただならぬ朝ぼらけかな（重之女集）

「あらはれわたる」の「わたる」は「一面に…する」の意を表す補助動詞、「瀬」は「淵」（↓13）に対して「川の浅い所」、「瀬々」ですから「あちこちの浅瀬」ということになります。「網代木」は「網代」をかけるための杭で、「網代はいたりて寒き時、氷魚のよるをとらんがためにこしらへたてたるもの也」（経厚抄）です。

(3) 月影の田上川（たなかみがは）に清ければ網代に氷魚（ひを）のよるも見えけり（拾遺集・雑秋・一一三三、元輔）

「眺望の歌也。明ぼのにうぢ川の霧深かりしが、これかれたえだえになるひまより網代木の顕わたる躰、言語道断也」（天理本聞書）、「眼前の景気を、そのまま云出せるなり」（雑談）、「夜霧のあさぼらけに至りて、たえだえになれるひまより、瀬々のあじろ木のあらはれ行ほどのさま、えもいひしらぬけしきを、有のまゝによみなされたる也」（宇比麻奈備）のように、清冽な叙景歌ですが、古注の中には「生死輪廻のこゝろこもれりといへり」（幽斎抄）のように寓意を読むものもありました。

百人一首の歌もだんだん中世の歌に近づいて来ました。石田吉貞『百人一首評解』（有精堂）は、「この歌を読み、宇治川の淙々（そうそう）たる水声をその中にきくとき、私は、ふと中世が近づいて来たことを感じるのである。」と言っています。純粋な叙景歌としては、79番歌、87番歌へと続きます。

65
恨みわび、干さぬ袖だにあるものを、恋に朽ちなむ名こそ惜しけれ。

相模

後拾遺集・恋四（永承六年（＝一〇五一）内裏歌合に）

恨み嘆いて、（涙を）乾かさない袖さえ（朽ちずに）あるのに、恋のために（私の身が）きっと朽ち果ててしまうだろうという評判が（立つのが）残念だ。

語法的には、極めて難解な歌です。それは通常の「だにあり」の句型では読めないということに起因するようです。まず、「あり」には次のような用法があります。

(1)　春来ぬと人はいへども鶯の鳴かぬかぎりはあらじとぞ思ふ（古今集・春上・一一）

「春が来たと人は言うけれども、鶯が鳴かないうちは「あらじ」と思う」、この「あらじ」は「春来じ」ということで、「あり」は歌の中で表現されている二重傍線部「春来」の代用表現なのです。このような「あり」を**「代用形式「あり」」**といいます。類例をあげます（以下、傍線部の「あり」は二重傍線部の代用です）。

(2)a　いづくにか来ても隠れむ隔てたる心のくまの（＝心ノ秘密ノ場所ガ）あらばこそあらめ（＝隠レメ）（後拾遺集・雑二・九一九、和泉式部）

b　［介ノ子達ハ］情けづくれど、うはべこそあれ（＝情ケヅクレ）、［空蟬ニハ］つらきこと多かり。（源氏物語・関屋）

後方の語句の代用をすることもあります。

(3) a　行けばあり（＝苦シ）行かねば苦ししかすがの渡りに来てぞ思ひたゆたふ（新勅撰集・雑四・一二九一、中務）
b　聞けばあり（＝ワビシ）聞かねばわびし時鳥すべて五月のなからましかば（夫木和歌抄、花山院）
c　木の葉散る山こそあらめ（＝サビシカラメ）ひさかたの空なる月も冬ぞさびしき（続古今集・冬・五七〇）
d　置きそむる露こそあらめ（＝秋ヲ知ラメ）いかにして涙も袖に秋を知るらん（新後撰集・秋上・二五七）

このことを踏まえて、代用形式「あり」の用法を見ると、次の三種のものがあり、このうち「**だにあり**」の基本的な読みかたは、ⅠAとⅡの二つであるといえます。

ⅠAタイプ…前の(3)同様、後方の語句を代用するもの。

(4) a　秋風の吹かぬ頃だにゆあるものを（＝秋風ガ吹カナイ頃デサエ人恋シイノニ）今宵はいとど人ぞ恋しき（続古今集・恋四・一二四〇、源重之）
b　来むと言ひて別るるだにもゆあるものを知られぬ今朝のましてわびしき（後撰集・離別羇旅・一三四〇）

ⅠBタイプ…後方の語句を否定した語句を代用するもの。

(5) a　妹（いも）とありし時はゆあれども（＝愛スル女性トイタ時ハ袖ガ寒クナカッタケレドモ）別れては衣手寒きものにぞありける（万葉集・三五九一）
b　今こそゆあれ（＝今コソ栄行ク時モナクテアレ）我も昔は男山栄行（さかゆ）く時もあり来（こ）しものを（古今集・雑上・八八九）
c　秋こそゆあれ夏の野辺なる木の葉には露の心の浅くもあるかな（貫之集）

Ⅱタイプ…代用語句が文中に存在しないもの。例えば(6)aでは「降るだに［桜花ガ惜シク］あるを」のように解釈されます。bcは「気がもめる」のような意でしょうか。

(6) a　雪とのみ降るだにφあるを桜花いかに散れとか風の吹くらむ（古今集・春下・八六、躬恒）
b　おく露にたわむ枝だにφあるものをいかでか折らむ宿の秋萩（後拾遺集・秋上・三〇一）
c　軒近き松の風だにφあるものを窓打ち添ふる秋の村雨（壬二集）

さて、掲出歌は、「あり」の代用語として、

(7)　恨みわび干さぬ袖だにφあるものを恋に朽ちなむ名こそ惜しけれ

の二重傍線部が考えられるので、「あり」にこれらを代入すると、「干さぬ袖だに［朽ちて／朽ちず／惜しく／惜しからず］あるを」のいずれかであろうと考えられます（「朽ちて」と「惜しく」はIAタイプ、「朽ちず」と「惜しからず」はIBタイプということになります）。このうち、「干さぬ袖だに［朽ちて］あるを」とする解釈（古注では、経厚抄・幽斎抄・雑談・三奥抄・改観抄・異見など）は、「干さぬ袖」が「朽つ」のは起こり易い事態なので「だに」と合いません（→90）。

(8) a　袖も無き身とやなるべき恋経つつ涙に朽ちて棄（す）てつべければ（新撰万葉集）
b　袖の上は左も右も朽ち果てて恋はしのばん方なかりけり（拾遺愚草）〈余計なことですが、古典語ではふつう「ひだりみぎ」と言って、「みぎひだり」とは言いません〉

また、「干さぬ袖だに［惜しく］あるを」は、袖を惜しんでいることになって奇妙ですし、「［惜しからず］あるを」も同様に奇妙です。ということで、「干さぬ袖だに［朽ちず］あるを」とするIBの読みかた（古注では宗祇抄・天理本聞書・色紙和歌・後陽成抄など）が残るのですが、「だにφあり」でこのような読みかたができるだろうかという点で問題です。

そこで、次に考えられるのは、この「あり」を代用形式ではなく、「存在する」の意の動詞と取るという読みかたです。IB式の「朽ちずにある」ということと、「干さぬ袖が存在している」ということは結果的には同じことなの

ですが、代用形式として「朽ちず」を代入するのではなく、次のような「ある」の意の動詞とみる、ということです（→82）。

(9) 惜しまれぬ身だにも世にはあるものをあなあやにくの花の心や（山家集）

訳文の「（涙を）乾かさない袖さえ（朽ちずに）あるのに」というのは、こうした考えかたによります。

初句の「恨みわび」は、「恋に朽ちなむ」に係ります。複合動詞ではなく、「恨み、そして、わび」と動詞二語の並置と考えます。「朽ちなむ」の「朽ち」は動詞「朽つ」（上二段）の連用形、「なむ」の「な」は助動詞「ぬ」の未然形で確述（→63）、「む」は推量の助動詞で、「きっと朽ち果ててしまうだろう」の意です。朽ち果てるのは「我が身」で「評判」ではありません。「恋に朽ちなむ名」というのは「名ガ恋に朽ちなむ」のではなく、「［我が身ガ］恋に朽ちなむ［トイウ］名（＝評判）」ということで、このように、連体修飾句が、「…だという」の意の判断内容を表す場合があります。

(10) a 亡き人に少し浅き咎は思はせて（源氏物語・夕霧）

b ［源氏ガ通ウ所々デハ］人知れずのみ、かずならぬ嘆きまさる［女性］も多かりけり。（源氏物語・葵）

(10) a は咎が浅いのではなく、「思慮が浅いという非難」の意、b も嘆きが「かずならぬ」のではなく、「数ならぬ身だという嘆き」の意です（→9）。

この歌が詠まれた五十年後の「源宰相中将家和歌合」（康和二年（一一〇〇）四月二十八日）の十九番判詞に、「近き歌合に、「恋に朽ちなん名こそ惜しけれ」と詠めば、とがにはあらず、……かれは、干さぬ袖だに絶えて朽ちざりけるに、我が身のこの事にたへずして朽ち失せなんことを嘆くなり」とあります。この解釈が正解というべきでしょう。ただ、「それにしても「あるものを」が、詩的に働いていない。」（『秦恒平の百人一首』平凡社）という指摘に同感です。

66

もろともにあはれと思へ、山桜。花よりほかに知る人もなし。

大僧正行尊

金葉集・雑上（大峯にて思ひもかけず桜の花の咲きたりけるを見て詠める）

（私と）一緒に（人に知られないことを）哀しいと思ってくれ、山桜よ。花（であるお前）よりほかに（私の心を）知る人もいない。

人知れず咲いている美しい山桜を発見しての述懐歌で（桜花を歌った春の歌ではありません）、「花より外にしる人なし、と云て、心に又花も我より外にしる人あらじと云心こもれる也」（雑談）ということです。したがって、お互いに「あはれ」であるのは、「人に知られない」ことをいうのでしょう（「たがひにしる人なきことをあはれとおもへといふ儀也」三奥抄）。「もろともに」は「一緒に」の意の副詞で「思へ」に係ります。「思へ」は命令形です。「…よりほか…なし」というのは、現代語の「…しか…ない」に相当する形式です。現代語の「Aしかない」と「Aだけある」は知的意味は同意といえますが、次のような違いがあります。

(1)a　麻雀しようよ。――3人｛しかいない／*だけいる｝んだ。
　b　千円｛しかもっていない／*だけもっている｝から買えない。
　c　美品だが疵が一つ｛*しかない／だけある｝。

(1)aとbは「3人いる」「千円持っている」ということが言いたいわけではなく、「基準を満たすものがない」ということが主張されているわけです。一方、cは「疵が一つある」ということが主張の内容です。つまり、「しか」と「だけ」は、主張と含意とが次のように逆転しているということができます（沼田善子（1986）「とりたて詞」『いわゆる日本語助詞の研究』凡人社）。

(2) a　太郎だけ来た。　　主張＝「太郎が来た」　　含意＝「他の人が来なかった」

b　太郎しか来なかった。　主張＝「他の人が来なかった」　含意＝「太郎が来た」

古代語の状況は不明とはいえ、掲出歌も(2) bのように、言いたいことは「（私の心を）知る人がいない」ということです。作者には、次のような歌もあります。

(3)　心こそ世をば捨てしか幻の姿も人に忘られにけり（金葉集・雑上・五八七）

この歌の作者行尊は68番歌の作者、三条天皇の曾孫ですから、百人一首は大まかな年代順排列であるにしても、位置が不整のような気がします。

67　春の夜の夢ばかりなる手枕（たまくら）に、かひなく立たむ名こそ惜しけれ。

周防内侍（すはうのないし）

千載集・雑上（二月（きさらぎ）ばかりに月の明き夜、二条院にて人々あまた居明かして物語などし侍りけるに、内侍周防寄り臥して「枕をがな」と忍びやかに言ふを聞きて、大納言忠家、「これを枕に」とて腕（かひな）を御簾（みす）の下よりさし入れて侍りければ、詠み侍りける）

春の夜の夢ほど（はかないもの）である手枕のために、甲斐もなく立つであろう浮き名が惜しい。

「春の夜の」の係り先として、A「夢」に係る（「［春の夜の夢］ばかりなる手枕」）、B「手枕」に係る（「［春の夜の］［夢ばかりなる］手枕」）の二つが考えられますが、Aが自然でしょうか。「夢ばかりなる」の「ばかり」は程度を表す副助詞、「なる」は断定の助動詞、「手枕に」の「に」は原因・理由を表す格助詞です。「手枕に」は「立たむ」に係ります。

「手枕」というのは「腕を枕にすること。」（『旺文社全訳古語辞典［第五版］』）で、次例のa・bは共寝のそれ、cは独り寝のそれを指しています。

(1) a　さ雄鹿（をじか）の入野（いりの）の薄（すすき）初尾花（はつをばな）いつしか妹（いも）が手を枕（まくら）かむ（万葉集・二二七七）
　b　手枕の隙間の風も寒かりき身はならはしのものにぞありける（拾遺集・九〇一）
　c　秋ならで置く白露は寝覚めする我が手枕の雫なりけり（古今集・七五七）

「甲斐なく」に「腕（かひな）」を掛けるとする説（「此歌、かひなをとてさし入たるに、其詞をかけてとみにいひなしたるに興はある也」宇比麻奈備。ほかに経厚抄・宗祇抄・天理本聞書・三奥抄・改観抄など）と、掛詞とみない説（「かひなくたゝんをかひなをたちいれてみれば、歌あしくなる也」幽斎抄、ほかに色紙和歌など）があります。『異見』は、「詞書に、肘を云々といへるは、撰者の詞也。彼卿、打つけに此肘をといはれたるには非ず。是を、とてさし入たるが即ち肘なれば、歌にかひなくといへるのみ。されば、其詞をうけてと解べきにはあらじ」と言っています。

第五句は、65番歌の第五句と同じです。この歌の本歌取り歌としては、塚本邦雄の有名な「あっあかねさす」（『波瀾』）の歌があるのですが、著作権の関係上載せることができません。

68 心にもあらで憂き世にながらへば、恋しかるべき夜半(よは)の月かな。

三条院

後拾遺集・雑一（例ならずおはしまして、位など去らんと思し召しける頃、月の明かかりけるを御覧じて）

本心でもなくつらい世に生きながらえるならば、恋しく思うにちがいない今夜の月よ。

「心にもあらで」というのは、「心ならで」の「なら」の部分に係助詞「も」を介在させて、「心にもあらで」の形にしたものです。したがって「心に」の「に」は断定の助動詞「なり」の連用形です（→23）。「あらで」の「で」は打消接続の接続助詞です。「心ならず」という慣用句がありますが、そのもとの形で使われたわけです。肯定形の「心なり」は「自分の思い通りである」の意になります。

⑴ 心なる道だに旅はかなしきに風にまかせて出づる舟人（新後撰集・羈旅・五九四、宗尊親王）

「ながらへば」は動詞「ながらふ」（下二段）の未然形に接続助詞の「ば」が付いたもので、仮定条件を表します。

歌意は『異見』が次のように言う通りです。

かくも例ならずなやましうおはしませば、とても此世にはながらふまじくおぼしなり、又、もとより世にあらまほしくもおぼしめされぬもの丶、もしさる大御心にたがひて、御譲位の後も思ひの外にながらへさせ給ひなば、今宵ばかりいみじき夜のけしきをば、いかばかり恋しくもおぼしめし出らんと、ふた丶び御らんずまじき禁中の月を、今しもおぼしおかせ給ふ也。（中略）此世といはず憂世と宣へるに、かねても世をば、心ぐるしきものにおぼしみたまへる事しらる丶也。

三条院には次のような歌もあります。

(2)　秋にまたあはむあはじも知らぬ身は今宵ばかりの月をだに見む（詞花集・秋・九七）

69 嵐吹く三室の山のもみぢ葉は、龍田の川の錦なりけり。

能因法師

後拾遺集・秋下（永承四年（＝一〇四九）内裏歌合に詠める）

強い風が吹いている三室山のもみじの葉は、（そのまま散って）龍田川の錦（のよう）であるなあ。

「嵐φ」は無助詞名詞で「吹く」の主格です。「AはBなりけり」の句型（↓32）で、Bの部分は「錦［ノヨウ］だ」という隠喩になっています。次例では「硯の水」が実体で、それを「涙」に喩えているわけです。

(1)　飽かざりし昔のことを書きつくる硯の水は涙なりけり（続古今集・雑下・一七六二、和泉式部）

実際の地理上は、三室山の紅葉が龍田川に流れることはないという指摘があります（「三諸山は雷丘とも神丘ともいひて高市郡にあり。……龍田川は立田山のふもとにながれて平群郡なれば、高市郡よりこと郡をも隔て遥に西北に当りて、川のながれさへことなれば、みむろの山のもみぢこれにながるべきにあらず。いにしへも地理をよく考られざりけるにやおぼつかなし」改観抄、「三室山は飛鳥川の上にありて、立田川の辺ならず。後世はか丶る誤りいと多し」峯のかけはし）。しかし和歌では(2)a以来、三室山と龍田川が対になって詠まれる伝統があります（「三室山」は別名「神奈備山」とも呼ばれ—

―「三室＝御室」も「神奈備」も「神の降臨する（山）」の意です――、(2)の「神奈備の」はこれを枕詞として用いたものです）。

(2) a　龍田川もみぢ葉流る神奈備の三室の山に時雨降るらし（古今集・秋下・二八四）

b　神奈備の三室の山に雲晴れて龍田川原に澄める月影（続後拾遺集・秋下・三三九、範兼）

掲出歌には、「散ともながる、とも詞になふして、散ながる、風情あり」（雑談）、「水をいはずして流る、ことをいひ散をいはずして散をふくますところ、名歌のよし御説なり」（龍吟明訣抄）のような評もあります。

紅葉が川を染めるというのは美しい風景ですが、あまりにも多く詠まれると（17番歌もそうでした）、後に続く者は相当工夫しないと新鮮さが保てなくなります。そんな後世の歌人の工夫として、次のような詠作を、その一例としてあげておきましょう。

(3)　散り積もる紅葉に橋はうづもれて跡絶えはつる秋のふるさと（続後撰集・秋下・四三四、土御門院）

70　さびしさに宿を立ち出でてながむれば、いづくも同じ秋の夕暮れ。

良暹法師（りやうぜん）

後拾遺集・秋上（題知らず）

さびしさのために家を出てしみじみと見渡すと、どこも同じ秋の夕暮れよ。

「さびしさに」の「に」は原因・理由を表す格助詞です。「宿を立ち出でて」には、次の二説があります。

A　宿の外に出て…「立出て見れば」（経厚抄）、色紙和歌、雑談、宇比麻奈備、「出たりとて住すて、出るならんや。とばかり立出て、そこら見やりたる也」（異見）。

B　宿から旅立とうとして…「イヅクニモユカバヤトウチナガムレバ」（米沢抄小書）、「立出とはかりそめに庭などに出るにあらず。住捨て出るなり」（改観抄）、明応二年奥書本宗祇抄。

「表に出る」の意は「立ち出づ」、「出仕する・旅立つ」の意は「出で立つ」になるのが普通ですから、ここはAでしょう（Bでは「さびしさに家出しぬべき山里を今宵の月に思ひとまりぬ」（詞花集・二九六、道済、詞書「山家月を詠める」）のような作例があります）。

「ながむ」というのは古典文では一般に「物思いに沈んでぼんやりと見る」「物思いにふける」という意味で（→9）、ここでもそういう気持ちを含んでいるでしょうが（「ながむればとは、只見ればといふにあらず。心に思ふ事ある時に、心をいれてつらつら見るなり」改観抄）、現代語の「見渡す」の意味にも近づいているようです（81番歌の「ながむ」ではさらに進んで、ほとんど「見る」の意で用いられています）。

「いづくも同じ」のように、疑問詞に「も」が付くと、「すべて」の意を表します。

(1) a　暁の別れはいつも露けきを（源氏物語・賢木）

b　誰ものどめがたき世なれど（源氏物語・柏木）

c　誰が里も訪ひも来るとほととぎす心の限り待ちぞわびにし（新古今集・夏・二〇四、紫式部）

「いづく」は「いづこ」になっている本もあります。「いづく」の方が古形で（上代では「いづく」の形だけです）、中古以降はこの両者が併存しました（意味の差は見出だし難いようです）。

形容詞「同じ」はこの形のままで終止形にも連体形にも用いられます。また、用例数は少ないのですが、連体形には「同じき」の形もあります。

(2) a　わびぬれば今はた同じ難波なるみをつくしても逢はむとぞ思ふ（↓20）〈終止形〉
b　ふる里を峰の霞は隔つれどながむる空は同じ雲居か（源氏物語・須磨）〈連体形〉
c　山といへば憂き身そむきに来しかども同じき雨の下にぞありける（和泉式部続集、詞書「雨のいみじう降る日」）〈「雨の下」に「天の下」を掛ける〉〈連体形〉

したがって、「いづくも同じ秋の夕暮れ」の「同じ」は連体形とも終止形とも考えられます。今、前者に解しましたが、後者なら「いづくも同じ。秋の夕暮れ［八］」という、四句切れで、倒置と解することになります。

「秋の夕暮れ」というのは『枕草子』でもおなじみの秋季の情趣ですが、この名詞句は三代集には現れず、勅撰集では後拾遺集が初出です（百人一首ではもう一つ87番歌に使用されています）。

■本歌取り歌

・惜しみかねて花なき里をながむればいづくもおなじ春の山風（拾玉集）
〔惜しむ思いに堪えかねて花が散ってしまった里を眺めると、どこも同じ春の山風（が吹いている）よ。〕

71　夕されば、門田（かどた）の稲葉おとづれて、葦のまろ屋に秋風ぞ吹く。

大納言経信（つねのぶ）

金葉集・秋（師賢朝臣の梅津の山里に人々まかりて、「田家秋風」といへることを詠める）

夕方になると、門田の稲葉を（そよそよと）音を立てて、葦ぶきの仮屋に秋風が吹く。

「夕されば」の「され」は動詞「さる」（四段）の已然形で、事象が進行・移動する意を表しますが、特に時間や季節を表す語に付くと現代語の「去る」の意ではなくて、「（その時間・季節が）やって来る」の意を表します（「さればとは、くればといふ、春さればなどよめり」能因歌枕）。

(1) a　明け来れば波こそ来寄れ　夕されば風こそ来寄れ（万葉集・一三八）

b　風交じり雪は降りつつしかすがに霞たなびき春さりにけり（万葉集・一八三六）

c　夕さらば潮満ち来なむ住吉(すみのえ)の浅鹿(あさか)の浦に玉藻(たまも)刈りてな（万葉集・一二一）

「夜(よう)さりつ方、二条院へ渡り給はむとて」（源氏物語・若菜下）というのは、「夜になる頃」の意で、「夕さり（←夕さる）」、「夜さり（←夜さる）」という名詞形としても用いられます。

(2) a　昼は来て夕さりは帰りのみしければ（古今集・恋五・七八四・詞書）

b　「今日なむ」とて、夜さり見えたり。（蜻蛉日記）

「秋さり衣(ごろも)」（万葉集・二〇三四）というのも、「秋になって着る衣」の意です。ところで、一方、

(3) a　ゆふされのねやのつまづまながむれば手づからのみぞ蜘蛛もかきける（蜻蛉日記）

b　ゆふされや檜原(ひはら)の峰を越え行けばすごく聞こゆる山鳩の声（山家集）

という「ゆふされ」（または「ゆふざれ」）という名詞もありました（『日葡辞書』には、「Yūzare…夜」（邦訳による）とあります）。これは、「夕されば」を「夕され - は」と読んだ誤認とも、「夕去り」の転ともいわれます。古注の中で、「ゆうされとはたゞゆふべといふ心也」（色紙和歌）、「此夕され夕暮におなじ」（幽斎抄）などとあるのは、「夕されば」を「名詞「夕され」＋助詞「は」」と読んだものでしょう。「夕されば」の「されば」は偶然条件で、「夕方になると」と解釈します。なお、「夕さり来れば」（万葉集・四五）のように「さり来」という言いかたもあり、また季節の場合には「春来れば」（古今集・三〇）、「春立てば」（同・六）のような表現もあります。ちなみに、「夕さらず」（万葉集・

三五六）というのは、「夕方が来ない」ではなくて、「夕べごとに（いつも夕べには）」の意といわれます。

「おとづれて」は、「音を立てて」の意で、そこから「訪れて」の意も生じるのですが、ここでは原義でよいでしょう。次例は「おとづれて行く」とありますから、「訪れて」とは読めません（季経の「夕まぐれ荻吹く風の音聞けば袂よりこそ露はこぼるれ」（千載集・二六六）を意識したものでもありますし）。

(4) 我が恋は今をかぎりとゆふまぐれ荻吹く風のおとづれて行く（新古今集・恋四・一三〇八、俊恵法師）

類義語「音なふ」も「音を立てる」が原義で、のちに「訪問する」の意が派生するのですが、「音なふ」は八代集にはみえません。掲出歌を反実仮想の形で表現すれば、次のようになるでしょう。

(5) 稲葉吹く風の音せぬ宿ならば何につけてか秋を知らまし（金葉集・秋・一七一）

「門田の稲葉φ」は無助詞名詞なので、何格かという問題があります。

A1 ［秋風が］門田の稲葉［を］音づれて（経厚抄）

2 ［秋風が］門田の稲葉［に］音づれて（宗祇抄、米沢抄小書、天理本聞書、色紙和歌、師説抄師伝、三奥抄、宇比麻奈備）

B ［秋風によって］門田の稲葉［が］音づれて（師説抄）

「音づる」は下二段の他動詞と考えられるのでAが良く、「に」格の場合は格助詞の非表示はまれなのでA1を採るべきだろうと思います。なお「門田」は八代集では金葉集が初出、歌を「…秋風ぞ吹く」で終えるのは常套的な型だと思うのですが、これも八代集では何と『金葉集』が初出です。

「まろ屋」は、

(6) 旅人の萱(かや)刈(か)り覆(おほ)ひ作るてふまろ屋は人を思ひ忘るる（拾遺集・恋四・八八六）〈「丸屋」に「麿や」を掛ける〉

によれば即製の仮小屋のようです。顕昭『五代勅撰』に「アシノマロヤトハ、蘆ヲマロナガラフケル屋也。卑屋也」

とあり、『枕草子』（二七〇段）に「屋は、まろ屋。東屋。」とあります。『経厚抄』は「丸屋とは蘆を集て丸くまきてそれを柱などにしたる躰也」といいますが、いかがでしょうか。

この歌、「師説、此歌まことに有声の絵、秋風をうつし出られたり。可感吟」（拾穂抄）という評の通りだと思いますが、この秋風は、寂しさを詠んだものでしょうか、それとも爽やかさを詠んだものでしょうか。「さびしさ也」（天理本聞書）と解する説がある一方で、次のような意見もあります。

・夕暮れの秋風を詠いながら、従来のような伝統的な「あはれ」にとらわれず、目前の景色を、さわやかな実感によって描写する。（中略）秋風が、すがすがしく目と耳と肌に感じられるような一首である。（三木幸信・中川浩文『評解新小倉百人一首』京都書房）

・暑さにうだった倦怠からようやく救われることになった、その田園の初秋の清涼さがあふれんばかりである。（鈴木日出男『百人一首』ちくま文庫）

・伝統的な秋のあわれ（悲秋・飽き）に拘泥せず、さわやかにすがすがしく詠じているところに、田園歌人たる経信らしさが認められるのではないだろうか。（吉海直人『百人一首の新研究』和泉書院）

私はこうした〝読解〟には不案内ですが、この秋風に爽やかさを読むと、「まろ屋」（卑屋・仮小屋）と打ち合わないような気もするのですが、いかがでしょう。

作者、経信は、定家が『近代秀歌』で、「世下り人の心劣りて、たけも及ばず、詞も賤しくなりゆく。……しかれども」としてあげた六歌人、経信、俊頼（→74）、顕輔（→79）、清輔（→84）、俊成（→83）、基俊（→75）の筆頭で、定家は経信を中世和歌の始発と位置づけています。石田吉貞『百人一首評解』（有精堂）は、この歌について、「歌の歴史をのべる者は、経信に至ると中世の外廓へ着いたことを告げるのであるが、私は、経信の歌の中でも、この秋風の歌を読むとき、本当に中世が来たなと感じる。」と述べています。この歌は、「田家秋風」を歌題とする題詠で、百人一首では、この歌以後、（75・84などを除いて）ほとんど題詠歌になります。

■本歌取り歌

・門田吹く稲葉の風や寒からん葦のまろ屋に衣打つなり（新後撰集・秋下・四〇五、家隆）

〔門田の稲葉を吹く風は寒いだろうか。葦のまろ屋で衣を打つ（砧の）音が聞こえる。〕

・夕されば稲葉そよぎて吹く風に葦のまろ屋を訪ふ人もがな（後鳥羽院御集）

〔夕方になると稲葉がそよそよと音を立てて吹く風の中を、葦のまろ屋を訪ねて来る人があればなあ。〕

72

音に聞く高師(たかし)の浜のあだ波は、かけじや。袖の濡れもこそすれ。

祐子内親王家紀伊(ゆうしないしんわうけのき)

金葉集・恋下（堀河院御時に艶書合(けさうぶみあはせ)に詠める、返し）

評判として聞いて名高い高師の浜のあだ波（いたずらに立ち騒ぐ波）は、（袖に）かけないようにしよう。袖が濡れると困るから。（評判の高い浮気者のあなたに言い寄られても、気にかけないようにしよう。涙で袖が濡れると困るから。）

康和四年（一一〇二）の『堀河院艶書合』での作で（艶書合というのは「懸想文の歌を贈答形式で詠み合って披露するもの」（和歌文学大辞典）です）、俊忠（定家の祖父ですね）の、

(1) 人知れぬ思ひありその浜風に波のよるこそ言はまほしけれ〔人知れぬ（あなたへの）思いがあり、ありそ（荒磯）の浜風で波が（岸に）寄るが、夜こそ（あなたに私の思いを）言いたい。〕

への返歌として創作されたものです。紫式部の57番歌などと同じく、全体が比喩で出来ています（これを諷喩(アレゴリー)といいます。「鳶が鷹を生む」とか「鶏口となるも牛後となるなかれ」とかいう類(たぐ)いです）。真の意味は訳文の括弧内のほうにあるわけです。

(2)　音に聞く人に心をつくばねのみねど恋しき君にもあるかな（拾遺集・恋一・六二七）

「音に聞く」というのは、実際に見たことはなく、噂でのみ聞いているということですが、地名や事物に用いると、「噂に聞く→有名である、評判として名高い」という意味になります。

「あだ波」というのは、

(3)　とりもあへず立ち騒がれしあだ波にあやなく何に袖の濡れけむ（後撰集・雑二・一一五九）

などをみると、

A　「いたずらに立ち騒ぐ波」（『日本国語大辞典［第二版］』『広辞苑［第七版］』）、「むやみに立ち騒ぐ波」（『旺文社全訳古語辞典［第五版］』）。

ということでしょうか。『日葡辞書』には、「Adanami　わけもなく低くなって崩れ消える波」（邦訳による）とあって、

B　「あだ浪とは、浜にもあれ、岸にもあれ、打あまりて立はなれゆく浪をいふべし」（異見）。

のような説もあり、また、

C　「いつともなく風などもふかぬに立を、あだなみといふ也」（天理本聞書）、「あだなみとは、風もふかぬにたつ波のこと也」（師説抄）。

のような説もあって、捉えかたに微妙な差があります。

第四句の「かけじや。袖の」は、一句中に文の終止があって、これを「**句割れ**」といいます。

(4)a　をしや。我も　あはれかなしの　いくふしを　一つ恨みの　うちになしぬる（光厳院御集）

b　くらべても　知らじな。富士の　夕煙　なほ立ちのぼる　思ひありとは（続拾遺集・恋二・八三二）
c　露かかる　山路の袖も　干さじ。ただ　今日分け過ぎん　秋の名残に（玉葉集・恋二・二〇二〇）
d　きりぎりす　夜寒に秋の　なるままに　弱るか。声の　遠ざかりゆく（新古今集・秋下・四七二、西行）
e　逢ふことを　今日と頼めて　待つだにも　いかばかりかは　あるな。七夕（増基法師集）

「かけじや」の「じ」は打消意志の助動詞、「や」は詠嘆の終助詞（間投助詞）、「袖の」の「の」は主格の格助詞です。「濡れもこそすれ」の「もこそ」は、「もぞ」（→89）とともに、一般に「危惧」の意（「…すると困る」の意）を表します。

(5) a　危ふし。我がなきほどに［遣戸ヲ］人もぞ開くる。（落窪物語）
b　「おくれたる人もぞ来る。ありつる男もぞ帰り来る」など、危ふくおぼえければ（古本説話集・五八）
c　「あなかま。人に聞かすな。わづらはしきこともぞある」など口かためつつ（源氏物語・手習）
d　さかしらする親ありて、思ひもぞつくとて、この女をほかへ追いやらむとす。（伊勢物語・四〇）
e　秋山の清水は汲まじ濁りなば宿れる月の曇りもぞする（詞花集・秋・一〇五）

(6) a　あるまじき思ひもこそ添へ、いと恐ろしきこと、とみづから思ひ紛らはし（源氏物語・野分）
b　御格子おろしてよ。男どもあるらむを、あらはにもこそあれ。（源氏物語・野分）
c　「あまりやつしけるかな。［僧都ガ私ノ事ヲ］聞きもこそすれ」など［源氏ハ］のたまふ。（源氏物語・若紫）
d　［雀ハ］いづ方へかまかりぬる。いとをかしうやうやうなりつるものを。烏などもこそ見つくれ。（源氏物語・若紫）
e　花見れば心さへにぞうつりける色には出でじ人もこそ知れ（古今集・春下・一〇四、躬恒）

この危惧を表す「もぞ」「もこそ」は中古に現れたもので、上代にはありません。ただ、特に「もこそ」を中心に危

惧を表さない例があり、

(7) a　人の上のこととし言へば知らぬかな君も恋する折もこそあれ（後撰集・恋一・五九一）

b　身にかへてあやなく花を惜しむかな生けらば後の春もこそあれ（拾遺集・春・五四、長能）

c　いかにせん末の松山波越さば峰の初雪消えもこそすれ（金葉集・冬・二八四、匡房）

d　雪深き山路なりとも障(さは)らめや巌(いはほ)し分くる水もこそあれ（重之女集）

e　なぐさめてしばし待ち見よ先の世にむすび置きける契りもぞある（長秋詠草）

中には、良い結果を予想し、それを期待する意の「もぞ」「もこそ」もあるようです（すでに本居宣長『詞の玉緒』に指摘があります）。

(8) a　思ひ知る人もこそあれ（＝分カッテクレル人ガイルカモシレナイノニ）あぢきなくつれなき恋に身をやかへてむ（後拾遺集・恋一・六五五）

b　床(ゆか)近しあなかま夜はのきりぎりす夢にも人の見えもこそすれ（新古今集・恋五・一三八八、基俊）

c　惜しからぬ命も今日は惜しきかな［生キテ］あらば［オ前ト再ビ］会ふ世にあひもこそすれ（行尊大僧正集、詞書「……供なりし童に」）

このようなところから、「もぞ」「もこそ」は単に「…かもしれない」という意を表すのであって、「危惧」「期待」に関してはニュートラルである、ただ実際の使用では危惧に偏るのだ、とする意見もあって（高山善行（1996）「複合係助詞モゾ・モコソの叙法性」『語文』）、私もこの考えかたに賛同するものです。

「袖の」の「の」について、上代・中古では、主節中の主語に格助詞を表示してはならないという決まりがあるのですが（→33）、その述語が終止形でなければ許されます（小田勝（2014）「三代集における主節中の主格の「の」について」『岐阜聖徳学園大学紀要〈教育学部編〉』53）。

(9)a　植ゑて去にし秋田刈るまで見え来ねば今朝初雁の音にぞ鳴きぬる（古今集・恋五・七七六）
b　忍ぶれど恋しき時はあしひきの山より月の出でてこそ来れ（古今集・恋三・六三三）

第二句「高師の浜の」は、『金葉集』『一宮紀伊集』では「高師の浦の」になっています（『俊忠集』は「高師の浜の」です）。作者名「祐子内親王家紀伊」の「紀伊」は「き」と読みます（「ゆうしないしんわうけのきとよむ。いの字を略し、よまず。摂津国をつの国と云、紀伊の国をきの国といふこゝろなり」雑談、「きとばかりよむ也」百人一首増注）。

73　高砂の尾上の桜咲きにけり。外山の霞、立たずもあらなむ。　権中納言匡房

後拾遺集・春上（内大臣（＝師通）の家にて、人々酒たうべて歌詠み侍りけるに、「遥かに山桜を望む」といふ心を詠める）

高い山の峰の桜が咲いてしまったのだった。人里に近い山の霞が立たないでほしい。

「高砂」は播磨の名所ですが（↓34）、詞書からも、「高砂の松」を詠んだ歌ではないことからも、地名ではなく「高い山」の意の普通名詞とみられます（「高砂の尾上、播磨の名所にもあれども、爰にては只山の名也」経厚抄、「此高砂とは山の惣名なり。名所にはあらず」幽斎抄）。「砂が高く積もった所」から山の意として用いたもののようです（「砂積成山と云心也」経厚抄）。「尾上」は「峰の上」の約で、「峰の頂。山頂」（『時代別国語大辞典　上代編』）の意です。「を」には「峰」で峰（山の高い所）を指す場合と、「尾」で山裾を指す場合とがあります。ここは前者、「春霞峰にもをにも

立ち隠しつつ」（古今集・五一）というのは後者です。次例(1)のaは山頂の上空、bは山頂の辺りを意味しています（bの方は「峰の辺」かとも考えたくなりますが、上代「上」のへは乙類、「辺」のへは甲類で別音、「をのへ」のへは乙類ですから、その考えは成り立ちません）。

(1) a 木の暗の茂き峰の上〔乎乃陪〕をほととぎす鳴きて越ゆなり今し来らしも（万葉集・四三〇五）

b 秋萩の花咲きにけり高砂の尾の上の鹿は今や鳴くらん（古今集・秋上・二一八、藤原敏行）

「高砂の尾上の桜」は八代集では『後撰集』に初出で、以下多く詠まれています。

(2) a 山風は心して吹け高砂の尾上の桜いま盛りなり（新後撰集・春下・七九）

b 高砂の尾上の桜たづぬれば都の錦いくへ霞みぬ（新勅撰集・春上・六二、式子内親王）

高砂といえば松ということから松とともに用いた作例もあります。

(3) a 高砂の尾の上の桜咲くままに雲隠れゆく松のむらだち（隆信集）

b 高砂のまつと都に言づてよ尾の上の桜いま盛りなり（正治初度百首、定家）

「とやま」は「奥山」（→5）、「深山」に対する語で、人里近い山（山から見れば外側の山、人から見れば手前の山）をいいます。

(4) a 深山には霰降るらし外山なるまさきの葛色づきにけり（古今集・神遊びのうた・一〇七七）

b 郭公深き峰より出でにけり外山のすそに声の落ちくる（新古今集・夏・二一八、西行）

「奥床（=家の奥側の床）」に対する「外床（=家の戸口に近い床）」というのと同じ語構成です。

(5) 奥床に母は寝ねたり　外床に父は寝ねたり（万葉集・三三一二）

「端山」という言いかたもあります。現在では、「里山」という言いかたが広く用いられているでしょうか。

「桜φ」「霞φ」は無助詞名詞で主格です。「なむ」は未然形について「…てほしい」の意を表す、誂えの終助詞

（↓26）です。

この歌は第三句を「けり」で終えています。このような「けり」を「第三のけり」と言って、歌柄が強くなります（百人一首では、ほかに41番歌にあります）。有賀長伯の『春樹顕秘増抄』に、次のようにあります。

第三のけり　是又つよく聞ゆる物也。西行上人はことに好給ふと見えて。彼上人の秀歌に多し。詠格のためおろ〳〵記し畢

新古今　郭公ふかきみねよりいてにけりとやまのすそに声のおちくる
同　心なき身にもあはれは知られけりしき立沢のあきの夕くれ
同　降つみし高根のみゆきとけにけりきよ滝川の水のしらなみ
同　松にはふ正木のかつら散にけりとやまの秋は風すさふらん

右いつれも西行の歌なり。是にて味ひ知るへし

掲出歌について、『雑談』は「花が咲たる程に、霞もおほふ事なかれ、あらはにながめんと也。是はるかに山の桜をのぞむといふ題にかなへり。上の句に高砂といひ尾上と云て、山のうわさを云て、下の句にて外山と山の字をいへる詞のくさり、おもしろき手立也」と評しています。『米沢抄』の「人の心のうつろひやすきを恨てたゝずもあれとよめり」や、『天理本聞書』の「霞ほどおもしろき物はなけれども」といった読解は、ともに不当でしょう。「上句から当然出て来る希望を甚だ安らかに下句であらはした」（森重敏『西行法師和歌講読』和泉書院）ところに、この歌の優しい味わいがあるのですが、この希望の根底には「花を隠す霞」という詠歌の伝統（鈴木宏子『古今和歌集表現論』笠間書院）も指摘できるでしょう。

(6) a　山桜我が見に来れば春霞峰にも尾にも立ち隠しつつ（古今集・春上・五一）
b　春霞なに隠すらん桜花散る間をだにも見るべきものを（同・春下・七九、貫之）

c　三輪山をしかも隠すか春霞人に知られぬ花や咲くらむ（同・九四、貫之）
d　花の色は霞にこめて見せずとも香をだにぬすめ春の山風（同・九一、遍昭）

次例(7)aもこの伝統があるからこそ詠まれているわけですし、bでは「立ち隠してん（＝立ッテ隠シテクレナイダロウカ）」の主語が書かれていませんが、当然主語は「霞」です。

(7)a　浅緑野辺の霞は包めどもこぼれてにほふ花桜かな（拾遺集・春・四〇）
b　見てのみや立ち隠してん桜花散るを惜しむに甲斐しなければ（貫之集）

74　憂かりける人を、「初瀬の山おろしよ、激しかれ」とは祈らぬものを。

源俊頼（としより）朝臣

千載集・恋二（権中納言俊忠家に恋の十首歌詠み侍りける時、「祈れども逢はざる恋」といへる心を）

冷淡だった人を、「初瀬の山嵐よ、（どうか、あの人のつれなさが）激しくなれ」とは祈らないのに。

一見、様々に解し得る歌のように見えますが、結局右の訳文のような形に帰着するように思います。「憂かりける人を」の係り先として、まずは、A「激しかれ」とB「祈らぬものを」との二箇所が考えられます。

ⅠA　「憂かりける人を、（初瀬の山おろしよ）、激しかれ」とは祈らぬものを。

「人をの言は、句を隔（ヘダテ）てはげしかれとはつゞけて意得べし」（宇比麻奈備）、「うかりける人をはげしかれとはつゞく也」（異見）がこの説です。「人を激しかれ」という言いかたは成り立たないようにも思いますが、「と」を受ける場

合は必ずしも無理ではありません。例えば、

(1)　見し人の煙を雲とながむれば（源氏物語・夕顔）

は、「見し人の煙が雲（である）と」と読めます。しかし、この(1)は、

(1)b　見し人の煙を　＞ながむ
　　　雲と

ということですから、結局次のＩＢの読みかたに帰着します。

ＩＢ　憂かりける人を、「（初瀬の山おろしよ）、激しかれ」とは祈らぬものを。

「人を祈る」という言いかたは、

(2)　嘆きあまり厭（いと）へど絶えぬ命かな恋せよとこそ人を祈らめ（正治初度百首）

のような例がありますし、「人を…と祈る」という言いかたは、

(3)　諸神（もろがみ）の心に今ぞかなふらし君を八千代と祈る寿詞（よごと）は（千載集・神祇・一二八七）

のような例があります。

もう一つの読みかたは、

Ⅱ　憂かりける人を果つ
　　初瀬の山おろしよ
　　激しかれとは祈らぬものを

のように読む読みかたで、古注では「人をはつせとつゞけたるは、あはずしてはてたる心にかねたる言葉也」（色紙和歌）、「はつを果の字心をいひかけたる也」（師説抄）など、現在の注釈書では島津忠夫『新版百人一首』（角川ソフィア文庫）、長谷川哲夫『百人一首私注』（風間書房）がこの読みかたを採っています。ただ、「人を果つ」という言いかたは例が得られませんし、例の有無は措いても、「受かりける人を果つ。」という古典文が「つらかったあの人との縁

も終わってしまった。」（長谷川氏訳）のように解釈できるのかという問題があって（完璧な逐語訳を付す長谷川氏にしては珍しく苦しい訳文です）、Ⅱの読みかたは採用できません。「人をと読切、初瀬の山おろしよときくべし。人を初瀬のとつゞくべからず」（鈔聞書）という通りでしょう。なお、「初瀬」と「果つ」との掛詞の例としては、(4)ａのようなものがあります（ｂは「初（＝始まり）」、ｃは「恥づ」を掛けた例です）。

(4)ａ　年も経ぬ祈る契りは初瀬山尾上の鐘のよその夕暮れ（新古今集・恋二・一一四二、定家）

ｂ　今日こそは秋は初瀬の山おろしに涼しく響く鐘の音かな（拾遺愚草）

ｃ　憂き影を行きかふ人に初瀬川くやしき道に立ちにけるかな（赤染衛門集、詞書「同じ道に、恥づかしげなる男の行き会ひたりしかば、わりなき心地して」）

なぜ「初瀬の山おろし」が出てくるのかについては、次のような説があります。

Ａ「初瀬の山おろしは、はげしき枕詞もあるべし」（米沢抄小書）、「山おろしははげしきといふ枕詞也」（師説抄）。

Ｂ「はつせの山おろしは、はげしといはん枕詞也といへども、祈恋の題なれば初瀬に祈りをかけし心也」（雑談）、「山おろしよとは、只泊瀬山よといふべきを、はげしといはん料にいへり。且泊瀬山は泊瀬の神仏よといはむが如し」（宇比麻奈備）。

Ｃ「いのれども〳〵逢ぬ時節初瀬に参りたるに、山おろしのさとふきたる眼前の景もある也。恋のかなはぬしめしと思ひなしたる也」（鈔聞書）。

「激しかれとは祈らぬものを」の「はげしとは、つれなさのいよいよつのる勢ひをいふ」（異見）ということで、「祈らない事柄」は無限にあるのにわざわざこのように言うのは、「人の心をはげしかれと祈たる様に覚ゆれば、かくいへる也」（宗祇抄）という、いわゆる「修辞否定」です（↓47）。また、「…とは祈らぬ」の「は」によって、ほかの祈り――恋の進展の祈願――をしていることも示されます。『後陽成抄』に、「あふやうにといろいろ祈りたれば、けつくいよいよつれなきことはげしくなりたるはいかがとて、初瀬を恨みたる体也」という通りです。「激しかれ」は、形容詞「激し」の命令形で、文語では形容詞も命令形をもちます。「初瀬の山おろしよ」の部分が一首の中に挿入されたとする説明を散見しますが、掲示のように「初瀬の山おろしよ、激しかれ。」が一文の引用句ではないでしょうか。歌末の「ものを」は、「…のになあ」という逆接の気持ちを含んだ詠嘆を表す終助詞です。

定家は『近代秀歌』で、この歌を、「これは、心深く、詞心に任せて、まなぶとも言ひ続け難く、まことに及ぶまじき姿なり。」と絶賛しています。

■本歌取り歌

・浮かれける人や初瀬の山桜（続山井、芭蕉）

＊「憂かりける」を「浮かれける」として春の花見に転じています。

75

契りおきし「させもが露」を命にて、あはれ、今年の秋もいぬめり。

藤原基俊（もととし）

千載集・雑上（僧都光覚（＝作者の子）、維摩会の講師の請（しやう）を申しけるを、たびたびもれにければ、法性寺入道前太政大臣（＝忠通）に恨み申しけるを、「しめぢが原」と侍りけれど、またその年ももれにければ、遣はしける）

約束しておいた「させも草の（恵みの）露」を命として、ああ、今年の秋も過ぎてゆくようだ。

詞書によれば、作者の子を仏教行事の講師にしてほしいと忠通（76番歌の作者）に頼んだところ、

(1) なほ頼めしめぢが原のさせも草我が世の中にあらむ限りは（新古今集・釈教・一九一六）〔やはり（私を）頼りにしろ。私が生きている限りは。〕

という古歌（忠通の作ではありません。『新古今集』の左注には「清水観音御歌となむ言ひ伝へたる」とあります。なぜ観音様の歌に「させも草」が出てくるのか、よく分かりませんが）を送って来て快諾の意が伝えられたのに、今年もその選に落ちてしまったので恨んで忠通に送った歌であるとのことです。『天理本聞書』に「歌の心は、たゞたのめとかきくだす歌を命として、此秋もいたづらに過ると云心也。老後の事なれば子息を待わびてよめる、哀ふかし」という通りです。

「契りおきし」は「約束しておいた」の意で、「おき」は「露」の縁語です。散文なら「契りおき給ひし」のように言うでしょう。「させもが露」は引用実詞（→54）で、「契りおきし」はその引用実詞に係る連体修飾語です。「命」は『雅言集覧』に、「命にて　命をつなぐ料にたのみにする心也」とあります。

「AをBにて」は、解釈上は「AをBとして」のように意味を取ります。

(2) a　かたじけなき〔帝ノ〕御心ばへのたぐひなきを頼みにて〔桐壺更衣ハ〕まじらひ給ふ。（源氏物語・桐壺）

b　母は筑前守の妻（め）にて下りにければ、父君のもとを里にて行き通ふ。（源氏物語・末摘花）

c　〔中君ハ〕腕（かひな）を枕にて寝給へるに（源氏物語・総角）

d　同じくは今日を我が世の限りにて明日までものを思はずもがな（万代和歌集）

この「にて」は文法的な説明がたいへん難しいのですが、私はかつてこの「にて」を複合した一語の格助詞（資格を表す）と考えました（小田勝『実例詳解古典文法総覧』三八二頁）。その理由は、①次例のような「…デアッテ」と解釈される、「断定の助動詞「なり」＋接続助詞「て」」とは区別すべきであること、

(3) かぐや姫の言はく、「〔私ハ〕月の都の人にて、父母あり。……」と言ひて（竹取物語）

②右例⑶のような「にて」は中世以後「で」に転じるが、「…を…にて」の「にて」は「で」に置換できないこと、
③動詞の要求する「に」格の表示ではなく「…にて」全体で資格を表す連用修飾語となること、などです。

⑷［源氏ガ］ただ人にて（＝臣下トシテ）朝廷（おほやけ）の御後見をするなむ、行く先も頼もしげなめること（源氏物語・桐壺）

ただ、「…として」の意味は「にて」にあるのではなく、つまり、

⑸　寝殿を南殿にて、西の対を清涼殿にしたり。（栄花物語・三六）

のような形からサ変動詞「し」が脱落して「にして→にて」になったのではなくて、⑵の「たぐひなきを頼み」「父君のもとを里」というのを一つのかたまりとして、これが「を」の力で「…とする」の意を含んでいるとする佐伯梅友『基礎古語辞典』（教育出版、「を」の項）の考えかたを採りたいと思います（→54）。⑵aは「［御愛情がまたとないのを頼みとする］という状態で」、bは「［父君の許を里とする］という状態で」ということです。このように考えると、この「に」は断定の助動詞「なり」の連用形と捉えられることになります（前述のように、「デアッテ」とは訳されない、ということに注意すべきですが）。断定の「に」と格助詞の「に」は同源なのですから、峻別できないことではありますが、次のような例は、「に」が断定であることを示しています。

⑹a　波いといかめしう立ち来て、人々の足を空なり（＝足ヲ空トスル）。（源氏物語・須磨）

b　「なほ、この御返り［セサセ給へ］。［柏木ノコトハ］まことにこれをとぢめにもこそ侍れ」と［小侍従（女房）ガ女三宮ニ］聞こゆれば（源氏物語・柏木）

c　ながらへばさりともとこそ思ひつれ今日を我が身のかぎりなりける（小侍従集）

d　花あれば夜も入り来て戸ざしせぬ世を光なる（＝平和ナ世ヲ光トスル）春の家々（雪玉集）

第四句「あはれ。今年の」は句割れ（→72）です。「いぬめり」の「いぬ」はナ変動詞「いぬ」の終止形、「めり」

は視覚による推定を表す助動詞です。ただしここでの「めり」は、詞書に「またその年もれにければ、遣はしける」とあるのですから、「秋が過ぎ去る」ことを視覚によって推定しているのではなくて、「その年もれにければ」つまり秋が過ぎたということを控えめに述べるために用いたものです（このような用法を「婉曲」といいます）。次例(7)aでは、あこぎという落窪姫の侍女が、姫の許に手紙を持って来て、またbでは事情を熟知しているはずの父親が、「めり」を用いて発言しています。

(7)a　［あこぎハ少将ノ手紙ヲ姫ノ所ニ］持て参りて、「ここに御文侍るめり。…」（落窪物語）

b　［父ガ娘ニ］「［オ前ハ］親（＝母親）なかんめれば、いかでよろしく思はれにしかなとこそ思はめ。…」とて（落窪物語）

なお、「めり」は平安時代に登場した新しい助動詞で（上代に「をぐさ勝ちめり［可知馬利］」（万葉集・三四五〇）という存疑例が一例ありますが、東歌で、この「めり」は連用形に接続しています）、中古和文で使用が激増するのですが（『源氏物語』には九八一例も用いられています）、短命で、鎌倉時代になると急速に衰退しました。新しい助動詞であるせいか、和歌での使用は非常に少なく、八代集では全二六例（古今集四例、後撰集七例、拾遺集四例、後拾遺集六例、金葉集一例、千載集三例、新古今集一例）に過ぎません。

「させもが露」の「露」を「ありがたいもの（忠通の恩恵）」の喩とみて「約束しておいた「させも草の（恵みの）露」を命として」と訳しましたが、「はかないもの」の喩とみて「約束しておいた「させも草の（はかない）露」を命として」と読めば忠通への皮肉ということになります。

吉海直人『百人一首の新研究』（和泉書院）が、

百人一首の解釈としては、勅撰集の詞書を切り捨てることにより、子を思う親の情愛から脱皮して、悲恋（待つ女）の歌に変貌させることも可能であろう。「契り」「させも」「露」「命」「秋（飽き）」などは、恋歌のイメージが強い語である。

というように、「もし詞書がなければ、一首は閨怨の歌としてじゅうぶんに通用しよう。」（高橋睦郎『百人一首』中公新書）という意見もあります。その場合は「（はかない）露」ということになりましょう。なお、塚本邦雄は、掲出歌が百人一首に採られたことについて、「述懐、それも遺趣・遺恨を婉曲に、しかも巧に表現してゐる歌などで、一歌人を代表させるのは悪趣味ではあるまいか。」（『新撰小倉百人一首』講談社文芸文庫）と言っています。

■本歌取り歌

・朝日影させもが露を命にて垣根の霜に残る虫の音（逍遥集）

〔朝日が射して、させも草の露を命の支えとして、垣根の霜に残っている虫の音よ。〕＊「ああ、今年の秋も過ぎてゆくよ」というのを「虫の感慨」としたところに面白さがあります。

76　**わたの原、漕ぎ出でて、見れば、ひさかたの雲居にまがふ沖つ白波。**

法性寺入道前関白太政大臣（藤原忠通）

詞花集・雑下（新院（＝崇徳院）位におはしまし時、「海上遠望」といふことを詠ませ給ひけるに詠める）

大海原を、（舟を）漕ぎ出して、見渡すと、雲と見間違える沖の白波よ。

「わたの原φ漕ぎ出でて」と読むと、「わたの原」は、(1)aのような出発点ではなく、bのような帰着点なので、「に」格ということになりますが、「に」格の非表示とみるのは若干の抵抗があります。

(1)a　難波津を漕ぎ出て［故郷ノ方ヲ］見れば神さぶる生駒高嶺に雲そたなびく（万葉集・四三八〇、防人歌）

b　播磨潟灘のみ沖に漕ぎ出でてあたり思はぬ月を眺めん（山家集）

そこで「わたの原φ」を「を」格とするために、「見れば」に係ると考えたいと思います（「漕ぎ出でて、わたの原ヲ見ればということです）。すなわち次例の「を」格が波線部を越えて二重傍線部に係ると考えるのと同様に考えるわけです。

(2)a　大船にま梶しじ貫き海原を、漕ぎ出て渡る月人をとこ（万葉集・三六一一）

b　故郷を、今日来て見ればあだなれど花の色のみ昔なりけり（貫之集）

「ひさかたの」は「雲井」の枕詞（→33）、「沖つ白波」の「つ」は「の」の意の格助詞です（→12）。枕詞は五音一句からなるので、短歌の場合、枕詞は、一般に、第一句か第三句に置かれることになります。

(3)a　草枕旅に物思ひ我が聞けば夕かたまけて鳴くかはづかも（万葉集・二一六三）

b　家ならば妹が手まかむ草枕旅に臥やせるこの旅人あはれ（万葉集・四一五）

c　あかねさす昼はもの思ひぬばたまの夜はすがらに音のみし泣かゆ（万葉集・三七三二）

「雲居」は「雲のある所」ですから「空」の意ですが、転じて「雲」の意にも用いられました。「雲居にまがふ沖つ白波」の読みかたは、古注で微妙な差があります。

A　「雲（←雲居）」と「波」とが一つに「まがふ」…………古注、宇比麻奈備。

B　「空（←雲居）」と「波」とが一つに「まがふ」…………米沢抄、色紙和歌、異見。

C　「空（←雲居）」と「海（←波）」とが一つに「まがふ」…三奥抄。

保延元年（一一三五）四月二十九日の内裏歌合での作、「「海上遠望」という歌題は、現存する歌合の中では初出の新趣向の題であった。」（有吉保『百人一首全訳注』講談社学術文庫）とのことです。「大かた眺望の題は、常にながめやりたるやうにのみよむを、是はふねにてよめる心猶おかしくや」（幽斎抄）と評されています。

77 瀬を速み、岩にせかるる滝川のわれても末に逢はむとぞ思ふ。

崇徳院（すとく）

詞花集・恋上（題知らず）

浅瀬（の流れ）が速いので、岩にせきとめられる急流が分かれても後に合流するように、（我々も仲を裂かれて）別れていても、将来（再び）逢おうと思う。

「瀬」は「川の浅い所」（↓64）、「瀬を速み」は「AをBみ」の句型（↓1）で、「瀬が速いので」、「せかるる」は動詞「堰く（塞く）」（四段）の未然形に受身の助動詞「る」の連体形が付いたもの、「滝川」は「急流」の意です。「滝川の」の「の」は序詞を導く格助詞ですが、もともと主格を表す助詞ですから、「滝川が、…であるヨウニ」の形で訳します（↓3）。有心の序です（「せを早みは人を恋る心のせつなるに比し、岩にせかる、はそれをさまたげ障るもの、有に比す」三奥抄）。

「われても」の「われ」は動詞「割る」（下二段）の連用形で「分かれる」の意ですが、古くは「「割れて」と「わりなく」を兼ねる意」という理解がありました。「われてもとはわりなくと云詞ながら破の字の心も通也」（経厚抄）、「わかる、とわりなきとをかねたる詞也」（宗祇抄）、「滝川の上にては別る也。恋の方にてはわりなくの詞にきく也。一つ詞を両様に用てよみかけ給ふ歌也」（雑談）などです。これは『異見』が明確に否定しています（「われてとわりなくは別言なるを、ひとつにときなす事有まじき事也。……わりなきの言を、われてと省かるべきものならんや」）。長谷川哲夫『百人一首私注』（風間書房）は、「割れて」に、

(1) 二日といふ夜、男、われて「逢はむ」と言ふ。（伊勢物語・六九）

のような副詞「われて（＝シイテ。無理ニ）」の掛詞を考えています。「ても」は逆接仮定条件の意（「たとえ…ても」の意）を表します（↓20）。

(2) a 我らいみじき勢ひになりても、若君（＝玉鬘）をさる者（＝監ノヨウナ者）の中にはふらし奉りては、何心地かせまし。（源氏物語・玉鬘）

b かうあながちに従ひ聞こえても、後をこがましくやと、さまざまに思ひ乱れつつ出で給ふ。（源氏物語・夕霧）

c その男を罪しても、今はこの宮をとり返し、都に返し奉るべきにもあらず。（更級日記）

d 偽りても賢を学ばんを賢といふべし。（徒然草・八五）

「逢はむとぞ思ふ」の「む」は意志の助動詞ですが、この真意としては、次の二つの説があります。

A 必ず逢おうという決意を示す…「心ならぬ障にて一度分るとも末は必逢見んと云也」（経厚抄）、「かならずあふべしと也」（雑談）、「猶行末にもしゐてあはんと思ふとつよき心をよめる也」（三奥抄）、「何とぞどのやうになりても一度はあふものと一念の歌也」（龍吟明訣抄）。

B 適わぬ慰めである…「わが中はさらにたのむかたなきを、わりなふもすゑにあはむと思ふははかなきことぞと打歎よしの儀也」（宗祇抄）、「此歌は、あひなだのみになぐさめたる心の歌也」（鈔聞書）。「わりなふも逢んとかようにおもふことは、かなしき心也と思ひかへし、身をせめてよめる歌也」（師説抄）。

類想の歌に、次のようなものがあります。

(3) a 一瀬（ひとせ）には千度障（ちたびさは）らひ行く水の後（のち）にも逢はむ今にあらずとも（万葉集・六九九）

b 下の帯の道はかたがた別るとも行きめぐりても逢はむとぞ思ふ（古今集・離別・四〇五、友則）

掲出歌の「われても末に」は為家（『詠歌一躰』）によって「制詞（せいのことば）」（制詞（せいし）、主（ぬし）ある詞（ことば）。独創的な秀句表現なので、後の者が安易に借用、濫用してはならないとした措辞）とされています。制詞は四〇～四五ほどあり（『詠歌一躰』の諸本によって異同があります）、百人一首歌では、ほかに87番歌の「霧立ちのぼる」が制詞とされています。

78 淡路島かよふ千鳥の鳴く声に、幾夜（いくよ）寝覚めぬ。須磨の関守。

源兼昌（かねまさ）

金葉集・冬（「関路千鳥」といへることを詠める）

淡路島を往来する千鳥の鳴く声で、幾夜目を覚ましてしまったか。須磨の関の番人は。

「淡路島φ」は無助詞名詞で、「かよふ」に対する「を」格と考えます。「鳴く声に」の「に」は原因・理由を表す格助詞です。

「幾夜寝覚めぬ」の「ぬ」は完了の助動詞「ぬ」（↓9）の終止形で、「幾夜寝覚めぬ？（＝幾夜目を覚ましてしまったか）」という疑問文です。和歌においては、疑問の係助詞を伴わない疑問詞疑問文は、（疑問詞が「など」の場合を除き）一般に終止形で結びます（↓27）。したがって、「ぬ（らん）」の省略である（「ねざめぬらんとらんの字をそへてみるべしと也」幽斎抄）とか、「ぬ（る）」の省略である（「此ぬもじは、ぬるといふ略語の心也」改観抄）というように考える必要はありません。「寝覚めぬ」の主語は「須磨の関守」ですから、四句切れで、倒置ということになります。

当然、『源氏物語』須磨巻の、

(1) 友千鳥もろ声に鳴く暁は独り寝覚めの床も頼もし

が連想されましょう。ついでながら、同じ歌材での俊成の作もあげておきます。

(2) 須磨の関ありあけの空に鳴く千鳥かたぶく月はなれもかなしや（千載集・冬・四二五）

千鳥の鳴き声については、山口仲美『ちんちん千鳥のなく声は』（講談社学術文庫）があります。

■本歌取り歌

・須磨の浦古き関屋を月ぞもる通ふ千鳥は聞く人もなし（後鳥羽院御集）

〔須磨の浦の古い関屋を月光が射して月が守っている。往来する千鳥を聞く人は（もう）いない。〕＊関屋は荒廃し、関守はもういないと歌います。同集には「さ夜千鳥行方を問へば須磨の浦関守覚（さ）ます暁の声」という歌もあります。

・月もいかに須磨の関守ながむらん夢は千鳥の声にまかせて（壬二集）＊意味が確定できない（上句は「月ガ関守ヲ」か「関守ガ月ヲ」か、下句は「夢を見るのは」か「夢から覚めるのは」か、など）ため、訳出はできませんが、家隆のこの歌はやはりあげておくべきでしょう。

79

秋風にたなびく雲の絶え間より漏れ出づる月の影のさやけさ。

左京大夫顕輔（あきすけ）

新古今集・秋上（崇徳院に百首歌奉りけるに）
秋風によってたなびいている雲の切れ目から漏れ出てくる月の光の澄みきった明るさよ。
「秋風に」の「に」は原因・理由を表す格助詞で「たなびく」に係ります。加藤磐斎『百人一首増註』は、「秋風が吹て雲がたなびきたるやうに、ふときこゆるつゞきなるが、さにはあらず。秋風にと切て、空にたなびきたる雲がたえまありと、末にて合てみる歌也」のような読みかたを示していますが、いかがなものでしょうか。「もとよりさやかなる月よりも、思ひがけぬ雲間よりしろしろともれ出たらんは、猶興あるべし」（天理本聞書）という評があります。

■本歌取り歌
技法としての本歌取り歌とは異なるでしょうが、鴨長明に「玉寄する岬が先の波間より立ち出づる月の影のさやけさ」（万代集）という作があります。

80 長からむ心も知らず、黒髪の乱れて今朝は物をこそ思へ。

待賢門院堀河（たいけんもんゐんのほりかは）

千載集・恋三（百首歌奉りける時、恋の心を詠める）
末長く変わらないだろう心（のほど）も分からず、黒髪が乱れるように、（心が）乱れて今朝は物思いをしている。
「知らず」の「ず」は連用形と終止形とが同形なので、終止形（二句切れ）と考えられなくもありません（「心もしらずと切て」龍吟明訣抄）。

「黒髪の」は「乱る」に係る枕詞とみることもでき（「朝あけの黒髪をもて冠辞（＝枕詞）におけり。万葉に朝髪之念乱而（アサガミノオモヒミダレテ）云云」宇比麻奈備）、その場合は訳さないということになります。しかし、「朝あけの黒髪をもて、みだるゝの冠辞ながらたとへたり」（峯のかけはし）と見るべきでしょう。「黒髪の」は比喩で、「の」は比喩を表す格助詞です。もともと主格を表す助詞ですから、「黒髪ノヨウニ」ではなく、「黒髪ガ乱れるヨウニ」の形で訳します（↓3）。五文字以上の語句を序詞とする定義からは、「黒髪の」は序詞とはいえないことになりますが、次例などは五文字ですが多分に序詞的です。

(1) a　妹（いも）が目をはつみの崎の秋萩はこの月ごろは散りこすなゆめ（万葉集・一五六〇）

b　後背山（のちせやま）のちも逢はむと思へこそ死ぬべきものを今日までも生けれ（万葉集・七三九）

次例などは、二文字にして序詞的です。

(2)　音に聞き目にはいまだ見ず佐用姫が領巾（ひれ）振りきとふ君松浦山（万葉集・八八三）

歌末の「思へ」は、「こそ」の結びの已然形で、命令形ではありません（この句は49番歌にもありました）。

『後水尾抄』は「黒髪の事を云たるにてはなし。長久を思ひたる歌也」と言いますが、『異見』はさらに「こは、契の長きみじかきを、いかにとおもひみだるゝにはあらず。只、あかぬ別れのやる方なき心みだれをいふ也」と言っています。歌意は『経厚抄』に「歌の心、行末の契ながゝるべきをも不知、今朝は先いひし詞をたのみつゝ心の中に思乱ると云」の通りです。「今朝は」の「は」によって、「いつもと違って、恋人と一夜を過ごした今朝は」の意になります。そんな所からか、古注の中には、初めて逢った人との後朝の歌とする説があります（「はじめて人にあふて、朝によめる歌也」古注、「はじめて逢たる人の心うたがはしさをいふ也」米沢抄）。

81
ほととぎす鳴きつる方(かた)をながむれば、ただ有明の月ぞ残れる。

後徳大寺左大臣（藤原実定(さねさだ)）

ほととぎすが鳴いた方向を見渡すと、ただ有明の月が残っている。

千載集・夏（「暁聞郭公」といへる心を詠み侍りける）

「ほととぎすφ」は無助詞名詞で「鳴きつる」に対する主格です。「鳴きつる」の「つる」は完了の助動詞「つ」の連体形で、このような「最直前の過去」を表すには「つ」を用いて、「き」は用いません。

「ただ…残れる」の「る」は存続の助動詞「り」の連体形（係助詞「ぞ」の結び）で、「ただ」によってほととぎすは見えなかったことが示されます（「鳥も跡なくこゑもかたちなき物にて、月のみ見ゆるこゝろをいへり」三奥抄）。この「有明の月」には、次の二つの読みかたがあります。

A　ほのかに残っている…「此ごろ待し郭公の一声鳴て過ぬれば、立出て其方を見るに跡方もなくて、只在明のみのほのかにのこると云心也」（経厚抄）、「有明の月ほのかなるさまを」（米沢抄）。「有明の月ほそう残りたらん面影」（宗祇抄）。

B　あざやかに見える…「暁にめをさましてをれば郭公がなく故、ゆかしさに戸を押あけてみれば、時鳥のゆくへは見えず、有明の月かげばかりあざやかに見えしと也」（新抄）。

ほととぎすの声はしたけれども姿は見えず、月が照っていたというのが趣向で、「郭公の歌には、第一ともいふべきにや。殊に景気をふかく思ふべき歌とぞ」（幽斎抄）、「此歌、時鳥の名残といひ暁天の景気といひ、言語道断のもの也」（鈔聞書）、「郭公にとりては、当時最第一の御歌といふべし」（異見）と激賞されています。ほととぎすは「鳴くのを待つ」と詠むのが定法で、また顕著な鳴き声であることから「一声」で鳴くとされていることが、掲出歌の背景にあります。ほととぎすが鳴くことは、「語らふ」「名乗る」とも言われます。「暁聞郭公」という心は「夏の夜の臥すかとすれば ほととぎす鳴く一声に明くるしののめ」（古今集・一五六、貫之。「夏の夜の」の「の」は主格で、「明くる」に係ります）が最も有名ですが、掲出歌は次の歌の影響が顕著なように思います。

(1)　有明の月だにあれやほととぎすただ一声の行く方も見ん（後拾遺集・夏・一九二、頼通）

和歌に詠われる鳥といえば、春の鶯、夏のほととぎす、秋の雁、冬の千鳥（↓78）が代表的なものでしょうが、百人一首には鶯と雁が登場しません。

■本歌取り歌

・ほととぎす月見よとてのしるべかな鳴きつる方の有明の空（後鳥羽院御集）
〔ほととぎすは月を見ろという導きだよ。鳴いた方向の有明の（月の出ている）空。〕

・ほととぎす鳴きつる雲を形見にてやがてながむる有明の空（玉葉集・夏・三二二、式子内親王）
〔ほととぎすが鳴いた（所にある）雲を（ほととぎすの）形見として、そのままぼんやりと見る有明の空よ。〕

・ほととぎす鳴きつるあとにあきれたる後徳大寺の有明の顔（蜀山百首）
＊本歌自体にぽかんとした作者の顔が思い浮かぶのですが、そこのところをすかさず狂歌に詠まれました。

82 思ひわび、さても命はあるものを、憂きに堪へぬは涙なりけり。

道因法師（だういん）

思い嘆き、そうして（思い嘆いて）いても命はあるのに、つらさに堪えられないものは涙なのだった。

千載集・恋三（題知らず）

（1）

「さても」は、「副詞「さ」＋接続助詞「て」＋係助詞「も」」で、「さてもはさありても也」（経厚抄）です。「さ」は指示副詞で、「思ひわび」を指します。65番歌と同じく、「命はあるものを」の「ある」を代用形式とみて、思ひわび、さても命は［堪へて］あるものを、憂きに堪へぬは涙なりけり。

と読んでも、「あり」を存在を表す動詞とみて「命がある」と読んでも、同じ意になります。「ものを」は逆接の接続助詞（→65）です。「憂きに」の「憂き」は形容詞「憂し」の連体形、「堪へぬは」の「ぬ」は打消の助動詞「ず」の連体形で、ともに名詞として用いて（準体言）、「憂きコト」、「…ないモノ」の意を表しています。「堪へぬ」の「堪へ」は動詞「堪ふ」（下二段、「堪える」の意）の未然形で、「たえぬ（絶）」ではありません。『色紙和歌』の「はやいのちはたえゆくきはなるに、涙はなにとてたえまのなきぞとの心也」は、「堪ふ」を「絶ゆ」と読んで、「さても命は［絶えて］あるものを、憂きに絶えぬは涙」と読んだ誤読です。

（2） 泣き流す（＝泣イテ流ス）涙にたへでたえぬれば［コノ革ノ帯ガ、切レタ］縹（はなだ）の帯の心地こそすれ（後拾遺集・恋三・七五七、和泉式部、詞書「…、革の帯に結び付け侍りける」）

『改観抄』は、「詮は、うきに堪たる命をつれなく思ふ心なり」と言っていますが、これは『異見』が否定して「非也。こは、涙のせきとめがたく、人めの苦しきより、其なみだのわりなきをつよくいはんとて、命だにたへ忍べると云也」という通りでしょう。

83　世の中よ、道こそなけれ。思ひ入る山の奥にも鹿ぞ鳴くなる。

皇太后宮大夫俊成

千載集・雑中（述懐百首の歌詠み侍りける時、「鹿の歌」とて詠める）

世の中よ。（逃れる）道はないのだ。思い詰めて入る山の奥でも鹿が鳴いているようだ。

「思ひ入る」は「入る」の部分が「思い入る（＝思い詰める）」と「入る山」との掛詞になっています（「思ひ入とは思ひいる丶といふに山に入を兼たり」改観抄、「思ひ入るは、俗に思ひ込むといふ也。さるを、山へ入といふ縁にかけていへるなど、常の事也」異見）。歌末の「鳴くなる」の「なる」は聴覚に基づく推定の意を表す助動詞「なり」の連体形、したがって「鳴く」は終止形です。活用語についた「なり」について、助動詞が下接していない連体形の「なる」はすべて推定伝聞の「なり」です（小田勝『実例詳解古典文法総覧』和泉書院、一八八頁）。安東次男『百首通見』（ちくま学芸文庫）に、「「ぞ…なる」。「なり」は、断定の意に取ることもできるが」とありますが、「ぞ…活用語＋なる。」の「なる」が断定であることはありません。

「道」は「手段・方法」の意で、「正道がない」ということではないでしょう。『三奥抄』が「道こそなけれとは、王道すたれて世上の住がたく成行につけて、むかしもか丶る時節、心有人は皆濁世をさけて山林にこそはのがれかくれたるなれ」のように読んでいますが、これは「俊成卿、世の中無道なりと憚なくいかでよみ給ふべき」（改観抄）、「もしこれが政治上の無道であるならば、……後白河院の御方を無道と言ったことになるわけで、後白河院に撰進した『千載集』に、そのような歌をのせるわけがない」（石田吉貞『百人一首評解』有精堂）という反論の通りだと思います。次例(1)のように、山の奥には辛いことのない世界があると考えられたわけですが、

(1)a　み吉野の山のあなたに宿もがな世の憂き時の隠れ家にせむ（古今集・雑下・九五〇）

b　枝折りせでなほ山深く分け入らむ憂きこと聞かぬ所ありやと（新古今集・雑中・一六四三、西行）

そう思ってみてもだめだということで、『古今集』には次のような歌もあります。

(2)　世を捨てて山に入る人山にてもなほ憂き時はいづち行くらん（雑下・九五六、躬恒）

有吉保『百人一首全訳注』（講談社学術文庫）は、「下の句に詠み込まれた鹿の悲しげな鳴き声は、逃れる道を失った深い嘆きと強い絶望感とを哀愁深くとらえていると言えよう。」と評しています。

「鹿」に指示語の「しか」が掛けられていて（↓8）、第一・二句を受けるとする説もあります（峯村文人『百人一首』筑摩書房）。一方、安東次男（前掲書）は、鹿の鳴き声を牡鹿が妻を呼ぶ声と聞いて、「これは、恋鹿の声をきいて、改めて煩悩のつよさを知り、遁世を断念した歌である。そうさとったとき、いっそう恋鹿のあわれが身に沁みた、と言っているのであろう。」と評しています。鹿の鳴き声は、『古今集』では「かひよ」と聞きなされています（↓5）。

俊成二十七歳の折のいわゆる「述懐百首」（「堀河院御時百首題を述懐によせて読みける歌、保延六、七年のころの事にや」『長秋詠藻』詞書）中の一首（「鹿」題）で、この百首は鬱情・憂愁に覆われています。次の作は、掲出歌と同想といえます。

(3)　いかにせん賤が園生の奥の竹かき籠もるとも世の中ぞかし（「竹」題）

俊成、西行（↓86）、良経（↓91）、慈円（↓95）、定家（↓97）、家隆（↓98）はのちに「新六歌仙」と言われ、その家集、俊成の『長秋詠藻』、西行の『山家集』、良経の『秋篠月清集』、慈円の『拾玉集』、定家の『拾遺愚草』、家隆の『壬二集』は特に「六家集」と称せられます。

84 ながらへば、またこのごろやしのばれむ。憂しと見し世ぞ今は恋しき。

藤原清輔（きよすけ）朝臣

生きながらえるならば、また（つらい）今頃が懐かしく思い出されるだろうか。つらいと思っていた昔が今は恋しい。

新古今集・雑下（〈題知らず〉）

「むかしつらしと思ひける時分が、今は恋しきほどに、又ながらへてもあらば、行末は今を忍ことやあらん、といふなり」（古注）ということで、三条院の68番歌に似ています。『経厚抄』の「今は昨日を忍ぶ世なれば、かくうき今日をも明日は亦しのびこそせめと云心也」の「昨日、今日、明日」は時間的な先後関係を説明する喩えで、文字通り受け取ると時間が短すぎることになります。

「ながらへば」は「ながらふ」（下二段）の未然形に接続助詞の「ば」が付いたもので、仮定条件、「しのばれむ」は「偲ぶ」（四段）の未然形（↓39）に「れ」（自発の助動詞「る」の未然形）と「む」（推量の助動詞「む」で係助詞「や」の結びの連体形）が付いたもの、「見し世ぞ」の「し」は過去の助動詞「き」の連体形です。

作者の意図したところではありませんが、「憂さ」が時間の進行とともに大きくなって行くと読めないこともないので、「世中次第〳〵におとろへ行ば、憂のみまさり行ことを、ありのまゝによめり」（天理本聞書）、「よのなか、次第〳〵にをとろへゆくさまをよめる」（色紙和歌）、「うたの心は、世中のおとろへ行くさま日にそへ月にまして住うく成心也」（三奥抄）のような解釈もありました（誤読というべきでしょう）。

「秀逸也」（米沢抄）、「いひつめたる歌なれども、余情あるなり」（幽斎抄）という評がある一方で、「ことはり至極にいひ出たるまでにて、歌のがらなく詞にちからなき也」（雑談）、「いさゝか理屈めき、且物になづみ過て聞ゆ」（宇比麻奈備）と評されるのも、もっともだと思います。

85 夜もすがらもの思ふころは、明けやらぬ閨(ねや)の隙(ひま)さへ、つれなかりけり。

俊恵(しゅんえ)法師

千載集・恋二（「恋の歌とて詠める」）

一晩中物思いをしているこの頃は、夜が（なかなか）明けきらない寝室の（板戸の）隙間(すきま)までも、無情であったのだった。

「夜もすがら」は「ひねもす（＝一日中）」に対する語で「一晩中」の意です（「よもすがらとは、夜一夜を云」「ひめもすとは、一日といふ事也」能因歌枕）。一語の副詞とみますが、語構成は「名詞「夜」＋係助詞「も」＋副詞「すがら（「その間ずっと」の意）」」です（『万葉集』では「夜もすがら」はなく、「夜(よる)はすがらに」の形が五例みえます）。「すがら」は後に「夜すがら」「道すがら」のように接尾辞としても用いられました。「夜もすがら」は「もの思ふ」に係ります。

「明けやらぬ」の「やら」は補助動詞「…やる」の未然形で、下に打消の語を伴って「すっかり…する」の意を表します。「ぬ」は打消の助動詞「ず」の連体形です。百人一首では「明けやらぬ」が「明けやらで」になっている本もありますが、『千載集』、『林葉集』（作者、俊恵法師の家集です）、『八代抄』、『百人秀歌』が「あけやらぬ」なので、こちらが原形でしょう。「〜ぬ」だと「もの思ふころは」が「つれなかりけり」に係り（「もの思ふころは、明けやらぬ閨のひまさへ、つれなかりけり」）、「〜で」だと「もの思ふころは」が「明けやらで」に係ることになります。『異見』は「で」が良いと強く主張しています。

「閨」は「寝屋」で「寝室」のこと、「隙」は「隙間」です。

(1)　荒れたる板屋の隙より月の洩り来て、児の顔にあたりたるが、いとゆゆしくおぼゆれば（更級日記）

「さへ」は添加の副助詞で「…までも」の意を表します。この添加の「さへ」を用いて、肝心のことは言わないという表現技巧があります。例えば、

(2)　［恋人ト］逢ひに逢ひて物思ふころの我が袖に宿る月さへ濡るる顔なる（古今集・恋五・七五六、伊勢）

は「月までも泣き顔だ」と言っていますが、その真意は「私は泣いている」ということです。また、

(3)　雨降れば笠取山のもみぢ葉は行きかふ人の袖さへぞ照る（古今集・秋下・二六三、忠岑）

で言いたいことは「山一面に紅葉している」ということです。ここも、「閨の隙間までも無情だ」という表現で、「恋人が無情だ」ということを表しているわけです（「閨のひまさへつれなきといひて、外につれなき人の有て我にものを思はせ、夜をもねさせぬことを顕はす物なり」三奥抄）。閨の隙間が無情だというのは、隙間からなかなか朝日が差し込んで来ないことを言っています。

「ねやのひまさへつれなかりけりといへる詞珍敷、思ひの切なる所も見え侍にや」（宗祇抄）という評がある一方で、「ねやのひまさへといへるは、心いさゝかみやびたらず」（宇比麻奈備）という評もあります。

なお、「隙白む」「隙白くなる」というのは、「夜が明ける」「夜明けを迎える」の意の慣用表現です。

(4) a 冬の夜に幾度ばかり寝覚めして物思ふ宿の隙白むらん（後拾遺集・冬・三九二、増基法師）

b 待たれつる隙白むらむほのぼのと佐保の河原に千鳥鳴くなり（式子内親王集）

c 少したゆみ給へるに（＝ユックリシテイラッシャルウチニ）、隙白くなれば、忘れ難きことなど言ひて、立ち出で給ふに（徒然草・一〇四）

■本歌取り歌

・冬の夜の閨の板間は明けやらで幾度となく降る時雨かな（草庵集）

〔冬の夜の寝室の板間はなかなか明けきらないで、しきりに降る時雨（である）よ。〕

・明けやらぬ閨の隙のみ待たれつつ老いぬる身には朝寝せられず（夫木和歌抄、知家）

〔なかなか明けきらない寝室の隙（から朝日が漏れ出ること）ばかり待たずにはいられなくて、老いた身には（朝早く目が覚めてしまって）朝寝はできない。〕＊早く夜が明けて欲しいという思いを、眠りの浅い老人にしたところに面白さがあります。

86

嘆けとて月やはものを思はする。かこち顔なる我が涙かな。

西行法師

千載・恋五（「月前恋」といへる心を詠める）

嘆けと言って、月が（私に）物思いをさせるのか（いや、そうではない）。（月を）口実にするかのような私の涙よ。

「嘆け」は動詞「嘆く」（四段）の命令形、「とて」は引用を表す格助詞、「やは」は反語の意を表す係助詞、「思はする」の「する」は使役の助動詞「す」の連体形（「やは」の結び）です。したがって上句は「月が私に物を思はす」の（反語の意の）疑問文になっています。使役文は、ふつう、意志的に第三者に動作をさせる意を表しますが、これは、「被使役者に行為をさせる誘因となる物」を主語にたてた使役文で、これを「**原因の使役文**」といいます。

(1) a　若菜ぞ［七草ノ日ノ］今日をば知らせたる。（土佐日記）

b　ありとても（＝今生キテイルカラトイッテ）頼むべきかは世の中［ガ無常デアルコト］を知らするものは朝顔の花（後拾遺集・秋上・三一七、和泉式部）

次例の使役者は「月」、被使役者は一人称「我」です。

(2)　我が惜しむ心は空に行きかひてのどけからせよ夏の夜の月（兼澄集）

掲出歌の「月やはものを思はする」は反語ですから、「月やは物を思はするといひて、外にものおもはする人の有ことを顕すなり」（三奥抄）ということです。

「かこち顔なる」はこれで一語の形容動詞「かこち顔なり」の連体形です。「かこつ」というのは「他のせいにする、口実にする」ということで、この連用形に「―顔なり」を付けたものです。「**―顔なり**」は、動詞の連用形、形容詞の語幹、その他種々の語に付いて、いかにもそのような表情やようすをしている意の形容動詞を作ります。

(3) a　いといと用意あり顔にしづめたるさまぞことなるを（源氏物語・若菜下）

b　おのがじし恨めしきをりをり、待ち顔ならむ夕暮れなどのこそ、見所はあらめ。（源氏物語・帚木）

c　草むらの虫の声々もよほし顔なるも、いと立ち離れにくき草のもとなり。（源氏物語・桐壺）

d　をり知り顔なる時雨うちそそきて（源氏物語・葵）

e　掘り出して頸を取りて、いみじ顔に（＝得意顔デ）もて参りて（愚管抄）

f　［薫ハ］うちつけにも言ひかけ給はず、つれなし顔なるしもこそいたけれ（源氏物語・東屋）

g　すべて、心に知れらむことをも知らず顔にもてなし（源氏物語・帚木）

h　直人（なほびと）の上達部などまでなり上（のぼ）り、我は顔にて家の内を飾り（源氏物語・帚木）

i　雨風に荒れのみまさる野寺には灯（ともしび）顔に（＝マルデ灯デアルカノヨウニ）蛍飛びかふ（堀河百首、顕仲）

j　なほ有明の月影を待つこと顔に（＝待ツトイウソブリデ）ながめても（新勅撰集・雑五・一三四二、俊成）

k　あまりうちつけにとどまりて、またの御言の葉を待ち参らせ顔ならむも、思ふところ（＝思慮）なきにもなりぬべし。（とはずがたり）

「―顔なり」は古典文において散文でも和歌でも広く見られる表現で、言われるように特に西行歌の特色というわけでもないと思うのですが、西行歌にあって強い印象を残すこともまた事実です（稲田利徳『西行の和歌の世界』（笠間書院）第二章第三節に詳しい分析があります）。

掲出歌は月の歌ではなく「恋の歌」で、恋の苦悩を月のせいであるかのようにしているというのです。詞書がなければ恋歌であることが読めませんが、同じ作者による次のような同想歌では趣旨が明確になっています。

(4)　恋しさをもよほす月の影なればこぼれかかりてかこつ涙か（山家集）

■本歌取り歌

・もよほすもなぐさむもただ心からながむる月をなどかこつらん（正治初度百首、定家）

［（涙を）催すのも（心を）慰めるのもただ自分の心が原因である。どうして眺めている月のせいにするのだろう。］＊本歌取りというよりも先行歌に意義・疑義を述べるという形の作歌です。私は「対抗引用」と仮称しています。例えば、「寂しさはいづくも同じことわりに思ひなされぬ秋の夕暮れ」（続古今集・秋上・三

七四）は百人一首70番歌に対する、「手向けして甲斐こそなけれ神無月紅葉は幣と散りまがへども」（拾遺愚草）は百人一首24番歌に対する異義です。また、「曙をなにあはれとも思ひけん春暮るる日の西の山かげ」（後鳥羽院御集）は、『枕草子』の「春は曙」に対する異議です。

87

村雨（むらさめ）の露もまだ干（ひ）ぬまきの葉に、霧立ちのぼる秋の夕暮れ。

寂蓮（じゃくれん）法師

村雨のしずくもまだ乾かないまきの葉（のあたり）に、霧が立ち上っている秋の夕暮れよ。

新古今・秋下（五十首歌奉りし時）

「村雨」は「驟雨（しゅうう）・白雨（はくう）（にわか雨）」のことで、『和名抄』に「暴雨　楊氏漢語鈔云白雨〔和名無良左女（ムラサメ）〕」、『日葡辞書』に「Murasame　激しく俄かに降ってくる雨」（邦訳による）とあります。「村雨」は八代集では『拾遺集』の秋部に初出（一例）、『後拾遺集』に一例（恋部）、『千載集』は二例とも夏部、『新古今集』は夏部に二例、秋部に二例（恋部一例）みえます。掲出歌は夕立の後の秋の夕暮れを詠った抒景歌ですが、和歌で「夕立」というと夏のもので、「夕立」は新古今集以後にもっぱら詠われるようになる新しい夏の歌材です（勅撰集では金葉集（俊頼）が初出で、八代集の全例が夏部に出ます。詳しくは稲田利徳（1982）「夕立の歌」（『国語国文』51—6）を参照）。夕立の歌は百人一首歌にはありません。

「干ぬ」の「ひ」は「乾く」の意の動詞「干（ひ）る」（上一段）の未然形、「ぬ」は打消の助動詞「ず」の連体形です。

「干る」（上代では上二段に活用して、終止形は「干」です）も「乾く」も上代からあるのですが、両者の違いについて『岩波古語辞典［補訂版］』は、自然のままの状態で蒸発するのが「干る」、熱気・火気に当たって蒸発するのが「乾く」であるとしています。「濡れにし袖は干せど乾かず」（万葉集・一一四五）のような用例からも是とすべきでしょう。「まき」は「真木（「立派な木」の意）」で、杉や檜などの常緑樹をいいます（「Maqi 木材として良い木の一種」日葡辞書、邦訳による）。

「霧φ」は無助詞名詞で述語「立ちのぼる」に対する主格です。「霧」は、「霞む→霞」同様、動詞「霧る」の連用形転成名詞です。「立ち」は接頭辞ではなく「生じる」の意の動詞で、「のぼる」と並置しています（「霧が生じて上る」の意です）。「立ちのぼる」は「秋の夕暮れ」を修飾する連体形とみて訳しましたが、終止形（四句切れ）とみることも不可能ではありません。霧は、

(1) 河霧の麓を込めて立ちぬれば空にぞ秋の山は見えける（拾遺集・秋・二〇二、深養父）

のように「立つ」とは表現されますが、これを「のぼる」と表現したところが独創で（ただし万葉集（二〇六三）に使用例があります）、「霧立ちのぼる」は為家によって「制詞」とされています（→77）。

歌意は、「村雨一むら過てその露もひぬに、霧はふもとより立のぼる、秋の夕暮の景気なり」（古注）という通りです。

■本歌取り歌

・秋暮れて露もまだ干ぬ楢の葉に押して時雨の雨そそくなり（後鳥羽院御集）

〔秋が暮れて露もまだ乾かない楢の葉に一面に時雨の雨が降り注いでいるようだ。〕

88
難波江の葦のかりねのひとよゆゑ、みをつくしてや恋ひわたるべき。

皇嘉門院別当

千載集・恋三（摂政（＝兼実）、右大臣の時の家の歌合に、「旅宿逢恋」といへる心を詠める）

難波江の葦の刈り根の一節のような（短い）仮寝の一夜ゆえに、（難波江の澪標ではないが）身を尽くして（あの人を）恋し続けるのだろうか。

歌題の「旅宿」を「難波江」に設定したので、その縁で「葦」「刈り根」「一節」「澪標」「渡る」を配したわけです。

次のような「重義の掛詞」（↓9）が用いられています。

(1)　難波江の葦の仮寝の一夜ゆゑ身を尽くしてや恋ひわたるべき
　　　　　　　刈根　一節　澪標

「刈り根」は、「刈ったあとに残った草木の根」（『日本国語大辞典［第二版］』）をいいます。「恋ひわたる」の「わたる」は「…し続ける」の意を添える補助動詞ですが、水面を移動する意の「渡る」を響かせて「難波江」の縁語になっています。『更級日記』に登場する足柄山の遊女が「難波わたり［ノ遊女］にくらぶれば」と歌ったように、「難波」といえば江口・神崎の遊女を連想しますから、「おそらくその遊女と旅人とのはかない契りを想定して詠まれたものとみられる」（鈴木日出男『百人一首』ちくま文庫）ということでしょう。遊女を詠った歌をあげておきます。

(2)a　いかでかく宿も定めぬ波の上に憂きもの思ふ身とはなりけん（玉葉集・雑五・二四四七、寂蓮）

b　一夜逢ふ行き来の人の浮かれ妻幾度(いくたび)変はる契りなるらん（続千載集・雑下・一九七四）

c　心からあはれあだなる契りかな行き交ふ舟にかはす情けは（白河殿七百首）

■本歌取り歌

・難波なるみをつくしての甲斐もなし短き葦のひとよばかりは（拾遺愚草）

〔難波にある澪標ではないが、身を尽くしても甲斐もない。短い葦の一節のような短い一夜限り（の逢瀬）では。〕＊本歌への異義という形で作られています。百人一首19番歌も踏まえられています。

89　**玉の緒よ、絶えなば絶えね。ながらへば、忍ぶることの弱りもぞする。**

式子内親王

新古今・恋一（百首歌の中に、「忍恋」）

私の命よ、絶えてしまうならば絶えてしまえ。生きながらえるならば、堪え忍ぶ気力が弱ると困る（から）。

「玉の緒」は「魂(たま)の緒（魂をつなぎ止めておく紐）」の意で「命」のことをいいます（「命をば、たまのをといふ」能因歌枕）。「絶えなば」の「な」、「絶えね」の「ね」はともに完了の助動詞「ぬ」で（前者は未然形、後者は命令形です）、確述の意です（→63）。

「絶えなば絶えね」というのは「絶えてしまうならば絶えてしまえ」ということで、このような表現形式を「**同語反復仮定**」といいます（山口堯二（1976）「同語反復仮定表現の情意性」『国語国文』四五―六）。自棄的な情意、また現実の事態への断念および容認の情意などが表現されるといわれます（次例の⑴は後項が命令形、⑵は後項が誂えの終助詞、⑶は後項が意志の形です）。

⑴ a　大船を漕ぎのまにまに岩に触れ覆らば覆れ妹によりては（万葉集・五五七）

b　人目をも今はつつまじ春霞野にも山にも名は立たば立て（続千載集・恋一・一一一二、躬恒）

c　眺むれば恋しき人の恋しきに曇らば曇れ秋の夜の月（金葉集・恋上・三六九）

d　おちにきと語らば語れ女郎花こよひは花の蔭に宿らん（千載集・雑下・一一八八）

e　散らば散れ露分け行かむ萩原や濡れての後の花の形見に（拾遺愚草）

⑵ a　桜花散らば散らなむ散らずとてふるさと人の来ても見なくに（古今集・春下・七四）

b　白露は消なば消ななむ消えずとて玉にぬくべき人もあらじを（伊勢物語・一〇五）

⑶　散りぬれば恋ふれどしるしなきものを今日こそ桜折らば折りてめ（古今集・春上・六四）

また掲出歌は、初めに読み手が何故だろうと思う過激な命令をしておいて、後で納得すべき理由を述べるという構成を取ったもので、その点で次のような歌と同じ構成といえます。

⑷　桜花散りかひ曇れ老いらくの来むといふなる道まがふがに（古今集・賀・三四九、業平）

「ながらへば」は動詞「ながらふ」（下二段）の未然形に接続助詞「ば」が付いたもので、仮定条件、「忍ぶる」は動詞「忍ぶ」（上二段）の連体形（→39）です。「弱りもぞする」の「もぞ」は、「もこそ」（→72）と同じく、「危惧」の意を表します。

掲出歌は、「忍恋」という題で創作された歌です。「忍恋」というのは、相思相愛の恋を世間から隠すというのではなく、恋の相手にも自分の恋心を知らせないということで、勅撰集では『金葉集』から見え始めるのですが、掲出歌はやはりその歌題でも特異なものといえるのではないでしょうか。石川常彦『新古今的世界』（和泉書院）によれば、この題には、次のような詠み方があります。

(5)a　知らせばやほの見しま江に袖ひちて七瀬の淀に思ふ心を（金葉集・補遺歌・六八九、顕仲）

b　思ひせく心の底の夢ならば覚めての後も人に語らじ（六百番歌合・寂蓮）

c　うき身とてさのみはいかがつつむべき言はで悔しきこともこそあれ（六百番歌合・顕昭）

d　恋しともいはば心のゆくべきに苦しや人目つつむ思ひは（新古今集・恋二・一〇九〇）

すなわち(5)aは意中を相手に知らせたい（石川氏はこれを「願う忍恋」と仮称しています）、bは知らせまい（同じく「言はざる忍恋」）、cは忍ぶことへの瞬間的自己主張（同じく「言ひて言はざる忍恋」）、dは忍ぶことを苦しいと述べたものです。そうした中で、掲出歌は、堪え忍ぶ気力が弱ると、恋が露顕して困るからその前に命が絶えよと歌ったもので（「ながらへばあらはれやせむ、あらはれぬさきに命たえよ、といふなり」古注）、「忍恋」の究極の姿になっているといえましょう。「よはりもぞするの詞おかしくや侍らん。大かたならばよはりもやせんとよむべきを、もぞすると治定したる所眼を付べし」（幽斎抄）という評もあります。『源氏物語』の柏木の心情の本説取りであるという後藤祥子（1992）「女流による男歌」（『平安文学論集』風間書房）の指摘は有名ですが、柏木には掲出歌のような「忍恋」の徹底は見られないのではないでしょうか。この思想は後世の武士道にも及び、『葉隠』では、

恋の至極は忍ぶ恋と見立て申し候。逢ひてからは恋のたけが低し。一生忍びで思ひ死にするこそ恋の本意なれ。（二-2）

などと言われています。

〝男歌〟というものをどう考えたらよいのか私にはよく分かりませんが、「男はつらいよ」式に言えば、「忍恋」題でも、掲出歌のような厳しいものではなく、次のような作例もあります。

(6)　待てしばしもらしそめても身のほどを知るやと問はばいかが答へん（長明集）

『方丈記』で有名な鴨長明の作で、恋心を打ち明けて、恋する相手から「あなたは自分の身のほどを知らないのですか」と聞かれたらどうしようという気持ちを詠んでいます。

なお「忍ぶ」は「人目を避けて逢わない」の意なのですが、次例のように「人目を避けて逢う」の意で用いることもあります。

(7) さ夜更けて忍ぶけしきのしるきかな霧たち隠す星合ひの空（守覚法親王集）

また、特殊なものとして、「逢後忍恋」のような歌題もあります。「忍恋」の逆は「顕恋」といいます。

次作はまるで定家から掲出歌への応答歌のように見えます。

(8) 思ふこと空しき夢の中空に絶ゆとも絶ゆなつらき玉の緒（拾遺愚草）

式子内親王は、40番歌を本歌として、恋が露見するならするがいいという歌も作っていますが、

(9) 袖の色は人の問ふまでなりもせよ深き思ひを君し頼まば（千載集・恋二・七四五）

節操がないのではなく、やはりこの時代、歌というのは〝創るもの〟だったのですね。

■本歌取り歌

・知らざりき我が玉の緒はながらへて逢ひ見し仲の絶えんものとは（宗尊親王三百首）
〔知らなかった。私の命は生きながらえて、逢瀬をかわした仲が絶えようものとは。〕

・いかにせむ絶えなば絶えね玉の緒は長き恨みに結ぼほれつつ（範宗集）
〔どうしよう。絶えてしまうなら絶えてしまえ。私の命の緒は長い恨みで固く締められて（心が解けないで）いる。〕

90 見せばやな。雄島の海人（あま）の袖だにも、濡れにぞ濡れし、色は変はらず。

殷富門院大輔（いんぷもんゐんのたいふ）

千載・恋四（〔歌合し侍りける時、「恋の歌」とて詠める〕）

見せたいなあ。雄島の漁師の袖でさえ、ひどく濡れた（のに）、色は変わらない。

源重之（48番歌の作者）の、

(1) 松島や雄島の磯にあさりせし海人の袖こそかくは濡れしか（後拾遺集・恋四・八二七）

を本歌として、それへの返歌のような形で詠まれています。

「見せばやな」の「見せ」は動詞「見す」（下二段）の未然形、「ばや」は願望の意（「…たい」の意）を表す終助詞、「な」は詠嘆を表す終助詞（間投助詞）（↓9）です。なお、「見す」は一語の動詞で、「見る」の未然形に使役の助動詞が付いたものではありません（「見る」のような「四段活用以外の動詞」に使役の助動詞が付く場合は、「す」ではなくて「さす」の方が付くので、使役の助動詞が付いた形は「見さす」です）。

「だに」は「実現可能性の最も低い事態（最も起こりにくい事態）が起きていることを示して、他を類推させる」副助詞で、現代語の「さえ」に相当します。現代語で、

(2) 小学生でさえ解けるんだ。大学生であるお前が出来ないのはおかしいよ。

というのは、「解ける」可能性として、

(3)（←解ける可能性大）大学生―高校生―中学生―小学生（解ける可能性小→）

のようなスケールを考え、この最も解ける可能性が小さい小学生に「解ける」事態が成立していることをあげて、大学生における事態の成立を当然のことと述べているわけです。このような（現代語の）「さえ」について、「軽いものをあげて、重いものを類推させる」という説明がなされますが、適切ではありません（(2)で「小学生が解く」というのは「軽いもの」ではなく、「起きにくいこと」の例としてあげているのです）。この歌では、漁師の袖は他の人よりも多く海水に濡れるので色が変わりやすいはずですから、「漁師の袖の色が変わらない」という最も起きにくいことを示すことで、自分の袖の色が変わった異常さを類推させているわけです（「をじまの海士のそでのぬれやまぬさまは、わが袖に同じやうなれども、かれは袖がぬれぬれて終に色のかはるをみず、わがそでは恋の泪に年をへたれば其色紅にそまれり」三奥抄、「みせばやなとは、思人に我袖をみせばやなと云也」経厚抄）。「だに」を用いた類想歌に次のものがあります。

(4)　潮たるる伊勢をの海人の袖だにも干すなるひまはありとこそ聞け（千載集・雑恋三・八一五）

袖の色が変わるというのは、涙が涸れ果ててもなお血の涙が流れるという漢語の「紅涙(こうるい)」「血涙」に基づいて、袖の色が紅色に変わるということで、悲しみの極致を表す誇張表現です。

(5) a　紅のふり出でつつ泣く涙には袂のみこそ色まさりけれ（古今集・恋二・五九八、貫之）
b　白玉と見えし涙も年経ればからくれなゐにうつろひにけり（同・五九九、貫之）
c　血の涙落ちてぞたぎつ白川は君が世までの名にこそありけれ（同・哀傷・八三〇、素性法師）
d　紅に涙の色もなりにけり変はるは人の心のみかは（詞花集・恋上・二一〇）
e　露深く置く山里のもみぢ葉にかよへる袖の色を見せばや（紫式部集）

誇張表現ではあるのですが、この紅涙は夥しい数の歌に詠まれ、張喩（比喩のうち、実態以上の過大な（または過小な）サイズの事物に喩えるもの）としては、すでに「死んだ比喩」（慣用表現 cliché(クリーシェ)）になっています。

(6)　文の上に、朱といふものをつぶつぶとそそきかけて、涙の色など書きたる人の返事に（紫式部集・詞書）

古典和歌で「涙や露で色が変わる」とか、単に「袖の色」とかあった場合、ふつうは紅色を読み取る約束事になっているので、掲出歌のように、紅色と言わなくてもそう伝わるわけです。もっとも、同じ作者に次のような作例もありますけれども。

(7)　うちしのび落つる涙の白玉の洩れこぼれても散りぬべきかな（新勅撰集・恋一・六九二）

さきほど、「漁師の袖は他の人よりも多く海水に濡れるので色が変わりやすいはずですから」と言いました。これは「だに」の理解にも関わるのですが、色が変わるのが涙のせいであるなら、漁師の袖はいくら海水に濡れても色は変わらないだろうということにもなり、実際、知家は次のような歌を作っています。

(8)　松島や雄島の海人に尋ねみん濡れては袖の色や変はると（続千載集・恋二・一一七六）

慈円の次例も水量の多さを見せたいということで、紅色ではないですね。

(9)　我が袖を見せばや人に松島の雄島の海人の濡れ衣とて（拾玉集）

「濡れにぞ濡れし」は係り結び文ですから（「し」は過去の助動詞「き」の連体形で、係助詞「ぞ」の結びです）、これで独立した一文ですが、挿入句になっていて、「袖だにも」は「変はらず」に係ります。文中の「こそ…已然形」が逆接の意で下に続くのは普通のことですが（→47）、このように「ぞ…連体形」が逆接の気持ちで下に続く例もあります。

(10)　緑なるひとつ草とぞ春は見し秋は色々の花にぞありける（古今集・秋上・二四五）

「濡れにぞ濡れし」というのは「濡れに濡れき」の間に係助詞「ぞ」を介入させたものです。「濡れに濡る」のように、同じ動詞を「…に…」の形で重ねると、動詞の強調形となります。その(11)の形に、(12)のように係助詞・副助詞が介入することがあるわけです。

(11) a　盗人泣きに泣きて、言ふことなし。（今昔物語集・二五―一一）
b　つゆばかり袖だに濡れず神無月紅葉は雨と降りに降れども（新勅撰集・冬・三六六、好忠）
c　みな人の飽かずのみ見るもみぢ葉を誘ひに誘ふ木枯らしの風（続古今集・冬・五六一）
(12) a　命あらばいかさまにせむ世を知らぬ虫だに秋は鳴きにこそ鳴け（千載集・雑中・一〇九五、和泉式部）
b　……とて、泣きにのみ泣き給へば（源氏物語・柏木）

掲出歌について、「初句切れ＋四句切れ」としている参考書があります。たしかに初句「見せばやな」も、四句末の「濡れし」も、切れる形態なのですが、これは、

×見せばやな。　雄島の海人の袖だにも、濡れにぞ濡れし。　色は変はらず。

ではなくて、「雄島の海人の袖だにも」は、挿入句「濡れにぞ濡れし」を飛び越えて、「色は変はらず」に係るのですから（挿入句というのはそういうものです。例えば「今朝から、風邪だろうか、頭が痛い。」の「今朝から」は「風邪だろうか」を飛び越えて「頭が痛い」に係ります）、こういう場合の「句切れ」という言いかたについては一考を要するようにも思います。例えば、次例(13)の傍線部は挿入句ですから、aを三句切れ、bを四句切れというのも、不都合なところがあるのではないでしょうか。

(13) a　板葺(いたぶき)の黒木の屋根は、山近し、明日(あす)の日取りて持ちて参来(まゐこ)む。（万葉集・七七九）
b　今日別れ明日はあふみと思へども、世や更けぬらん、袖の露けき（古今集・離別・三六九）

ちなみに、百人一首歌で句切れの最大数は2です。

(14) 人もをし。人も恨めし。あぢきなく世を思ふゆゑにもの思ふ身は。（99）

ほかに66・83・89とこの90番歌が形態上は句切れが二箇所あるわけですが、私の句読点表示では読点を施しています（(14)も、99番歌の所で述べましたように、「人もをし、人も恨めし。」としたいくらいです）。句切れが三箇所の例、

(15) a　臥しわびぬ。篠の小笹のかり枕。はかなの露や。一夜ばかりに。（新古今集・羇旅・九六一、有家）

b　道遠し。ほどもはるかに隔たれり。思ひおこせよ。我も忘れじ。（新古今集・神祇・一八五九）

c　住みわびぬ。いざさは我もかくれなん。世は憂きものぞ。山の端の月。（続後拾遺集・雑下・一一八二、寂蓮）

b　花も雪も色は変はらじ。帰る雁。都の梢(こずゑ)。越(こし)の白山(しらやま)。（千五百番歌合、宮内卿）

句切れが四箇所（つまり最大の句切れをもつ歌で、全句で切れます）の例をあげておきます。

(16) a　鶯よ。などさは鳴くぞ。乳(ち)やほしき。小鍋(こなべ)やほしき。母や恋しき。（古本説話集・一六）

b　須磨の浦。藻塩の枕。飛ぶ蛍。仮寝の夢路。侘ぶと告げこせ。（拾遺愚草）

91　きりぎりす鳴くや霜夜(しもよ)のさむしろに、衣片敷き(ころもかたし)ひとりかも寝む。

後京極摂政前太政大臣（藤原良経(よしつね)）

新古今集・秋下（百首歌奉りし時）

こおろぎが鳴く霜が降りた夜の寒々とした敷物の上に、着物の片袖を敷いてひとりで寝るのだろうかなあ。

「きりぎりす」は今の「こおろぎ」かと言われます。『和名抄』に、「蟋蟀　…一名蛬［渠容反一音拱和名木里木里須(キリギリス)］」とあり、『詩経』豳風(ひんぷう)に「七月在レ野　八月在レ宇　九月在レ戸　十月蟋蟀入二我牀下一（七月ニハ野ニ在リ、八月ニハ宇(のき)（＝軒下）ニ在リ、九月ニハ戸(と)ニ在リ、十月ニハ蟋蟀我ガ牀(しょう)ノ下（＝ベッドの下）ニ入ル）」（中国詩人撰集（岩波書店）による）とあります。

(1) 秋深くなりにけらしなきりぎりす床のあたりに声聞こゆなり（千載集・秋下・三三二、花山院）

のようにも詠まれますが、蟋蟀は秋の終わりの風景として霜などと共に歌われます。

(2) a もろともに鳴きてとどめよきりぎりす秋の別れは惜しくやはあらぬ（古今集・離別・三八五、詞書「藤原の後蔭が唐物の使に九月の晦日がたにまかりけるに…」）〈秋季の人との別れと、秋との別れを掛ける〉

b 鳴けや鳴け蓬が杣のきりぎりす過ぎ行く秋はげにぞかなしき（後拾遺集・秋上・二七三、好忠）

c 吹きとむる落葉が下のきりぎりす［辺リハモウ冬デ］ここばかりにや秋のほのめく（式子内親王集）

d 霜埋む葎が下のきりぎりすあるかなきかの声聞こゆなり（山家集）

掲出歌も(2)dと同様の季節でしょう。

「鳴くや」はここで完全に切れるのではなく、「鳴く霜夜」という連体修飾語（鳴く）と被修飾語（霜夜）との間に「や」が挿入されたものです。このような「や」を間投助詞といいます。

(3) a 石見のや高角山の木の間より我が振る袖を妹見つらむか（万葉集・一三二）

b 春の野に鳴くやうぐひす馴付けむと我が家の園に梅が花咲く（万葉集・八三七）

「や」には間投助詞の他に、疑問の係助詞があるので、注意が必要です。例えば(4)aの「や」は間投助詞ですが、bの「や」は疑問の係助詞です。また、(5)では傍線の「や」が間投助詞、波線の「や」が疑問の係助詞です。

(4) a 庭も狭に引きつらなれる諸人の立ちゐる今日や千代の初春（玉葉集・春上・一、俊頼）

b 谷風にとくる氷のひまごとに打ち出づる波や春の初花（古今集・春上・一二）

(5) 秋篠や外山の里やしぐるらむ生駒の嶽に雲のかかれる（新古今集・冬・五八五、西行）

「さむしろ」の「さ」は接頭辞で、「むしろ（敷物）」に同じです。「寒し」が掛けられているとみました（「霜夜の寒きといひかけたり」新古今集美濃の家づと）。「さむしろに」の「に」は場所を表す格助詞で、「敷物の上に」の意です。

「片敷く」というのは「着物の片方の袖を下に敷いて寝る」の意の動詞で、独り寝をすることを意味します。第五句は3番歌に出ました。

次の(6)のどちらかと(7)のどちらかとを本歌としていると思われます。

(6)a　さむしろに衣片敷き今宵もや我を待つらむ宇治の橋姫（古今集・恋四・六八九）

b　さむしろに衣片敷き今宵もや恋しき人に逢はでのみ寝む（伊勢物語・六三）

(7)a　我が恋ふる妹は逢はさず玉の浦に衣片敷きひとりかも寝む（万葉集・一六九二）

b　あしひきの山鳥の尾のしだり尾の長々し夜をひとりかも寝む（→3）

(6)aの本歌取りの歌として定家も「さむしろや待つ夜の秋の風ふけて月を片敷く宇治の橋姫」（新古今集・秋上・四二〇）という著名な歌を作っています。

きりぎりすの鳴き声は、『古今集』では「つづりさせ」と聞きなされています（→5）。

92　**我が袖は、潮干に見えぬ沖の石の、人こそ知らね、乾く間もなし。**

二条院讃岐

千載集・恋二（「寄石恋」といへる心を）

引き潮の時にも見えない沖の石が、人は知らないが、乾く間もないように、私の袖は、人は知らないが、乾く間もない。

初句の「我が袖は」は結句の「乾く間もなし」に係ります。「潮干に」の「に」は時間・環境を示す格助詞、「沖の石の」の「の」は比喩を表す（または序詞を導く）格助詞です。この「の」はもとは主格なので（述語は「乾く」です）、右のように訳されます（ただしこのような形で訳すと、長い重複になってしまいますが）。「人こそ見えね」は挿入句で、文中の「…こそ…已然形」は逆接の意で下に続きます（↓47）。

「寄石恋（石に寄する恋）」という、いわゆる「寄物題」で、吉海直人『百人一首の新研究』（和泉書院）は、「「寄レ石恋」はかなりの難題であったろう。讃岐はその石を海中に沈めて見えなくすることで、秘めた恋のイメージを付与させることに成功したのである。」と述べています。ただし、『和泉式部集』に次のような類想歌がみえます。

(1)　我が袖は水の下なる石なれや人に知られで乾く間もなし

また、この題では、次のような作例があります（(2)bの作者・頼政は、掲出歌の作者の父です）。

(2)a　逢ふことをとふ（＝占ウ）石神（いしがみ）のつれなさに我が心のみ動きぬるかな（金葉集・恋下・五〇八、待賢門院堀河）

b　厭（いと）はるる我が汀（みぎは）には離れ石のかくる涙にゆるぎげぞなき（源三位頼政集）

ほかに例えば「寄斧恋」など難題といえましょう（作例、「たまさかに逢ひみる夜半を斧の柄（え）の朽ちし所の［ヨウニ長イ］月日ともがな」雪玉集）。

第五句の「乾く間もなし」は『八代抄』『百人秀歌』もこの形ですが、『千載集』や作者の家集『二条院讃岐集』では「乾く間ぞなき」になっています。

沖の石を詠った歌では、次のようなものもあります（作者の兄、源仲綱の作です）。

(3)　満つ潮に隠れぬ沖の離れ石霞にしづむ春の曙（右大臣家歌合）

作者は掲出歌によって、「沖の石の讃岐」と呼ばれました。このように代表作によって綽名（あだな）がつけられた女流歌人には、「下燃えの内侍」（周防内侍（↓67）、金葉集・四三五から）、「若草の宮内卿」（新古今集・七六から）、「異浦（ことうら）の丹後」

（宜秋門院丹後、同・四〇〇から）、「下燃えの少将」（俊成卿女、同・一〇八一から）、「待宵の小侍従」のような例があります。百人一首では掲出歌が女性の歌の最後ということになります。

93 世の中は常にもがもな。なぎさ漕ぐあまの小舟の綱手かなしも。

鎌倉右大臣（源実朝）

世の中はいつまでも変わらないものであればなあ。波打ち際を漕ぐ漁師の小舟の引き綱（を引く様子）が心にしみるよ。

新勅撰集・羈旅（題知らず）

「常に」は形容動詞「常なり」の連用形で「不変であるさま」をいいます、「もがも」は希求を表す終助詞「もが」に助詞「も」が付いたもので、「…であればなあ」「…があればなあ」の意を表す上代語です（中古以降は「もがな」の形になって、25・50・54・56・63番歌に登場しています）。「もがもな」はその「もがも」にさらに詠嘆の終助詞（間投助詞）「な」（↓9）を付けたものです。

「なぎさ」は「波打ち際」（「なぎさとは、池うみなどのほとりをいふ」能因歌枕）、「綱手」は「つなで」あるいは「つなて」で、舟を引く綱です。『日葡辞書』に「Tçunade. l. tçunate. 船の綱、あるいは、太綱」（邦訳による。「l」は「または（vel）」の意）とあります。

歌末の「かなしも」は形容詞「かなし」の終止形に、詠嘆の終助詞（間投助詞）「も」が付いたものですが、問題は、その意味として大きく異なる次の二説があります。

Ａ（旅の歌として）「面白い」の意…「あまの小舟が綱手を引が誠におもしろければ長生をして又も来て見るやうにとなり」（新抄）、「扨も面白の世上の有様や」（色紙和歌）、「旅部に入、無常にてはなし。……綱手かなしもとは、おもしろきこゝろをかなしもといへり。愛したる義なり」（幽斎抄）、「かなしもは愛する心也。是撰集旅の部に入の心也」（師説抄）、「此うた、世中を何にたとへん朝ぼらけこぎ行ふねの跡のしら浪といふ歌を本歌にして、無常の心をよめりといふ儀一向不用。新勅撰に此うた旅の部に題不知と入られたるうたなれば、旅行の歌にして無常の心はいさゝかもなきこと也」（三奥抄）、「渚につきて綱手引て漕ゆくあまの釣舟の……あかずめづらかにおぼゆる故に……ながき命のほしくなるなり」（改観抄）、「かなしとは、こゝはあわれおもしろしと思ふが余(アマ)りに、心に染(ソム)をいふ也」（宇比麻奈備）、「今此浦のなぎさ漕わたる海士の小舟の綱手引さま、身にしむばかりあはれにも面しろきをと也」（異見）。

Ｂ　世の中は無常で「悲しい」の意…「旧里を去て遥なる渚の小舟に乗て綱手引行とき更に物がなしければかく云也」（経厚抄）、「本歌の綱手かなしもといへるは、おもしろき心をいへるを、此歌は世上の無常をおもひかなしめる心有」（雑談）。

「海士の小舟をなぎさをこぐ眺望おもしろきに、早綱手を引過るかなしきと也」（天理本間書）というのはＡ＋Ｂということでしょうか。鎌倉幕府六代将軍宗尊親王の次例と同趣ということであれば、あるいはＢでしょうか。

（1）何となき世のいとなみもあはれなり水の上行く宇治の柴舟（竹風和歌抄）

実朝の詠作に実朝の孤独と絶望を読み取る論者は多く、仮にＡの意にとったとしても、作者の心は第一・二句に向かっていて、単純に情景に興じているとは読めないように思います。そういう点では、ＡでもＢでもそれほど歌意に差はなく、そうするとＡと解する方がむしろ第一・二句が生きるようにも思うのですが、いかがでしょう。有名な次の歌も思い起こされるところです。

(2) 萩の花暮れぐれまでもありつるが月出でて見るになきがはかなさ（金槐集）

掲出歌は、次の二首を本歌としています。

(3) a 河上のゆつ岩群に草生さず常にもがもな常娘子にて（万葉集・二二）

b 陸奥はいづくはあれど塩釜の浦漕ぐ舟の綱手かなしも（古今集・東歌・一〇八八）

94 み吉野の山の秋風、小夜更けて、ふるさと寒く、衣打つなり。

参議雅経

新古今集・秋下（擣衣の心を）

吉野山の秋風（が吹いて）、夜が更けて、旧都は寒く、寒々と衣を打つ（砧の）音がするようだ。

「山の秋風φ」は無助詞名詞で主格とみられますが、係り先（述語）がありません。

(1) さらに都の住み処求むるを、にはかにまばゆき人中［二出ルノモ］いとはしたなく、田舎びにける心地も静かなるまじきを、古き所尋ねてとなむ思ひよる。（源氏物語・松風）

右例のような述語の非表示と考えれば、「山の秋風［吹キテ］」と考えられます。『三奥抄』は「秋風さ夜ふけてといふ詞、秋ふけ、風ふき、夜のふけたるみつの物を兼たり」と言っています。これによれば、

(2) a あらたまの年の終はりになるごとに雪もわが身もふりまさりつつ（古今集・冬・三三九、在原元方）

ｂ　夜もすがら涙も文もかきあへず磯越す波にひとり起きゐて（十六夜日記）

のように（→28）、「山の秋風［モ］さ夜［モ］ふき（ふけ）て」と読むことになりますが、(2)と異なり、「ふき／ふけ」が異音であることが気になります。

(3)　人住まぬ不破の関屋の板びさし荒れにし後はただ秋の風（新古今集・雑中・一六〇一、良経）

のように「風」だけで「風が吹く」の意を表せるので、「み吉野の山の秋風φ」だけで「吉野山の秋風（が吹いて）」と読むことにします。なお、雅経の時代、新古今時代にもなると、様々な物を「…更く」と表現して「…によって夜が更けたことが感じられる」の意を表す表現形式がみられるので、

(4)ａ　さむしろや待つ夜の秋の風更けて月を片敷く宇治の橋姫（新古今集・秋上・四二〇、定家）

ｂ　秋の月しのに宿かる影たけて小笹が原に露更けにけり（同・四二五、源家長）

ｃ　濡れて折る袖の月影更けにけり籬の菊の花の上の露（金塊集）

ｄ　飛鳥風川音更けてたをやめの袖に霞める春の夜の月（続古今集・春上・七九）

掲出歌も「吉野山の秋風によって、夜が更け（たことが感じられ）て」のように読めるかもしれません。

「さ夜φ」「ふるさとφ」「衣φ」と無助詞名詞が多用されていますが、前二者は主格、「衣φ」は目的格です。「ふるさと寒く」の「寒く」は「ふるさとφ」に対する述語になっているとともに、連用修飾語として「打つ」に係ります（→64）。なお、現代語では、体全体で感じる低温度を「寒い」、体の一部の触覚で感じる低温度を「冷たい」と表現しますが、古典文ではこの使い分けはみられません。次例の「寒し」は「冷たい」の意、

(5)ａ　手をひてて寒さも知らぬ泉にぞ汲むとはなしに日ごろ経にける（土佐日記）

ｂ　水寒く風の涼しき我が宿は夏といふことはよそにこそ聞け（兼盛集）

逆に次例の「冷たし」は「寒い」の意です（山口仲美（1982）「感覚・感情語彙の歴史」『講座日本語学4』明治書院）。

(6) いとつめたきころなれば、さし出でさせ給へる〔定子ノ〕御手のはつかに見ゆるが、いみじうにほひたる薄紅梅〔色〕なるは、限りなくめでたしと（枕草子・一七七）

「ふるさと」は「旧都・旧跡」の意で、ここでは吉野離宮をいったものでしょう。「衣打つ」というのは、布地を柔らかくするために、あるいは光沢を出すために、砧（「きぬた」は「衣板」が転じた語）で打つことをいいます。歌末の「なり」は聴覚による推定を表す助動詞です。

次の歌を本歌としています。

(7) み吉野の山の白雪積もるらしふるさと寒くなりまさるなり（古今集・冬・三二五）

また、李白の詩（「長安一片月　万戸擣ㇾ衣声　秋風吹不ㇾ尽　…」子夜呉歌、其三）も下敷きにしているようです。

95 おほけなく、うき世の民に覆ふかな。我が立つ杣に墨染めの袖。

前大僧正慈円

千載集・雑中（題知らず）

身の程もわきまえず、天下の民（の上）に覆いかけるよ。比叡山に住み始めた墨染めの（僧衣の）袖を。

「おほけなく」は、形容詞「おほけなし」の連用形で、「身分不相応である。身の程をわきまえない。恐れ多い」の意で（「おほけなくとは卑下の心也」宗祇抄、「我身を卑下していへり。身に相応せぬやうの心也」幽斎抄、「わが分際に相応せずして、おほきなる心づかひなどするを云」三奥抄）、「おほけなくとはおろかなりとなど云詞也」（経厚抄）、「おほけなくとはかなきといふやうのことばなり」（色紙和歌）は誤りです。「（我は）おほけなく、うき世の民に、墨染めの袖を、覆ふかな。」ということです。

「杣」は「植林して、木を切り出す山」のことですが、ここでは、伝教大師最澄の、

(1) 阿耨多羅三藐三菩提（あのくたらさんみやくさんぼだい）の仏たち我が立つ杣に冥加（みやうが）あらせ給へ（新古今集・釈教・一九二〇）

によって、「我が立つ杣」で比叡山延暦寺を指します。

(2) 跡深（あとふか）き我が立つ杣（＝比叡山）に杉古（ふ）りてながめ涼しきにほの湖（＝琵琶湖）（拾遺愚草）

「墨染め」に「住み初（そ）め」を掛けていて（「墨ぞめの袖は、わが立杣に住はじめし袖といふ心を兼てよめるうた也」三奥抄）、「我が立つ杣に住み初め、墨染めの袖（ヲ覆ウ）」と読みます。これについては、「墨染の袖を住の字の心にあながちにみるは、わろし」（幽斎抄）、「墨染を住初ときくべからず」（雑談）、「墨染に住の意をかけられたるに、中々ことわりせまりて、さはやかならざる也」（異見）と反対意見もありますが、掛詞と見ないと「杣に」の「に」の係り先が無くなってしまいます。

「うき世の民に覆ふ」については、古注に次のような説があります。

A 「天台の円教を一切衆生におよぼし給ふと云を、袖をゝほふによそへられたる也」（経厚抄）。

B 「万民安全の御祈とて墨染の袖を百姓におほひかくる事かな」（新抄）、三奥抄、宇比麻奈備。

C 醍醐天皇が寒夜に御衣を脱いで民の寒さを思ったという故事をさす（宗祇抄）。

D 法華経の経文による（雑談）、三奥抄、宇比麻奈備。

『新抄』が「修行し給ひし時の歌なり。或は座主になり給ひし時の歌といひ、或は護持僧になり給ひてなどいふはあたらぬ事也」と指摘する通り、この歌は『千載集』に収められているのですから、同集が成立した文治四年（一一八八）以前の作で、慈円が初めて天台座主になったのは建久三年（一一九二）ですから（慈円は天台座主に四度任じら

れました）、この歌は慈円が天台座主になる前の作ということになります。したがって、「天台座主にてましましけるによりて、国土の民を安穏なれといのる事」（古注）、「我身は天台座主にて、応仏の法衣を衆生におほはんとおぼしめさるゝ」（色紙和歌）のような読みは誤りということになります（百人一首ではほかに66番歌の作者、大僧正行尊が天台座主です）。

第三句末に「かな」を置いて句切れとし、下の句を名詞で止める「…かな。…名詞。」というのは一つの歌形です。この歌形は『古今集』にはみえませんが、『後撰集』の一一一、五〇九、七一六のような形を経て、『拾遺集』で現れるのですが、

(3) いとどしく眠（い）も寝（ね）ざるらんと思ふかな　今日の今宵に逢へる七夕（拾遺集・秋・一五二、元輔）

やはりこの歌形を使いこなすのは、新古今歌人が上手なようです。

(4) a 万代の末もはるかに見ゆるかな　御裳濯（みもすそ）川の春のあけぼの（後鳥羽院御集）

b おしこめて秋のあはれにしづむかな　ふもとの里の夕霧の底（式子内親王集）

c わきかぬる夢の契りに似たるかな　夕べの空にまがふかげろふ（拾遺愚草）

一般に、第三句を明瞭な句切れにして、下句を名詞で止めた歌形は、非常に安定した歌形となります。

(5) 見渡せば花も紅葉もなかりけり　浦の苫屋の秋の夕暮れ（新古今集・秋上・三六三、定家）

のような歌形ですね（そういえばいわゆる「三夕の歌」はみなこの形でした）。

■本歌取り歌

・今もなほ我が立つ杣の朝霞世に覆ふべき袖かとぞみる（新千載集・雑上・一六六四）

〔今もやはり比叡山に朝霞が立っている。天下を覆うに違いない袖かと思う。〕

96

花誘ふ嵐の庭の雪ならで、ふりゆくものは、我が身なりけり。

入道前太政大臣（藤原公経）

新勅撰・雑一（「落花」を詠み侍りける）

（降りゆくものは）桜の花を誘って散らす大風の庭の花吹雪ではなくて、古りゆく（古くなってゆく）ものは、私の身なのだった。

「花φ」は無助詞名詞で「誘ふ」に対する目的格、「誘ふ」の主語は「嵐」で、「嵐ガ花ヲ誘ふ。」ということです。「花誘ふ」というのは「風が吹いて花を散らすのを、風が花を誘うように見立てた表現」（『日本国語大辞典［第二版］』）です。

(1) a　花誘ふ春の嵐は秋風の身にしむよりもあはれなりけり（和泉式部続集）
　b　吹く風の誘ふものとは知りながら散りぬる花のしひて恋しき（後撰集・春下・九一）
　c　人は来ず誘ふ風だに音絶えて心と庭に散る桜かな（後二条院御集）

そして、風は花以外のものも誘います。

(2) a　幾里の人の心を誘ふらむ花より伝ふ春の山風（正治初度百首）
　b　さまざまの花をば宿に移し植ゑつ鹿の音誘へ野辺の秋風（千載集・秋上・二六一、兼実）
　c　いかにして露をば袖に誘ふらんまだ見ぬ里の荻の上風（寂蓮法師集、題詞「聞恋」）

「庭」というのは、本来は「何かが行われる広い空間」ということで、地面のみならず、「あへて漕ぎ出むには「尓波」も静けし」（万葉集・三八八）のように、海面をも指したのですが（上代では、「庭・苑・島・屋前（「我が屋前に花そ咲きたる」（万葉集・四六六）」の使い分けが問題になります）、ここは現代語の「庭」（邸内の家屋の外の場所）を指すと考えてよいでしょう。次例では籬（＝垣根）に囲まれた空間をさしています。

(3) 里は荒れて人は旧りにし宿なれや庭も籬も秋の野らなる（古今集・秋上・二四八、遍昭）

『和名抄』には「庭…［和名邇波］屋前也」、『日葡辞書』には「Niua. 庭園、または、花壇のある場所。」（邦訳による）とあります。「雪」は「雪のような花吹雪」の意の隠喩表現です。「ならで」は断定の助動詞「なり」の未然形に、打消接続の接続助詞「で」が付いたものです。

「ふりゆく」には「（雪（のような花）が）降りゆく」と「（我が身が）古りゆく」とが掛けられています（なお、「ふり」という同形ではありますが、「降り」は四段活用の連用形、「古り」は上二段活用の連用形です）。歌意は、「ふりゆくものは、花誘ふ嵐の庭の雪ならで、我が身なりけり。」ということです。「…は…なりけり。」は発見を表す構文で、今まで32・69・82番歌に出てきました（この後、98番歌にも登場します）。

井上宗雄『百人一首』（笠間書院）は、「「花さそふ嵐の庭の雪」という表現からは、けんらんたる花吹雪がまずイメージとして浮かび、一転してそれを否定し、老いを嘆く白髪の老人の姿がある。」と評しています。また、「小倉百人一首は、この歌のあと、定家と家隆の歌を配して、後鳥羽院そして順徳院の歌をもって閉じられている。承久の乱の勝利者のもつ〝哀しみ〟を前に置くことにより、敗者の魂を供養する〝芸術的浄化〟作用を感じる。」（小林千草『百人一首を読む』清文堂）という評もあります。私はふっと、勅撰和歌集の始発にして、摂関政治の始発点、人臣初の摂政良房が娘染殿后（明子）を前に詠んだ、

(4) 年ふれば齢は老いぬしかはあれど花をし見れば物思ひもなし（古今集・春上・五二）

が思い出されたりします。次の歌はもう一ひねりして、結局は掲出歌の下句の感慨を詠んだものですが、否定形で表現されたところに一層のあわれを感じます。

(5) 春来れば心もとけて淡雪のあはれふり行く身を知らぬかな（式子内親王集）

■本歌取り歌

・吹きさそふ嵐の庭の花よりもわが身世にふる春ぞつもれる（草根集）

〔花を誘って吹き散らす大風の庭の花が降って積もるよりも、私がこの世を過ごしてゆく春（の数）こそが積もる（のだ）。〕＊掲出歌は、どことなく小町の9番歌の趣があるのですが、正徹によって両歌のコラボが作られました。

97

来ぬ人をまつほの浦の夕凪に、焼くや藻塩の身もこがれつつ。

権中納言定家

新勅撰・恋三（建保六年内裏歌合、恋歌）

来ない人を待つ、松帆の浦の夕凪（の頃）に、焼く藻塩が焼け焦げるように、（私の）身も思い焦がれ続けている。

「来ぬ人をまつほの浦に」の「まつほ」の部分に「待つ」と「松帆」とが掛けられていて、「藻塩の」の「の」が比喩を表す（または序詞を導く）格助詞（↓92）です。したがって、この歌は、次のような構造になっています。

(1) 来ぬ人をまつほの浦の夕凪に、焼くや藻塩の身もこがれつつ。

「松帆の浦」は淡路島の歌枕ですが、詠まれることは少なく、『万葉集』に「淡路島松帆の浦に」（九三五）とあるほかは、八代集に例がありません。こういう地名の使用一つにも、その背後には相当な歌の研鑽があることが知られます。「夕凪」は「夕方の凪」で、「凪」は「無風の状態になる」の意の動詞「凪ぐ」（上二段、のち四段。「Cajega naida.（風が凪いだ）」日葡辞書、邦訳による）の連用形転成名詞で、「心が穏やかになる」意の動詞「和(な)ぐ」「和(なご)む」と同源です。「夕凪に」の「に」は時を表す格助詞です。「焼くや藻塩」は、「焼く藻塩」という連体修飾語（焼く）と被修飾語（藻塩）との間に「や」が挿入されたものです（→91）。慈円に、

(2) 夕凪に夕日は入りぬ淡路島はるかに見れば海人の藻塩火（拾玉集）

という作があります。

「藻塩ヲ焼く」ということが具体的にどのようなことなのかよく分かりませんが、『角川古語大辞典』の、

もしほ【藻塩】名 歌語。製塩に必要な鹹水を得るために、積み重ねた海藻に注ぎ掛ける海水。「もしほ垂る」は、海藻に海水を注ぎ掛ける作業、「もしほ汲む」は、その海水を潮桶でくむ作業、「もしほ焼く」は、こうして得られた鹹水を釜で煮詰めて塩を作る作業を意味した。

によれば、「鹹水を釜で煮詰めている様子」ということでしょうか。海藻を直接焼くわけではないようです（詳しくは徳原茂実（1994）「歌語「もしほ」考」『武庫川国文』44を参照）。「焼く」ではなく「たく」という言いかたもあります。

(3) 浦風になびきにけりな里の海人(あま)のたく藻の煙心弱さは（後拾遺集・恋二・七〇六、実方）

歌末は「つつ止め」です（→1）。

「こぬ人を待夕は我身も更にこがれ侘ぬと云を、夕なぎの浦の藻塩によそへてよめる歌」（経厚抄）で、「ゆふなぎといへる妙なり。煙のふかき心をとれり」（幽斎抄）と指摘される通りでしょう。「夕凪の海を染める残照の色までも見せる詠みぶり」（安東次男『百首通見』ちくま学芸文庫）です。

定家は、二十歳の「初学百首」においてすでに、恋心を燻（くゆ）る煙に喩えて、

(4) a　これやさは空に満つなる恋ならん思ひたつよりくゆる煙よ

b　須磨の浦のあまりに燃ゆる思ひかな塩焼く煙人は靡（なび）かで

と歌っているほか、

(5)　靡かじな海人の藻塩火たきそめて煙は空にくゆりわぶとも（新古今集・恋二・一〇八一）

のような作もあります。また、夕暮れに人を待つ心を詠んだ定家の歌としては、次のような作も著名です。

(6) a　あぢきなくつらき嵐の声も憂しなど夕暮れに待ちならひけむ（新古今集・恋三・一一九六）

b　ながめつつ待たば（＝私ヲ待ッテイテクレタラ）と思ふ雲の色を誰が夕暮れと君頼むらん（＝アナタハ今ゴロ他ノ誰ト逢ウ夕暮レトアテニシテイルノダロウ）（玉葉集・恋五・一八二二）

定家の子、為家にも次のような類歌がありますが、掲出歌と比べていかがでしょうか。

(7)　淡路島まつほの浦に焼く塩のからくも人を恋ふるころかな（為家千首）

なお、出典の詞書にある「建保六年」は誤りで、これは建保四年（一二一六）に順徳天皇の内裏で催された歌合のものです。

98　風そよぐならの小川の夕暮れは、禊（みそぎ）ぞ夏のしるしなりける。

従二位家隆（いへたか）

新勅撰集・夏（寛喜元年（＝一二二九）女御入内屏風）

風がそよぐならの小川の夕暮れは（秋の気配だが）、禊が夏の証拠なのだった。

「風ϕそよぐ」の「風ϕ」は無助詞名詞で、「風ガそよぐ」のか、「風ニ（楢の葉が）そよぐ」のか、問題になりますが、前者とみて良いのではないでしょうか。契沖は『新勅撰評注』で、「初の五文字ぞならの葉の風をそよがせんやうにておぼつかなき、慈鎮西行などならば風にそよぐとぞよまるべき」（傍点、引用者）と言っています。「そよぐ」は擬声語「そよ」（↓58）をもとに作られた動詞でしょう。「ならの小川」は、賀茂別雷（わけいかづち）神社（上賀茂神社）の御手洗川のことで、これに木の「楢（なら）」を言いかけたものと解されていますが（「風そよぐ楢の小川とは、ならの葉によせていふ」三奥抄）、楢の葉を持ち出さなくてもこの歌は読めるようです。「清き川辺にならの木は似合しからねば也」（新抄）のような意見もあります。「楢の木」の夏の歌には次のようなものがあります。

(1)　蔭深き外面（そとも）の楢の夕涼み一木が下（もと）に秋風ぞ吹く（玉葉集・夏・四二六、良経）

掲出歌の構文は、「AはBぞP。」という句型で、現代語の「AはBがP。」という句型に相当します（↓28）。「象は鼻が長い。」という文で有名ですね。この構文については、とりあえず、次のように考えることができます。まず、「が」は格助詞で主語（主格）を表しますが、「は」は格助詞ではないことに注意しましょう。「は」は、「コーヒーは飲まない」のように目的格にも用いられますし、「庭には出ない」「東京からは行かない」のように他の格助詞と共起しますし、「コンニャクは痩せる」、「春は眠い」、「あの顔は合格したな」のように格関係を持たない成分にも用いられるので、格助詞ではありません。では「は」は何を表すのかというと、「文の主題（テーマ）」を表していると考えられます（「は」は学校文法の助詞の六分類では「係助詞」に分類されます。「提題助詞」という助詞を設定するという考えかたもあるでしょう）。したがって、日本語では、

(2)　妹は、男の子です。

のような文も可能です（「お宅はみな女のお子さんですね」と言われた時などに言えますね）。このことから、日本語の文には、

(3) a　雨が降る。　（主語―述語）
　　b　明日は雨だ。　（主題―解説）

という二つの型があることになります。そして、(3)bの「解説」の部分に、aを代入すると、「明日は雨が降る。」という文ができます。こう考えると「象は鼻が長い。」というのは、「象は」が「主題」、「鼻が長い」が「解説」で、その「解説」部分が「鼻が（主語）、長い（述語）」になっている、ということになります。ところで、「AはBがP。」のAとBとPとの関係には種々のものがあります。

(4) a　象は鼻が長い　⇕　象の鼻が長い　（AのBがP）
　　b　カキは広島が本場だ　⇕　広島がカキの本場だ　（BがAのP）
　　c　冷蔵庫は大型がいい　⇕　大型の冷蔵庫がいい　（BのAがP）

ほかに「奥さんの家出は君が悪い」のように分析が難しいものもありますが、掲出歌はどのタイプなのでしょうか。「小川の夕暮れ（A）の禊（B）は、夏の印だ（P）。」という(4)a型でも、「禊（B）が小川の夕暮れ（A）の夏の印だ（P）。」という(4)b型でも成立するところが不思議ですが、「禊」が総記（exhaustive listing）の解釈を受けるので（「総記」というのは「他の事物ではなく、それ」という排他的な意味を表すものをいいます。ここでは、小川の夕暮れの事物は殆ど秋の気配だが、禊だけは夏の印だということです）、掲出歌は(4)bの型と考えられましょうか。この句型については、野田尚史『「は」と「が」』（くろしお出版）などをご参照ください。なお、28番歌の「山里は冬ぞ淋しさφまさりける」は、「AはBがCがP」と項が3つあるので、BとCの説明が厄介です（「多重主語構文」などといわれます）。

　さて、この歌の禊は六月末日（旧暦の夏の最終日）に行われる夏越（なご）しの祓（はらえ）（六月祓（みなづきはらえ））で、翌日はもう秋なので、す

でに秋の気配があるけれども、禊が夏である証明だというわけです。清浄な神事に焦点を当てたことで、さわやかさは感じられるのですが、夏の終焉歌に禊を詠むのは常套的なものではありません。

(5) a　禊する川瀬に小夜や更けぬらんかへる袂に秋風ぞ吹く（千載集・二二五、夏部巻軸歌）
b　夏果(は)つる今日や夏越しの御祓川(みそぎがは)川辺の風は涼しかりけり（夫木和歌抄）
c　禊する龍田河原の川風にまだき秋立つ夕暮れの空（拾玉集）

99　人もをし。人も恨めし。あぢきなく、世を思ふゆゑに、もの思ふ身は。　後鳥羽院

人をいとおしく思う。（また）人を恨めしく思う。道理に反して乱れていると、この世を思うゆえに、物思いをする私は。

続後撰集・雑中（題知らず）

たいへん難しい歌です。まず、形容詞を三語並べていることが特異です。

(1) a　あぢきなくつらき嵐の声も憂しなど夕暮れに待ちならひけむ（新古今集・恋三・一一九六、定家）
b　恋しとも憂きをつらしと恨むるも思ひ心の深きなりけり（長秋草）

のような例がありますけれども。掲出歌の第一句、第二句について、「是、（A）賢臣佞人ウチマヂリタル乱世ノサマ也。（B）又独ノ上ニテモ、是ハ忠ナル所モアリ不忠ナル処モ有乱世ノサマ也」（鈔聞書）は、「人①もをし。人②も恨めし。」と分解して、（A）①良い人と②悪い人とがいる、また、（B）同じ人でも①良い所と、②悪い所とがあるこ

ともある、というように読んでいます。一方、「世の人を惜くもまたかへりてはうらめしくもおぼしめすとなり」（改観抄）は、「人は〔をし&恨めし〕」と読んで、（C）人がいとおしかったり恨めしかったりするというアンビヴァレンスを詠んだものと解しています。とはいえ、「をし」と「恨めし」は必ずしも善悪に対する正反対の心情を表す語ではなく、例えば『岩波古語辞典［補訂版］』の、

をし【惜し・愛し】〔形シク〕《すでに手中にしているものが大事で、手放せない感情をいう語。（以下略）》
うらめし【恨めし】〔形シク〕《ウラミ（恨）の形容詞形。相手の態度が不満なのだが、その相手の本当の心持を見たいと思いつづけて、じっとこらえている気持。また、不満を表面には出さずに相手に執着しつづけて、いつか執念を晴らしたいと思う気持》

のような記述をみれば、両者は「相手への執着」という点で共通していることが知られます。「をし」は「大事な人に対する執着」、「恨めし」は「不満な人に対する執着」です（藤田加代（1988）「百人一首99番歌の表現するもの」『日本文学研究』26、参照）。

「あぢきなし」というのは、「道理に反して乱れている」ということで、乱逆の世情も意識されているでしょうが、むしろ『源氏物語』須磨巻の光源氏の心情を下敷きにした本説取りの歌ではないかと指摘されています（「すべては源氏物語に、かかるをりは人わろくうらめしき人多く、世間はあぢきなきものかなとのみ、万につけておぼす、云々とある意言を用ゐさせ給ひて、一首となさせ給ひし成べし」宇比麻奈備（『百人一首古注抄』では中略部分）。百人一首歌と源氏物語の関連については、上坂信男『百人一首・耽美の空間』（右文書院）が詳しく論じています）。この歌は「建暦二年（一二一二）十二月二十首御会」における次のような「述懐」五首中の一首です。

(2)　人ごころ恨みわびぬる袖の上をあはれとや思ふ山の端の月
　　いかにせん三十路あまりの初霜をうち払ふほどになりにけるかな

人もをし人も恨めしあぢきなく世を思ふゆゑにもの思ふ身は
憂き世厭ふ思ひは年ぞ積もりぬる富士の煙の夕暮れの空
かくしつつそむかん世まで忘るなよ天照るかげの有明の月（後鳥羽院御集）

徳原茂実『百人一首の研究』（和泉書院）は、「後鳥羽院と順徳院の二首は、承久の変以後の政治状況の中で特に強く意識されるようになったであろう王道の衰退を、両院がかねて述懐した歌として、本来の作意を逸脱しつつ『百人一首』の巻末に屹立させせられているのである。」と指摘しています。

訳文は、初句、二句切れで訳しましたが、初句と二句は「人も惜しデアルシ人も恨めし」という「句の並立」で、初句は「軽い終止」と捉えられます（このような終止を「不十分終止」といいます）。類例をあげます。

(3) a　沙門年老いて、立つにも苦し、ゐるにも安からず。（今昔物語集・一―二六）

b　「……」と［女ガ］高やかに言ふを、聞きすぐさむもいとほし、しばし休らふべきに、はた、侍らねば、げにその（＝大蒜ノ）にほひさへはなやかに立ち添へるもすべなくて、［私ハ］逃げ目を使ひて（源氏物語・帚木）

c　あはれにおぼつかなく思しわたることの筋を聞こゆれば、いと奥ゆかしけれど、げに人目もしげし、さしぐみに古物語にかかづらひて夜を明かし果てむもこちごちしかるべければ（源氏物語・橋姫）

「あぢきなく」は「世を思ふ」の「思ふ」に係るものでしょう。「連用形＋思ふ」は「終止形＋と＋思ふ」ということで、「あぢきなく、世を思ふ。」は「あぢきなしと、世を思ふ。」ということです。

(4)　松の思はむことだに恥づかしう（＝恥ヅカシト）思ひ給へ侍れば（源氏物語・桐壺）

「あぢきなく、世を思ふ。」というのは、現代語では「世を、あぢきなく思ふ」の語序の方が自然ですが、古典語ではこのような語序――つまり「彼女をかわいそうに思う」を「かわいそうに彼女を思う」という語序で表現することも散見されます。

(5) a　されど、あはれにうしろめたく、［女三宮ガ］幼くおはするを、［朱雀院ハ］思ひ聞こえ給ひけり。（源氏物語・若菜上）

b　心ことに繕（つくろ）はれたる遣水（やりみづ）、前栽の、うちつけに心地よげなるを見出し給ひても、［紫上ハ］あはれに今まで経にけるを思ほす。（源氏物語・若菜下）

c　この御方（＝浮舟）も、いと心細くならはぬ心地に［母ト］離れんを思へど（源氏物語・東屋）

d　いとどう明けぬる心地して、飽かず［京ニ］帰らむことを宮は思す。（源氏物語・椎本）

e　よこさまなるやうにて、つひにかくなり侍りぬれば、かへりてはつらくなむ、かしこき御心ざしを思ひ給へられ侍る。（源氏物語・桐壺）

「あぢきなく」が「もの思ふ」にかかるとみる説もありますが（「あぢきなくは、専ら結句のものおもふといふにかゝれり」異見）、その場合は、「思ふ」内容ではなく、「物思いをする」ことを「あぢきなし」と評価する（「筋が通らないことに…」の意）ことになります。『改観抄』は「此（＝「あぢきなく」ノ）句は下句につゞけず、一句をたてゝ心得べし」と言っていて、この場合第三句は「あぢきなく…。」（筋が通らないことで…）ということになるでしょうが、ちょっと無理であるように思います。

倒置の歌で、語序を整えれば「世をあぢきなく（＝あぢきなしと）思ふゆゑに、もの思ふ身は、人もをし、人も恨めし。」ということになるでしょう。「もの思ふ身」というのは為政者として世の中を、治世を思う身ということでしょう。

(6)　なかなかに人よりものを嘆くかな世を思ふ身の心尽くしは（続後拾遺集・雑中・一一四二、後嵯峨院）

100
ももしきや古き軒端(のきば)のしのぶにも、なほ余りある昔なりけり。

順徳院

宮中の古びた軒端に生えている忍ぶ草を見て昔を偲んでも、やはり（偲び）尽くせない昔であったのだった。

続後撰集・雑下（題知らず）

「ももしきの」は「百敷(ももしき)の」で「大宮」にかかる枕詞だったのですが、「ももしき」で大宮（＝皇居・宮中」の意）そのものを指すようになりました（「もゝしきとは、うちを云」能因歌枕）。このような現象を「枕詞の被枕吸収」などといいます（→33）。「ももしき」の被枕吸収の例としては、次のようなものがあります。

(1) 百敷（＝宮中）に行きかひ侍らむことは、ましていと憚り多くなむ。（源氏物語・桐壺）

「ももしきや」の「や」は事物を提示する間投助詞の「や」で、「呼び出しの「や」」（『姉小路式(あねがこうじしき)』）などとも呼ばれます。

(2) a わが心なぐさめかねつ更級(さらしな)や姨捨(をばすて)山に照る月を見て（古今集・雑上・八七八）

b いざここに我が世は経(へ)なん菅原や伏見の里の荒れまくも惜し（同・雑下・九八一）

c 志賀の浦や遠ざかり行く波間より凍りて出づる有明の月（新古今集・冬・六三九、家隆）

d おもだかや下葉にまじるかきつばた花踏み分けてあさる白鷺（風雅集・春下・二六一、定家）

「しのぶにも」の「しのぶ」には、「忍ぶ草」と「偲ぶ（＝思い慕う、懐かしむ）」を掛けています。「偲ぶ」と同音である「忍ぶ草」には、「昔をなつかしむ種」としての形象があります（「初二の句は序にして、たゞ忍ぶにあまる昔也といふ大御意ながら、やがて其大宮の荒たるさまを序にきかせて、忍ぶぐさにかけ給へり」異見）。「しのぶにも」の「に」は動詞「あまる」対象を示す格助詞です。

(3)　あさましと言ふにもあまりてなむある（源氏物語・夕顔）

「偲ぶにあまる」「偲びあまる」ということです（↓39）。『異見』は「さしもめでたく富さかえましつる大宮も、いと物さびたる此ごろの大御世のさま、おも影みゆるこゝちしていともかなしき御製也」と評しています。

この歌で百人一首は終わります。『改観抄』は、「秋の田の御歌は治まれる世の声にして、百しきの御歌はかなしびて以て思ふこゝろを顕はせり。詩人歌人の尤歎くべき時なれば、黄門（＝定家）の心こゝに有べし。本に二帝の御歌をすゑて、末に両院の御うたを載らる。これまた一部の首尾なり」（『百人一首古注抄』では中略部分）と言っています。

あとがき

百人一首の注釈書はまさに汗牛充棟といえますが、それでも語学の研究者が著したものはたいへん少なく、特に、著しい進展を見せている古典文法研究の最新の成果を取り入れたものは見られないようです。語学屋には語学屋なりの〝気になりかた〟というものがあって、例えば9番歌の「我が身世に経るながめ（せし間に）」を、ある権威のある文庫本は「私も男女の仲にかかずらわっていたずらに物思いをしていた間に」（傍点、引用者）と訳しているのですが、「世に経るながめ」という連体修飾構造がそういう形で解釈されるものかどうか、承服しかねるところです。また、例えば、最近急速に進展した古典語の指示副詞の研究成果を8番歌の「しかぞすむ」に適用したらどうなるか、考えてみたい気がします。そのようなわけで、古典文法の研究者に百人一首歌はどう見えるものであるか、それを示してみようと思いました。

本書は、百人一首歌の私なりの解釈を示すとともに、百人一首歌をもとに古典文法を語るといった性格があります。また、拙著『実例詳解古典文法総覧』（和泉書院）の百人一首歌への応用編という性格もあります。作者（歌人伝）にかかわる事柄は、私には、先行の本から引き写すことしかできませんので、一切触れませんでした。書名を『百人一首で文法談義』としたゆえんです。

数学で方程式を記号で表すことで、個々の数字の個性を消して一般化するのと同様、純粋な文法研究の立場からは、用例としての和歌は、すべて「詠み人知らず」と仮構してもかまわないという態度をとるべきだと思うのですが――したがって拙著『実例詳解古典文法総覧』の和歌の用例には詠者名を付していません――さすがに今回はそういかず、というよりも、積極的に、私なりに「和歌の表現史」といったものに触れてもみたのですが、これは僭越だったかもしれません。

母校・國學院大學に着任した翌年（二〇一七年）から、和泉書院の『百人一首古注抄』を教科書として、百人一首を読んでいます。本書はその授業内容を活字化したものです。ここに、受講生およびＴＡ（ティーチング・アシスタントの大学院生）の方から啓発を受けた所があることを明記して、感謝いたします。

初句索引

＊数字は歌番号を示す

事項索引

＊直立数字は本書の頁数を示す。また角括弧内の「総覧」の後の斜体の数字は、『実例詳解 古典文法総覧』の頁数を示す。
＊術語は現代仮名遣い、古文単語は歴史的仮名遣いの五十音順で示す。
＊「→」は「を見よ」、丸括弧内の「(→　)」は「をも見よ」を示す。

う

え

お

か

き

く

け

ち

つ

て

と

な

に

ぬ

の

は

ひ

ふ

へ

ほ

ま

み

む

め

も

引用文献著者名索引

＊引用文献一覧の代わりに、本文中に引用した近代以降の論文・百人一首の評注釈書等の著者名索引を付す。数字は本書の頁数を示す。

■ 著者紹介

小田　勝（おだ・まさる）

1964年東京都生まれ。國學院大學大学院文学研究科博士課程後期単位取得。博士（文学）。國學院大學文学部教授。日本語学専攻。主著に、『古代語構文の研究』（おうふう、2006）、『実例詳解古典文法総覧』（和泉書院、2015）、『読解のための古典文法教室』（和泉書院、2018）、『旺文社全訳古語辞典［第五版］』（共編、旺文社、2018）、『古代日本語文法』（ちくま学芸文庫、筑摩書房、2020）、『日本語の歴史的対照文法』（共編、和泉書院、2021）など。

百人一首で文法談義

シリーズ 扉をひらく 6

二〇二一年九月三〇日　初版第一刷発行
二〇二一年一〇月三〇日　初版第二刷発行

著者　小田勝

発行者　廣橋研三

発行所　和泉書院

〒543-0037　大阪市天王寺区上之宮町七—六
電話　〇六-六七七一-一四六七
振替　〇〇九七〇-八-一五〇四三

印刷・製本　遊文舎

装訂　仁井谷伴子／定価はカバーに表示

ISBN978-4-7576-1009-5　C1392